隠蔽病棟

麻野　涼
Asano Ryo

文芸社文庫

目次

プロローグ　悪性症候群　5
第一章　再会　8
第二章　死を待つ病棟　31
第三章　遠い接近　61
第四章　医の志　89
第五章　暗闘　107
第六章　軽い命　133
第七章　隠蔽　153
第八章　辞表　174
第九章　密告　191

第十章　孤立　223
第十一章　聖なるダイミ　250
第十二章　厚い岩盤　266
第十三章　罠　280
第十四章　偽りのカルテ　301
第十五章　銃撃戦　316
第十六章　奪還　339
第十七章　闇の中の希望　376
第十八章　帰国　388
エピローグ　夢の共有　425

プロローグ　悪性症候群

　S医大付属病院精神科の入院患者が、小児科を担当する小野寺賢医師のところに運び込まれた。瀬川亜佐美は思春期性の統合失調症と診断され、入院加療中だった。体調を崩し、小児科に移されてきた患者だ。

「肺炎を起こしている可能性もある」

　精神科担当の丸島紘輝医師から言われた。

　病棟が替わった翌日、クレアチンキナーゼ（CK）の値は前日の三十倍に跳ね上がった。体中の筋肉が破壊され、溶け始めているとしか思えない数字だ。容態は急変し、付き添っている母親の春奈に、大至急父親を呼ぶように小野寺は告げた。

「腎臓内科を呼んですぐに透析ができるようにしてもらってくれ」

　小野寺は看護師に指示を出した。

　亜佐美の父親、瀬川純平が駆けつけてきた。

「筋肉が溶け出し、細胞が破壊され腎臓に負担がかかっている状態。すぐに透析を始めないと危険です」

自発呼吸も弱くなり、小野寺は人工呼吸器に切り替えた。しかし、何もかもが遅すぎる。人工呼吸器の規則正しい音だけが病室に流れている。

「実は……」

自分が説明すべきことではないという思いがあったが、丸島が頼りにならない以上、小野寺がするしかなかった。

「向精神薬には悪性症候群という副作用があります」

亜佐美の両親が訝《いぶか》る視線を小野寺に向けた。

「そんな副作用の説明は聞いていません。丸島先生から聞いたのは、亜佐美はドーパミンが過剰に分泌され、それが混迷を引き起こしている。それでドーパミンブロッカーで抑制する。副作用はあくびと喉の渇き、便秘くらいで、治癒には二ヵ月くらいかかるということだけです」

瀬川純平からは、冷静さを懸命に保とうとしている様子が伝わってくる。言葉の端々がかすかに震えている。

「発病すると急激に症状が進行し、脳機能が損傷、多臓器の機能が壊され、死亡率も高い……」

小野寺の説明を遮るように瀬川が聞いた。

「それで亜佐美はどうなんですか」

「腎臓がやられ血液もアシドーシス（酸性）、心臓も弱ってきています。点滴量にそぐわない大量の尿が出て、血圧も下がる一方です。筋肉、臓器全般の破壊が急速に進んでいるとしか思えません」

「助かるのですか」

訴えるような目で春奈が小野寺に迫った。

「残念ですが、お嬢さんが助かる見込みは絶望的です」

純平は亜佐美の枕元に行き叫んだ。

「お父さんだ、わかるか。そっちへ行ってはダメだ。戻ってきなさい」

春奈は瀬川の腕にすがってすすり泣いた。

危篤状態に陥った翌日、瀬川亜佐美は死亡した。

第一章　再会

小野寺賢を乗せたアメリカン航空機は、成田空港を定刻通りに飛び立ち、ニューヨークを経由し、二十四時間のフライトを終えてサンパウロのグァルーリョス国際空港に着陸した。日本との時差は十二時間、時計の針はそのままで調整する必要はない。サンパウロは午前七時を少し回ったばかりだ。

小野寺は入国手続きを早々とすませて到着ロビーに出た。高村マリヤーニからは空港内にも泥棒が多いから注意するように言われていた。スーツケースをカートに載せて国内線カウンターに急いだ。さらに五時間のフライトでパラー州の州都ベレンまで飛ばなければならない。ベレン空港ではマリヤーニが出迎えてくれるはずだ。チェックインをすませ、ボーディングカードを受け取ると、小野寺は搭乗スポットに急いだ。

スポットの前は乗客がまだまばらだった。小野寺はバーのカウンターに座り、スペイン語でコーヒーを注文した。大学では英語とスペイン語を学んだ。簡単な会話ならスペイン語でも通じるし、スペイン語を話せれば、ポルトガル語の会話もかなり理解できるはずだと、マリヤーニから聞いていた。デミタスカップに濃厚なコーヒーが注がれて出てきた。スペイン語でも通じているようだ。

やがてB737型機がスポットに入り、乗客が乗り込んだ。サンパウロを発《た》ち、大西洋岸に沿って北上した。真っ青な海が眼下に広がる。ベレン空港はサンパウロと比較すると小さな飛行場だ。バッゲッージクレームでトランクが流れ出てくるのを待った。

次々に乗客がコンベアの前に集まってきた。到着ロビーへの出口付近が急に騒がしくなった。裾が極端に広い白のロングスカートと同じ白のタンクトップを身にまとった黒人女性と男性がサンバのリズムに合わせて踊り始めた。ベレンにやってきた観光客を歓迎しているのだろう。クイッカと呼ばれる太鼓、タンバリン、笛の音が空港内に響き渡っている。

スーツケースを取り、カートに載せてロビーに出るとむせかえるような暑さだ。

カートを押しながらロビーをウロウロしていると、「ケン」と呼ぶ声がした。振り返るとマリヤーニが手招きをしている。小野寺はカートを押しながらマリヤーニの方へ急いだ。ブルー系統のものをラフに着るのが好きなのは以前と同じで、ジーンズにブルーのTシャツ姿だった。父親は戦後移住した日本人移民で、母親はブラジル人、二人の間に生まれた一人娘で、どちらかといえば白人の母親に似たのか肌も白く、彫りの深い目鼻立ちのはっきりした顔つきだ。

しかし二年ぶりに会ったマリヤーニはもう何日も寝ていないらしく目が真っ赤に充血し、泣いたばかりなのか瞳も潤んでいた。少しウェーブがかかった髪も櫛を入れていないようで逆毛《さかげ》だっていた。

「よりによってこんな日に来るなんて……」

思いもよらぬ言葉がマリヤーニから漏れてきた。小野寺は一瞬錐《きり》で突かれたような驚きを感じた。マリヤーニは形式だけの握手で、心ここにあらずといった様子だ。

「何かあったの。来てはまずかったのかい」小野寺は握手したまま聞いた。

「ごめんなさい。別にあなたが悪いわけではないのよ。昨晩、仲間のリカルドが殺されて遺体がリオから搬送されてくるの」

マリヤーニは今にも泣き出しそうな声で言った。殺されたリカルドは、彼女と同じトメアス移住地生まれだ。トメアスは日本人移民が密林を開拓して創りあげた移住地として知られている。マリヤーニはパラー連邦大学医学部出身だが、リカルドは薬学部で学んだようだ。リオのファルマブラ医薬品研究所で残業をしているところを何者かに襲われたらしい。

「リカルドを乗せた飛行機がもうすぐ着くわ。カーニバル初日で市内は渋滞しているし、あなたをホテルに送ってまた空港に戻る時間はないの。もう少し待っててね」

事情がわかり小野寺はタクシーを使おうとした。

「市内は交通規制でホテルの前まで車は入っていけないの。いいから私の言う通りにして」

マリヤーニは眉間《みけん》に縦皺を寄せた。彼女のところに若い男が近寄ってきて、何かを告げた。

「ケン、一緒に来て。着いたらしいわ」

小野寺はカートを押しながら二人の後に続いた。日は高く、到着ロビーは蒸し風呂のような湿気と暑さだ。汗が噴き出る。マリヤーニも男性もこの暑さに慣れているのだろう。汗をかいていない。

空港ビルを出ると、そこから先は鉄条網のフェンスに囲まれた広大な滑走路で、ビルの少し先が鉄扉の門になっていて小銃を肩に掛けた警察官が二人で警備に当たっていた。マリヤーニの顔を見ると、門を開いた。

鉄扉の近くには車が六台ほど止まっている。車から全員降りてスポットに着いた飛行機を見つめている。

「この車に荷物を積んで」

マリヤーニがトランクを開けると、小野寺はスーツケースを素早くしまい込んだ。

空港ビルからはサンバが風に流れて聞えてくる。さきほどより音量が大きくなっているようだ。

到着した飛行機から棺が降ろされ、黒塗りの一台のワゴン車に積み込まれているのが見えた。積み終わるとワゴン車が猛スピードでこちらに向かって走ってくる。

待機している人たちの前で止まり、中から運転手が降りた。

「リカルド・ヴォルトウ（リカルドが帰ってきた）」

彼はワゴン車のドアを開けた。後部座席のシートはすべて取り外されていて、棺が横たわっていた。すぐに老夫婦が車に乗り込んだ。棺の顔の部分を父親が開けた。父親は声を殺して泣いた。母親は手を差し伸べて、遺体の髪を撫でながら泣き叫んだ。

「リカルド、起きて。どうしたの、起きてよ」

後は声にならなかった。二人はいつまでも車から降りようとしなかった。マリヤーニも車内に入り、母親に日本語で言った。

「教会へリカルドを連れて行ってあげましょう」

その言葉に促されて、父親が母親の肩を抱き、車から降ろそうとした。母親はその手を振り払い、乗り出してリカルドにキスをした。ようやくワゴン車から降りた両親はマリヤーニの車へ案内された。

マリヤーニは棺の蓋を閉めるとき、リカルドに語りかけた。

「絶対に敵《かたき》は取ってあげるからね。あなたの死はムダにしない。私たちを見守っていてね」

戻ってきたマリヤーニの目からは涙が堰を切ったように流れ落ちた。涙を拭おうともせずに、待機している人たちに言った。

「バジリカ・デ・ナザレ教会に行きましょう」

小野寺はそっと彼女に寄り添いハンカチを渡した。受け取ると、顔に押し当てて、しばらく黙り込んでしまった。肩が震えている。

「大丈夫か」小野寺が聞くと、
マリヤーニは一瞬だが、小野寺の胸に顔を埋《うず》めた。呻《うめ》くような声がかすかに聞えた。

「さあ、行こう」

小野寺の声にコクリと頷き、マリヤーニは目を真っ赤にしながら運転席に座った。助手席に小野寺が座り、後部座席にはリカルドの両親が乗った。

先導車が走り出し、真ん中にワゴン車、その後にマリヤーニの車が続いた。先導車がクラクションを鳴らすと、それを合図にすべての車がクラクションを鳴らした。

空港を出ると、到着ロビーにあふれかえる観光客や出迎え客が一斉に振り向いた。サンバの音が一瞬だが消えた。観光客を歓迎しているサンバチームのダンサーは動きを止め、こちらを見ている。クイッカの演奏者も手を止めている。

ほとんどの人がこちらに向かって胸で十字を切っているのが見えた。マリヤーニも涙をこらえクラクションを力いっぱい押したままハンドルを握り、前を行くワゴン車を見つめていた。

ベレンは赤道直下、午前六時に日が昇り、太陽が頭上にきたときは正午、日が沈むのは午後六時、この繰り返しだ。太陽が少し西に傾いている。小野寺は時計を見た。午後三時を少し回っていた。マリヤーニはダッシュボードからサングラスを取り出してかけた。

「こんなときに紹介するなんておかしいけど、私の隣にいるのは、日本に留学しているときに世話になったドットール（ドクター）・ケンです」

小野寺は後部座席を振り返りながら頭を下げた。

「この度《たび》は本当にお気の毒で慰めの言葉も見つかりません」

二人も黙ったまま会釈した。逃げ出したくなるような重い沈黙が車内に広がった。それに耐え切れなかったのか、マリヤーニが言った。

「リカルドのご両親で、船越由夫さんと路子さん、二人ともブラジル生まれの二世よ」

助手席の小野寺に告げてから、後部座席の二人の様子をうかがうように一瞬振り向きながら言った。

「ケンはリカルドより少し前に日本から着いたばかりなので、何故、こんなことになったのかまだ知りません」

後部座席の二人は下を向いたまま肩を震わせている。やがて車はベレン市内に入っていった。カーニバルのせいかどこに行っても人だかりでサンバが鳴り響いている。もう待ちきれないといった雰囲気が伝わってくる。十代、二十代の男女は腰をくねらせて、これでもかといった調子で若さとセクシーさを振りまいている。子どももいれば、五十代、六十代の人たちもサンバに興じている。

葬列は道路にあふれ返った人の群れを避けながら走り、バジリカ・デ・ナザレ教会の前に来て止まった。見るからに古い教会で、リカルドが到着したことを知ると、教会の中から日系人が出てきて、ワゴン車に駆け寄る。柩を降ろすと全員で教会の中に運び入れた。柩は祭壇の前にそっと置かれた。リカルドの両親が柩にいちばん近い最前列に立った。小野寺は二番目の列にマリヤーニと並んで立った。

待機していた神父がドアから入ってきて、柩の前で祈りの言葉を捧げた。

「これから葬儀が始まるのか」小声で尋ねた。

「ええ、リカルドを送るミサよ」マリヤーニも小声で答えた。

久しぶりにマリヤーニと会えたのに、ホテルにチェックインする間もなく葬儀に参列している。十二時間の時差と三十時間に及ぶフライトと睡眠不足、小野寺は蓄積した疲労で雲の上を漂っているような錯覚に襲われた。

「ブラジルでは日本のお通夜《つや》みたいなことはしないの」

「ドライアイスなんていうものは、ここではなかなか手に入らないから、そんな感傷に浸っている余裕はないのよ」

教会の外はようやく日が傾き始めたようだ。それでも四十度近くあるだろう。命を終えた肉体は、すぐに土への回帰を始める。

神父の祈りが終わると、棺に献花が行なわれた。純白の薔薇の花を一本ずつ、参列者が棺に納めていく。マリヤーニの後に続いて小野寺も薔薇を供えた。棺の蓋は開けられていて、リカルドの表情を見ることができた。穏やかな顔をしている。

マリヤーニは真剣な顔つきでポルトガル語で何かを呟いたが、小野寺には理解できなかった。話し終わると右手の人差し指と中指を自分の唇に当ててから、その指をリカルドの口に当て「アデウス（さようなら）」と告げた。

参列者の献花が終わると、再び棺はワゴン車に載せられた。

墓地は教会から二十分ほどのところにあり、周囲を取り囲むように緑の木々が植えられていて、どの木にもマンゴーの赤い果実が垂れ下がっていた。棺を先頭に葬列は墓地の中へと入っていった。

ほとんどの墓には十字架を象《かたど》った墓石があり、名前とそして出生と没年月日が刻まれている。しかし、日本人移民も多いのか、日本式の墓石も見られる。漢字を知らないブラジル人の石材加工の職人に彫らせたとしか思えない曲がった釘のような字で墓碑銘を記した墓もあった。

　棺は「船越家之墓」と刻まれた墓の前で止まった。棺がその墓の前に置かれ、神父が最後の祈りを捧げた。

　神父は棺の蓋を少しだけ開き、肉親や家族、親しい人に最後の別れをするように告げた。両親はリカルドの顔をじっと見つめたまま、棺から離れようとしない。神父は母親のところに歩み寄って、「祈りましょう」と別れを促した。

　母親は棺から離れた。神父は目で埋葬作業員に合図を送った。作業員が墓の蓋を開いた。墓石の下は広い地下室になっていた。作業員は無言で棺をそのまま埋葬室に納めて石の蓋を閉じた。予《あらかじ》め用意していたコンクリートで再び密閉した。

　日は沈みかけ、西の空には朱を流したような夕焼けが広がっていた。マリヤーニの瞳は血の色に染まった涙が滲んでいるように見えた。


　その夜、小野寺がホテルにチェックインしたのは十時過ぎだった。ベレンのメインストリートのプレジデンテ・ヴァルガス通りに面しているが、老朽化の激しいイタオカホテルだった。

「カーニバルで、どこもいっぱいで空いているところはここだけだったのよ。カーニバルが終わればヒルトンホテルもがら空きになるから、それまではここで我慢して」

マリヤーニが申し訳なさそうに言った。

「ありがとう。小児学会はカーニバル後リオで開かれる。それまではこのホテルでおとなしくしているさ」小野寺が答えた。

マリヤーニは明日の朝迎えに来ると言い残して帰っていった。一人になると小野寺はシャワールームに飛び込んだ。とにかく四十八時間近く風呂に入っていない。しかもベレンに着いてからはずっと汗のかき通しだ。自分でも汗臭く感じられるほどだ。

バスルームには浴槽はなかった。小野寺は温かいシャワーを浴びた。

体にまとわりつくねっとりとした汗をゆっくりと洗い流し、シャワーを頭から浴び続けた。立ったまま湯を浴びていると、疲労は限界に達しているはずなのに意識だけは鮮明に覚醒してくる。

小児学会へ出席するように小野寺に命じたS医大付属病院の熊谷幸造院長の狡猾な笑みだけが蘇ってくる。洗い流せるものなら、突然の不祥事の記憶をすべて流してしまいたいと思った。

バスルームを出ると、エアコンから吐き出される冷気が快適に感じられた。小さな冷蔵庫からビールを取り出して、一気に喉に流し込んだ。一缶を空けてしまうと、二本目を手にしたが、小野寺はビールを元に戻して、冷蔵庫の上に置かれた琥珀色した「カシャッサ（CACHAÇA）OURO」と透明な「PRATA」と記された二本のボトルを手に取ってみた。「ＯＵＲＯ」の栓を開け、氷を入れてグラスに半分ほど注いだ。

グラスを揺らして氷と琥珀色の液体を馴染ませる。一口含んでみた。度数が強くて咽《むせ》そうになる。しかし、スコッチウィスキーにも引けを取らない芳醇《ほうじゅん》な香りと味だ。一度、マリヤーニからもらった酒を飲み過ぎてひどい目にあったことがある。サトウキビから作るピンガという酒で、同じ味がした。

酒は進んだ。都合のいいことに、酒のつまみに見たこともない木の実まで置いてある。胡桃《くるみ》のような味がした。テレビをつけ、ソファーに座りセンターテーブルに足を投げ出した。テレビはどのチャンネルもカーニバルの模様を流している。サンバを踊る若い黒人女性の艶《なまめ》かしい姿態も小野寺の意識の中には入ってこなかった。

心に浮かんでくるのは一週間前の熊谷院長とのやりとりだけだった。


小野寺はＳ医大付属病院で小児科外来の仕事を終え、午後は入院患者の回診に当たることになっていた。三階にある小児病棟のナースセンターで担当患者のカルテを見ていると、熊谷院長から電話が入り、院長室に呼ばれた。

院長室は本館最上階の七階奥にある。中に入ると窓際に木製の重厚な机が置かれ、その背後の本棚には医学書が並ぶ。部屋の中央には黒革のソファーがセンターテーブルを挟んで向き合うように置かれている。

「お疲れさま。回診前の忙しいときにすまない」

ソファーに深々と腰掛けて新聞に目を通していた熊谷は、小野寺に座るように勧めた。

「何かご用でしょうか」

小野寺は用件をすませ、一刻も早く院長室から逃げ出したかった。用件は想像がついていた。小野寺の素っ気ない対応に、熊谷も投げつけるような口調に変わった。

「こんどの国際小児学会はブラジルのリオで開催されるのは知っているね」

「はい」と答えたが、小野寺にはまったく関心はなかった。多数の患者を抱えていて学会に出席する余裕などないし、参加したがっている先輩の医師はいくらでもいる。

「君は確か呼吸器が専門だったよね」

「そうですが……」

最近の医学は細分化が進み、患者にしてみれば専門医の診断と治療を受けられるという利点があるが、重症患者になればなるほど複合的な疾患を抱える。そうした患者には、重大な見落とし、誤診が生じる可能性も高くなる。

ターミナルケア（末期医療）の現場からは心までを含んだ全人的ケアの必要性が叫ばれている。それはガンの末期患者だけではなく、小児医療の現場でも同じことだ。

小野寺は細分化が進む医療に抵抗を感じながらも、S医大付属病院では、小児科でも呼吸器専門の医師というレッテルが貼られていた。

「こんどの学会では、アメリカのマイケル博士が小児喘息の治療について発表するらしいね」

マイケル博士は、マンションや家屋の有害、アレルギー物質が小児喘息に与える影響や、転地療養の効果について数々の発表をしていた。その内容も学会誌を通じて読んで知ってはいるが、今回特に重要な発表があるとは聞いていない。

「リオの学会に出席してみる気はないかな」

熊谷は穏やかな表情をしているが、小野寺の心を探るように真剣な目で見ている。

「大変ありがたい話ですが、主治医になっている入院患者も数人いるし、今回は無理かと思います」

「しかし、重篤《じゅうとく》な患者は今いないだろう」

熊谷は小野寺が担当する患者を前もって調べていたのだろう。返答に窮した。

「行ってもらえますね」

熊谷はソファーから身を乗り出し畳み掛けるように言った。小野寺を凝視したまま身動きしない。

一方、小野寺はまさにヘビに睨まれたカエルで、下を向いたまま検討しているような振りをしているが、断る理由が他にないか、必死で考えていた。

熊谷はS医大付属病院だけではなく県内の医療を支配しているとさえ言われている。国会議員の義兄を通じて、中央政界にも太いパイプを持つ。熊谷の意向に背けば、小野寺の将来にも暗雲が垂れ込める。S医大出身の小野寺はそのことをよく知っていた。

これまでにも心ある先輩たちが熊谷体制に異を唱え、反旗を翻したこともあった。しかし、熊谷はそうした医師たちをことごとく排斥して現在の地位を築いてきたのだ。

「これから回診があります。返事は明日まで待っていただくことはできますか」

小野寺にはこう答えるのが精一杯だった。今にも消えそうな蝋燭《ろうそく》の火のような頼りない態度で、しかもオドオドしているのが相手にそのまま伝わりそうなほど卑屈だ。

「小野寺先生、私は小児科医としての君の将来に期待しています。そのために行ってくださいとお願いしているのですよ。わかっていますね」

背中から熊谷の声が追いかけてきた。院長室から何気ない顔をして出た。ドアを閉めた瞬間、耳に焼きごてを押しつけられたような怒りが襲ってくる。

〈君の将来に期待しているだって、ふざけるな〉

——熊谷の魂胆《こんたん》が見抜けないほど、俺は愚かではない。

では、何故、はっきりと断らなかったのか。吐き出したいような自己嫌悪に陥った。

翌日、小野寺は熊谷に電話を入れた。

「国際小児学会の出席、ありがたくお受けすることにします」

「よろしくお願いします。詳細は事務局長の大枝君にすべて伝えておきます」

小野寺は受話器を置いたが、薄ら笑いを浮かべた熊谷の顔が脳裏にちらついた。その直後、大枝から電話が入った。

事務局に行くと、出張の概要を告げられた。学会は三月十日から三日間だけなのに、休暇は二月二十日から四月末までになっていた。

「こんなに休暇をもらっていいんですか」

小野寺は半信半疑だった。

「許可は出ています。院長からは遠隔地への出張のため、その準備期間と、ブラジルの小児医療の視察も含まれているので、これだけの期間が必要と聞いています」

事務的な返事が大枝から戻ってきた。

「航空券、リオのホテルなどについては、こちらの旅行社にすべて話してありますので、小野寺先生の都合のいい日に出発なさってください。滞在経費については、一両日中に一万ドル相当の円を先生の口座に振り込んでおきます」

手回しのよさに言葉も出ない。

「もし滞在期間、いや視察期間を延長されるようでしたら、早めにご連絡をください。必要経費を口座に振り込むようにしますから」

病院ぐるみで小野寺をしばらくの間、海外に出そうとしているのは明白だった。

気がつくと「ＯＵＲＯ」のボトルが三分の一ほど減っていた。いつの間にか飲んでしまったらしい。沼に引き込まれるような睡魔が襲ってきた。ベッドに潜り込み、小野寺は何も考えずに泥のように眠った。

目が覚めたのは昼近くになってからだった。遠いところから津波が押し寄せてくるような重低音がベッドにまで伝わってきた。気だるさと眠気がまだまとわり付いているが、激しい地響きの音に眠り続けることはできなかった。ベッドから起きてカーテンを開けると、目を突き刺すような日の光が部屋に広がる。

五階の部屋から通りを見下ろすと、すでにカーニバルが始まっていた。プレジデンテ・ヴァルガス通りがカーニバルの会場になっているらしい。ブラジルのガイドブックにはカーニバルの衣装はファンタジア（幻想的）と紹介されていたが、女性のものは赤や青、紫に緑といった派手なラメの刺繍が入った衣装で、しかも胸と局部を小さな布の切れ端で覆っただけのものだ。

クイッカやタンバリン、笛などのリズムに合わせて何百人ものサンバチームが踊りながら行進している。小野寺は顔を洗い、目を覚ますと、一階のロビー横にあるレストランの窓際のテーブルで食事を摂った。

「ボンジア（おはよう）、ケン。眠れた？」

間もなくマリヤーニが入ってきて、小野寺の前のテーブルに着いた。薄く化粧をしているが、蓄積した疲労が顔に表れていた。

「君こそ大丈夫なのか。俺のことなら心配しなくていいぞ」

「私は平気」

ウェイターが注文を取りに来ると、「冷たいビールを一つ」と言った。鏡の破片でも降ってきたかのような日の光が、街路樹を潜り抜けて歩道に注いでいる。

「ここでは水分を摂らなければ、すぐに脱水症状を起こすから注意してね」

小野寺もビールを頼んだ。昼間からビールを飲んだことなどない。飲酒しながら診察などできないし、休日でもいつ呼び出されるかわからないので、昼間は絶対に飲酒はしないと決めていた。

スポーツドリンクでも飲むように喉を鳴らして飲んだ。やはり体が水分を要求しているのだろう。

「ところでさ、ベレンまで何しに来たの。カーニバルならここよりリオの方がずっときれいだよ」

悪気はないのだろうが、マリヤーニの言い方はいつもストレートだ。マリヤーニというよりブラジル人の口調がこうなのだろう。

「君に会いに来たんだよ」小野寺もビールを飲み干すと言った。

「国際小児学会が始まるまではベレンにいるのね」マリヤーニが確かめるように聞いた。

「君も出席するのか」

「とてもそんな時間はないわ」

〈俺も学会なんてどうでもいいんだ〉と口にしそうになったが、小野寺は思いとどまった。日本で今起きていることを想像すると、いたたまれなくなってしまう。友人を殺され、落ち込んでいるマリヤーニを労《いたわ》るように小野寺は聞いた。

「リカルドとの付き合いは長かったの？」

「父の代から親しくしてきた。私の父はS県から戦後移住してきて、船越さん一家にずいぶんと世話になったのよ」

船越家の農場でアマゾンの熱帯農業を学び、マリヤーニの父親は独立してピメンタを栽培した。戦争によってそれまでアジアで生産されていた胡椒が生産不足になり、ブラジルの胡椒が注目された。戦後移民の入植とほぼ同時期にトメアスのピメンタも増産され、やがてピメンタ景気に湧くことになる。

「父もピメンタ景気で儲けたらしく、土地を購入して栽培規模を拡大したの」

黄金景気は長くは続かなかった。一九六〇年代に入ると根腐れ病が発生し、ピメンタの木が次々に枯れ始めた。ピメンタはエスタッカと呼ばれる枕木のような支柱にツタを絡ませながら成長し、ブドウの房に似た小さな実を付ける。最初は緑だが赤くなった頃、実をしごいて収穫し、そのまま乾燥させると黒胡椒となり、水に浸し表皮を取ってから乾燥させたものが白胡椒となる。

いくら豊かな結実をしていても、畑に一本でも根腐れ病が発生すると、ピメンタは全滅した。

「病気から守る方法は、畑をいくつにも分割して、その間に密林を残しておくことだったの。そんなこと誰も知らないし、畑を分散していたのでは手間隙もかかり、生産効率は悪くなる。結局、ほとんどの畑が病気にやられ、ピメンタは衰退していった」

マリヤーニの父親も、ピメンタに代わる作物を懸命に模索したが、決定的なものを見つけることができずに生活は年毎に逼迫《ひっぱく》していった。

「悪いことは続くもので、父もマラリアにやられたりしていたけど、私が小学校に入った頃、肝臓ガンが発見されて、それからは坂道を転がるようだった」

保険制度があるわけでもなく、医療費は莫大な金額になる。マリヤーニの家にはそんな蓄えもなく、父親は医療らしい医療を受けられずに自宅で亡くなった。父親の惨めな死もマリヤーニが医師を志す一つの契機になったようだ。

「私だけではなく、リカルドも同じよ。彼だって何人ものマラリア患者が衰弱し、死んでいくのをアマゾンで見てきた。彼が勤務していたファルマブラ医薬品研究所は、今では制圧下においたマラリアの薬や熱帯性気候に発生する風土病の薬を開発してきた研究所なのよ」

少し間を置いてからマリヤーニは続けた。「私たちには夢があった」

「夢？」小野寺は思わず聞き返した。

「その夢のために、リカルドは暗殺されたのよ」

小野寺はデッサンでもする画家のような目でマリヤーニを見つめた。マリヤーニの口から物騒な言葉が出たからだ。日本では暗殺などという言葉は、新聞の国際面やテレビの海外ニュースでしか耳にしない。

「リカルドはブラジルのエイズ患者を救うためのプロジェクトを推進していた。それを阻止しようとする連中に殺されたの」

「犯人がわかっているなら、警察に通報して一刻も早く逮捕してもらえばいいだろう」

ケンはこともなく言った。

「あなたは何もわかっていないから、そんなことが言えるのよ。ここは日本じゃないの。そんな簡単にはいかないわ」

「わかっていないって、何が」

小野寺は刺《とげ》のある聞き方で返した。

「リカルドの研究はほぼ終了段階にきていた。それを終えたら彼は北里大学に留学することになっていたの。そこでさらに知識を得てくれば、もっとたくさんの人を救えるって……」

「マラリアは制圧したんだろう。まだ訳のわからない風土病があるのか」

小野寺の言葉が的外れだったのだろう。マリヤーニは悲しみが急に込み上げてきたのか、喉を詰まらせた。

マリヤーニはベレンの街を案内するとホテルの外に出た。

街はカーニバルの渦に飲み込まれていた。女性がほとんど裸に近い格好でサンバを踊っている。

小野寺と視線が合うと女性が声をかけてくる。

「何と言っているんだ」小野寺が聞くと、

「一緒に踊りましょうって言っている」とマリヤーニが通訳してくれた。

しかし、小野寺は一緒になって踊る気になれなかった。早々とホテルに戻った。マリヤーニと別れ、部屋に戻ると窓を開けた。通りの反対側にはオフィスビルやマンションが建ち並ぶ。ベランダに出て、住人も踊っている。パレードするチームにそこから紙ふぶきが投げつけられる。

熱狂するカーニバルとは裏腹に、心では別のことを思っていた。マリヤーニから投げつけられた言葉が、爪の間に刺さった棘のように疼《うず》いた。

「あなたは何もわかっていない」

小野寺は二年前にも同じ言葉を彼女から投げつけられた。日本に残って、結婚してほしいと彼女にプロポーズしたときのことだった。あのときも彼女は口を固く閉ざし、哀しい表情を見せた。

第二章　死を待つ病棟

できることなら関わりになりたくない医師だった。精神科の丸島紘輝の父親もS医大系列の総合病院院長で、県医師会にも影響力を持っている。元医師の伯父も県議から国会議員となり、県医師会と中央政界とのパイプ役を果たしている。丸島紘輝の母親もS医大出身で、S医大付属病院の薬剤部長を務めている。母親のいとこの丸島富太郎がS医大付属病院の理事長で、熊谷幸造院長も遠縁に当たる。

いわゆる医師の家系なのだが、丸島紘輝自身は国家試験に合格するまでに何年もかかり、医師としてのスタートは遅れている。最初は外科、形成外科、そして精神科と通常ではありえないコースを辿っている。

丸島にはとにかく悪い噂が絶えない。

〈親密なヤクザから頼まれて入れ墨の除去手術をした〉〈サラ金に手を出し、ヤクザの取立を受けた〉〈ヤクザに個室を提供した〉

丸島にまつわる悪評は枚挙にいとまがない。外科に勤務する友人から直接聞いた経験もある。あちこちから借金して買ったベンツを乗り回していた。飲酒運転をしてそのベンツで事故を起こしたらしい。しかし、警察に届けずそのまま夜間外来に駆け込んできた。

「助手席の女がケガをしている。公《おおやけ》になると困るんだ。君が夜勤でいてくれて助かったよ」

助手席に乗っていたのは愛人だったという噂だ。結局、警察沙汰にはならず、女性も一般のケガとして処理され、その愛人と手を切るとき、丸島は女性に多額の口止め料を支払ったという話だった。

丸島紘輝が主治医を務めていた瀬川亜佐美は、「咬舌《こうぜつ》による血液の肺への流入による誤嚥《ごえん》性肺炎」という診断で、小野寺のところに送られてきた。カルテや看護記録を慎重に読み進めた。しかし、症状は肺炎どころではなかった。

入院二日目、ハロペリドールの製品名であるセレネース一アンプルが点滴されている。入院三日目、四日目も同量のセレネース投与。四日目に患者の症状に変化が見られる。看護記録にはこう記されている。

「発汗多量でシーツ、リネン類交換する」

五日目には「発作性頻拍《ひんぱく》」、しかも二〇〇という異常な数値を記録している。体温も上がり始めていた。六日目にセレネース三アンプル、体温は三九・四度と高熱だ。

七日目にはさらに四アンプルに増量し、アキネトンの筋肉注射を開始している。

八日目から十一日目までは、七日目と同じ処置が繰り返され、大量のセレネースが投与されている。丸島がカルテに記入した様子もない。土曜日と日曜日をはさんで休暇を取って旅行をしていたかゴルフでもしていたのだろう。

しかし、十一日目にはCK値が七三九IU／リットルを示している。女性は三二から一八〇が正常、正常値から五〇〇までが軽度の上昇、五〇〇から二〇〇〇までが中程度、それ以上は高度の上昇とされる。それなのに何の改善策も取られていない。CKの数値は筋肉細胞の破壊度を示すもので、高ければ高いほど筋肉細胞が破壊されていることを意味する。また「体動に関係なく心拍が九〇台になったり三〇〇台になったりする」という看護記録も記されていた。

十二日目、モニターに表示される脈拍数は一五〇から一六〇、ときには二〇〇という数値に跳ね上がる。十三日目、肝機能障害が顕著に表れていた。GOTは正常値が四〇前後なのに対して、一二〇にまで上昇している。肺炎などより投薬による肝機能障害の疑いが濃厚だった。LDHも正常値をはるかに上回っていた。セレネースは最後の三日間は漸減し、最終日にジアゼパムに替えているが、入院から十七日目まで結局十六回にわたって投与され続けた。

呼吸困難に陥り酸素吸入が行なわれる。

〈何が誤嚥性の肺炎だ、ふざけるのもいいかげんにしろ〉

精神科から小児科への転科の理由を丸島はそう説明していた。噴き上げる炎のような怒りが込み上げてくる。

セレネース投与から五日目に血尿が出ている。ミオグロビンの排出が考えられる。腎臓に異変が起きていることは明らかだ。さらに弱った患者にＭＲＳＡ（メチシリン耐性黄色ブドウ球菌）の院内感染が確認され、追い討ちをかけるように「敗血症の疑い」も出てきた。

十二歳の少女の体に、津波のように次々と病魔が襲いかかっていた。

運び込まれてくる前日の記録に目を通した。カルテを握る手が震え始めた。小児科に移される直前にオーツカＭＶが点滴投与されている。背中に日本刀を突きつけられたような戦慄が走る。

「あのヤブ医者野郎が……」

小野寺は抑えていた怒りを吐き出すように、思わず叫んだ。周囲にいた看護師が驚いて一斉に小野寺を見た。

〈何故、こんなにひどくなるまで放置しておいたんだ〉

小野寺は心の中で不審の声を上げた。

「どの部屋に瀬川亜佐美はいるんだ」

担当看護師の岡村沙代子が待ちかねていたように「こちらです」と言った。小走りに廊下を急いだ。瀬川は個室に入れられていた。壁から伸びるカテーテルが鼻孔に挿入されていた。ぐったりとして小野寺の呼びかけに答えようともしない。

「先生、なんとかしてやってください」

亜佐美の母親が、すがるように寄ってくる。

「お母さん、落ち着いてください。治療の邪魔になるので、少しベッドから離れていてください」

岡村はさりげなく母親をベッドから遠ざけた。岡村は十年以上もS医大付属病院に勤務しているベテラン看護師だ。小野寺の処置は、ナースセンターを出たときから決まっていた。

「ダントロレンの用意をして」

小野寺の指示に、岡村はすぐにナースセンターに戻り、注射の用意をして戻ってきた。ダントロレン注射が瀬川亜佐美に打たれる。

体温は四〇度近い。アイスパックで体を冷却するように指示を出した。

慌しく看護師が動き始めた。付き添っている母親の顔に脅えが滲む。

小野寺は個室を出ようとした。母親も一緒に部屋を出て、小野寺を引き止めた。

「先生、あの子は大丈夫なんですか。どうなってしまったんですか」

「詳しいことは主治医の丸島先生から聞いてください」

小野寺はナースセンターに戻らず、刑事に追われる犯人のようにカルテを持ったまま別棟の精神科病棟に向かった。内科外来のある病棟から廊下でつながっている。二階建ての病棟は、一階が精神科開放病棟、二階が閉鎖病棟になっている。一階の入り口ドア横の呼び鈴を押すと、看護師が出てきてドアの窓から小野寺の顔を確認し、開錠した。

「丸島先生は?」

看護師がドアを開け終わらないうちに小野寺は聞いた。

「もうすぐ回診を終えて戻ってこられると思います」

小野寺はナースセンターで丸島の帰りを待った。間もなく戻ってきた丸島は、小野寺の顔を見ると視線を逸らした。隣のミーティングルームに丸島を誘った。

「瀬川亜佐美の件ですが」

子どもやその両親を相手にしているせいか、普段はもの静かだが、このときばかりは荒々しい口調だ。丸島にも小野寺の怒りが伝わったのだろう。

「精神科の治療よりも、まず患者の体を治してからでないと何もできない。頼むよ、小野寺先生」

コンビニ弁当を買いに行ってもらうような調子だ。

「患者は予断を許さない状態です」

小野寺は緊急処置を説明した。

「おそらくすべてが手遅れです」

「そんなことを言わないで、君、頼むよ」

「こんな状態になるまで、何故放置しておいたんですか」

「放置って、小野寺先生もずいぶんなことを言ってくれますね」

後輩の小野寺に責められて、丸島も気分を害したのだろう。眉間に縦皺を寄せて睨み返してきた。

「院長の方には私から報告しておきましょうか」

「何を報告するというのかね」

丸島の目が小野寺の心を覗き込むように鋭くなる。

「ハロペリドールの添付文書をお読みになったことはあるんですか」

「失礼だな、君も」

丸島の怒鳴る声が響いた。その声が隣のナースセンターでも聞えたのだろう。看護師がミーティングルームのドアをノックした。

「なんでもない」

丸島が大声で答えると、開きかかったドアが再び閉まった。

「本当に読まれているんですか」

小野寺も引き下がるわけにはいかない。

「くどい人だな」

しかし、知っていれば、瀬川亜佐美に対する処置は違っていたはずなのだ。小野寺にはまだ聞きたいことがあった。アキネトンの注射の理由も不明確だし、それよりなによりオーツカMVが、転科前日に唐突に点滴されているのはどういう理由からなのか。それを聞いても明確な答えが返ってくるとは思えなかった。

躊躇している小野寺を見透かすように丸島が言い放った。

「小野寺先生、自分の立場をもう少しわきまえたらどうだね」

怒りで目の前が暗くなる。小野寺は口ごもって何も言えなくなってしまった。言いたいことを飲み込み、

「とにかくあれほど重篤な患者は、私一人では責任が負えません。院長に報告、指示をあおぎます」

と、言うのが精一杯だった。

小野寺はその足で院長室に向かった。熊谷院長は突然の訪問に戸惑いの表情を見せた。

「片づけなければならない仕事もあるので、できれば機会を改めてほしいのだが

「いいえ、緊急事態と判断してやってきました」

小野寺は瀬川亜佐美の治療経過を詳細に説明した。熊谷は泥を噛んでいるような顔に変わった。

「それで、君の考えは」

「手遅れかもしれません。しかし、早急にチームを作って、多方面からの治療方法を検討していただきたいと思います。それが患者に対する誠意かと存じます」

熊谷の決断は早かった。数時間後には、肝臓、腎臓、胃腸のエキスパートが集められ、データの検討が行なわれた。チームの中に丸島も含まれていたが、丸島以外の医師には諦めとも怒りとも付かない感情が顔に表れている。誰もが丸島を刺激する言葉は避けた。丸島本人はまるで他人事で、瀬川亜佐美の検査データを聞いている。

結局、小野寺が取った処置を維持し、透析治療が緊急に開始され、あとは経過を見守るしかないという結論に達した。


カーニバルが終わると、ブラジル人は何事もなかったかのようにいつもの生活に戻っていった。

イタオカホテルの部屋ですることもなくベッドで横になっていると、電話のベルが鳴った。

「マリヤーニに頼まれて迎えにきた」

小野寺がロビーに降りると、見覚えのある若い男がマルセロ・サンパイオと名乗り、握手を求めてきた。ベレン空港の到着ロビーでマリヤーニと会っているとき、リカルドの遺体が到着したことを告げにきた男だった。

「マリヤーニが病院で待っている」

小野寺はマルセロの運転する車でマリヤーニが勤務する国立バーロス・バレット病院へ向かった。市内にはあちこちに街路樹が植えられ、その多くがマンゴーの木だった。実りのシーズンを迎えているらしく、どの街路樹にも数百と思われる赤い実が垂れ下がっている。

十分もしないで病院の正門に着いた。門は歩行者用と車用の入り口に分かれ、ガードマンによって警備されている。歩行者も車も、紹介状の提示が求められ、衰弱し一見して病人とわかっても紹介状がないと中には入れてもらえなかった。

マルセロは二言、三言ガードマンに告げた。ガードマンは詰め所の電話で病院に電話をかけた。マリヤーニに確認でも取っているのだろう。ガードマンはすぐに戻ってきて、門を塞ぐバーを上げた。

広大な敷地のわりには建物の数は少ない。ここにもマンゴーの木が植えられ、静かな木陰《こかげ》を提供している。真っ青な空に向かって真っ直ぐに伸びた椰子《ヤシ》の木もある。森の中に病院があるようで環境としては申し分ない。マルセロは歩行者が向かっているいちばん大きな六階建てビルの前で車を止めた。

受付の前には患者の長い列ができていた。その横を通り過ぎていくと暗い廊下に突き当たり、ハーモニカのように診察室が並ぶ。廊下の両側には五人がけのベンチが飛び石のように置かれている。どのベンチもぐったりした患者が順番待ちをしていた。診察室にはドアが付いているが、開け放たれ、入り口はカーテンで仕切られているだけだった。

奥まったところに母親が子どもを抱いて座るベンチがあった。それを心配そうに立ったまま見つめる父親。小児科の診察室前なのだろう。マルセロはその診察室までくると、ノックもせずに、カーテンを半分ほど開いて中をのぞいた。白衣ではなくブルーの上っ張りを着て診察に当たるマリヤーニの姿が見えた。

「ケンも一緒なの」マリヤーニは日本語で聞いた。

小野寺もカーテン越しに顔を見せた。

「もう少しで終わるからそこで待っていて」

マリヤーニは間もなく出てきた。

「待っている患者はどうするの」小野寺はベンチに座っている患者に自然と目がいっ

た。

「今からは他の医師に診てもらう。私は入院患者を診察しなければならないの」

病院内は蒸し暑く、エアコンはなかった。

「国立病院なのにエアコンがないのか」小野寺が聞いた。

「国立病院だからないの」マリヤーニが答えた。

マリヤーニがS医大に留学している頃、ブラジルの医療制度について聞いたことがあった。給料からＩＮＰＳと呼ばれる保険料が差し引かれ、労働者とその家族は公立病院でなら無料で医療が受けられるようになっていた。制度としては他の先進諸国にも決して劣るものではなかった。しかし、治療を受けるためには、病院で一日、二日並ばなければならない。その間に患者が死亡してしまうケースも決して珍しくはない。

経済的に余裕のあるものは保険を適用して無料の医療など受けようとしない。高額な医療費を支払えば、私立病院で待たずにしかも最先端の医療を受けられる。私立病院の医師の多くはアメリカの医学部に留学している。彼らは年齢的には若いが、臨床経験が少ないということはない。

医師は一週間のうち決められた時間は、公立の病院で治療に当たらなければならない。患者は何時間、何日も順番を待って治療を受ける。患者は受けられるだけでもありがたいと思っている。医師にとっては、その技術を磨くための場となる傾向が強い。

医療過誤で患者が死んでも、裁判に訴えるものなどいないからだ。日本の中にもブラジルの心臓外科、脳外科の医療水準は欧米より上だと評価する医師もいるくらいだ。

「この病院は、パラー州内の公立病院では手に負えないと紹介状を持っている患者だけを受け入れているのよ」

受付で患者や家族が紹介状を提示していたのはそのためらしい。

院内の気温は三十度を超えているだろう。

「スコールが来てくれると、少しは温度が下がって患者も過ごしやすくなるけどね。この時間帯がいちばん大変な時間なのよ」

マリヤーニは小野寺を連れて四階へ上がった。どの階も病室の構造はまったく同じで、五部屋あった。成人男性の病棟だったがどの部屋も中の様子が見え、プライバシーなどまったくない。マリヤーニは奥の部屋に小野寺を導いた。

その部屋だけは明らかに排泄物の臭いが漂っていた。四人がベッドに寝ているが、くの字に曲げた脚は熱い鉄板の上を転がった蝋燭のようにやせ細り、その骨をくしゃくしゃにした新聞紙のような皮膚が覆っていた。

下半身には紙おむつがあてがわれている。細くなった大腿部の付け根から汚物が漏れている。患者にはおそらくその感覚もないのだろう。胸は肋骨の一本一本が浮き出て、顔も骨格がはっきりと浮かび上がっている。小野寺は息を飲んだ。

「この患者たちは何の病気なんだ」

「エイズよ」マリヤーニはこともなく言った。

「ジェンチ、ドットーラ・シェゴウ（皆さん、先生が来ましたよ）」

入り口で手を叩き、マリヤーニは部屋に入った。マリヤーニが来たことがわかると、全員が声の方を振り向きながら笑った。ミイラが真っ白な歯を見せて笑ったようにしか小野寺には見えなかった。

彼らにはマリヤーニと握手すら力も残っていない。一人一人のベッドに行って、折れそうな患者の手を両手で包み込む。患者は枯竹のようになってしまった全身の最後の力をしぼり出した声でマリヤーニに話しかける。口元に耳を近づけ聞き漏らすまいとするマリヤーニ。一人一人と話をして、部屋を出るとき「アテ・アマニャーン（明日またね）」と言った。

部屋を出ると、小野寺はすぐに聞いた。

「彼らにどんな治療をしているんだ」

「打つべき手はすべて打った。万策尽きたの」

マリヤーニはそれ以上何も言わずに二階の医師室に下りていった。

「ケン、もう一ヵ所、私が診療している病院に付き合って」

「まだ診療するのか」

小野寺はただ驚くばかりだった。

マリヤーニが運転する年代物のフォルクスワーゲンに乗せられた。アマゾン河に沿ってしばらく走った。河岸にはアマゾン河に浮かぶ島々とベレン港を結ぶフェリーボートの発着所や倉庫が建ち並んでいた。通りを挟んで反対側には粗末な家が道路に沿ってどこまでも続いている。もともと湿地帯だったのか、家は高床式になっていて、沼に突き刺した何十本もの丸太を柱にして、ありとあらゆる板切れを打ち付けた家がその柱の上に載っていた。道路から細長い板が家に渡されていて、住人はそれを渡って中に入るらしい。

「この辺りはベレンでも指折りのファベーラ（スラム）なの」

マリヤーニの車にはエアコンは取り付けられていない。窓から入ってくる風とともに、なんとも言いがたい異臭が流れ込んでくる。沼には様々なものが流れ込み、そのすべてが沈殿しているようだ。以前は河に流れ込んでいたのだろうが、道路がそれを寸断したのかもしれない。

路面は一応舗装されているが、あちこちに穴が空いている。マリヤーニには漂う悪臭が気にならないのか、その穴を避けて慎重にハンドルを操作した。ヘドロの溜まった沼に渡した板の上で子どもたちが何の屈託もなく遊び、踊っている。ほとんどの子どもが裸に近い格好をしている。腹が出ている子どもが多く、一見して栄養失調の症状だとわかる。腕や脚が異様に細い。

異臭に耐え切れず、小野寺はハンカチを取り出して鼻と口を覆った。それでも臭いは消えない。脳に深くその強烈な臭いが刻まれてしまったのか、呼吸を止めても臭いはした。

「慣れるしかないのよ」

「どうやったらこんな臭いが作れるのだろうか」

「生活排水、排泄物、ろ過したコーヒーの粉、食べ残した肉や野菜などの生ゴミ、それに……」マリヤーニが口ごもった。

「まだ沈んでいるものがあるのか」

「そうね、あの沼から五、六人の腐乱死体が上がっても驚くものは誰もいないわ」

「そんなに治安の悪いところなのか」

「ベレンはコロンビアからの麻薬の中継点でもあるし、ブラジルの中でも貧しい州なの。ファベーラの中に身を潜める麻薬の売人や犯罪者も多いわ」

生活に困り、女性は売春婦になり、男たちは昼間から酒を飲み、薬物の注射を打ち回しする。それがファベーラの日常らしい。

「こんな親なら捨てた方がましと五つ、六つの子どもが家族を見限ってストリートチルドレンになるのよ」

前方を凝視しているマリヤーニは、小野寺が知っている彼女とは別人のように思えた。その表情は怒っているようでもあり、今にも泣き出しそうにも見えた。

S医大付属病院の小児科医としてその一歩を踏み出した年に、マリヤーニは留学生としてS医大に入ってきた。将来は小児科医になりたいと、夢と希望が体から満ち溢れていた。日本語能力もあったし、学習意欲も強く教授たちの評判もよかった。ブラジルに戻って二年しか経過していないのに、マリヤーニは激戦地の軍医のような厳しさを漂わせている。

「ストリートチルドレンになった子どもの半数は病死か事故死、生き延びられるのは半数もいないの。それでも子どもたちはファベーラから抜け出そうとするのが、ここの現実」

窓から吹き込んでくる風にマリヤーニの少しウェーブがかかった髪が額に垂れ下がり、視界を遮った。その髪をかき上げながら言った。

急に空が暗くなった。積乱雲が空へ駆け上がっていくのが見えた。湿気を含んだ風が木々の枝や葉を揺らし始め、マンゴーの実までが風にたなびいている。雨粒が天幕の上に落ちてくるような音を立ててぱらついてきた。それは一瞬にして本格的なスコールに変わった。

雨は礫《つぶて》となって道路に叩きつけ、湯煙を立てているような激しさだ。風も一層強くなり、雨は横ざまに簾《すだれ》のようになって降り注いだ。

夕闇がすぐそこまで迫っているような暗さになり、雷がアセチレンガスのように青白く光った。大気を真っ二つに引き裂きながら、稲妻が真っ赤に焼けた火箸《ひばし》を継ぎ足すようにジグザグと鋭く大地に突き刺さる。空気を震わせながら雷鳴が響き渡る。

霧となって車窓から吹き込んでくる雨のしぶきにマリヤーニは、「これで患者も少しは楽になるわ」と、誰に言うでもなく呟いた。

目的地に近くなるにつれ、舗装道路は陥没し、深い水溜りができていた。

「ここのファベーラはエストラーダ・ノーバ（新しい通り）と呼ばれているの。紹介したい仲間がいるの」

「あの汚いところで暮らしている友人がいるの」

「うん、いるよ。私の患者の多くはほとんどがこうしたファベーラに住んでいる人たちだから、友達も多い」

「あの病院だけではなくて、他の私立病院には勤務していないのかい」

ブラジルの国公立病院の給料は安いと聞いていた。

「私立の病院は私がいかなくてもたくさん医師がいるわ。それに貧しい人たちへの医療活動を止めたら、何のために医師になったのかわからなくなってしまうでしょ」

「エイズ患者には何の治療もしていないだろう。それが医療と言えるのか」

「そうね。だからブラジルの医師は医療活動以外にもしなければいけないことがたくさんあるの」

車は沼に架かった素人が造ったような材木の橋を渡った。ファベーラの中の道は車一台がようやく通れるほどの幅しかない。ファベーラに入ってくる自動車などないのだろう。進む度に板が軋む音がした。

ファベーラは干上がりかけた沼の上に建てられたらしく、地表が露出しているところは泥濘《ぬかるみ》の道で、水がはけない沼には材木と板が渡され、橋が道になっている。その道や橋を車はゆっくりと進み、奥へと入っていった。

家にはガラス窓などなく、観音開きの板窓や蝶番《ちょうつがい》で一枚板を張り付けただけの窓で、中の様子が見えてしまう。どの家も六十ワットの裸電球が、天井から腫れ物のようにぶら下がっていた。ファベーラに沿った通りには電柱が一定の間隔で立っていた。どの電柱のトランスにも何十本という電線が突き刺さり、その電線がファベーラの家々に伸びている。ファベーラの電気は電柱からすべて盗んでいるものらしい。

マリヤーニは細い道の行き止まりで車を止めエンジンを切った。家の中に入ると、壁に十字架とキリスト像が飾られている。部屋の中央にファベーラには不釣合いなキングサイズのベッドが置かれて、六十歳代の老人が横たわっていた。シーツも純白で、老人の身体にはタオルケットが掛けられていた。

その横にマルセロとバーロス・バレット病院で見かけた看護師がいた。老人には点滴注射が行なわれ、部屋の隅に酸素ボンベが置かれ、そこから伸びるカテーテルが老人の鼻孔につながっていた。髭も剃られ、髪も整髪されている。

「こんなむさ苦しいところまでよく来てくれましたね」

老人は流暢できれいな発音の英語で話しかけてきた。

「彼はバンデレイ・ロドリゲス。私たちのグループのリーダー」

マリヤーニがバンデレイに代わって簡単な紹介をしてくれた。

「もともと連邦議員だったけど、軍政に反対し、身の危険を感じて一九六九年にポルトガルに亡命していたの」

マリヤーニの説明によると、ブラジルは一九六四年に起きた軍事クーデターによって軍政に入った。その結果、民主制を主張する政治家、文化人の亡命が相次いだ。バンデレイもその一人だった。その後、一九七四年ブラジルは政治活動の規制を緩和、一九七九年恩赦法が成立した。

「一九八〇年にブラジルに帰国して、それからはパラー州の民主化運動のリーダーとして州議員としても活躍してきたけど、病気のために引退したの」

マリヤーニの紹介が終わると、バンデレイが弱々しい声で続けた。

「マリヤーニがどこまで説明したか知りませんが、私はいわゆる同性愛者でエイズに感染、発病しています。このままなら一年以内に死ぬことになると思います」

　自分の死期を悟り、それを淡々と語るバンデレイからは病人特有の哀れさは感じられない。政治家として妥協せず自分の信念に従って生きてきたのだろう。掘っ立て小屋の粗末なベッドに横たわっているが、その目は誇りと威厳に満ちていた。それが小野寺にも自然と伝わってくる。

「政治の世界を引退してからは、ＨＩＶ感染者の支援組織ＡＢＩＡ（ＡＳＳＯＣＩＡÇÃＯ　ＢＲＡＳＩＬＥＩＲＡ　ＩＮＴＥＲＤＩＳＣＩＰＬＩＮＡＲ　ＤＥ　ＡＩＤＳ）のパラー州代表をしています。ブラジルの感染者の状況を知ってもらいたくてここに来てもらいました」

　小野寺はマリヤーニの顔を見た。彼女の真意が理解できなかった。

「私は確かに医師ですが、専門は小児科、しかもまだ一人前と言えるような状態ではありません。ブラジルの状況を知ったからといって、申し訳ありませんが皆さんのお役に立てるようなことは何もできません」

　戸惑う小野寺の話を、バンデレイは静かな笑みをたたえながら聞いていたが、子どもを諭すような穏やかな口調で言った。

「ドットール・ケン、そんなことはありません。私たちはあなたの理解と支援を必要としているのです。今、私たちはある計画を進めています。その計画を阻止しようとするグループによってリカルドが殺されたことは明白です。計画の内容をここであなたに話すわけにはいきませんが、いずれ明らかになったとき、私たちの立場とブラジルの現実を知っているあなたが日本にいるというだけで、勇気付けられるのです」

　小野寺は大学で学んだエイズの知識を反芻した。エイズの原因はＨＩＶ（ＨＵＭＡＮ　ＩＭＭＵＮＯＤＥＦＩＣＩＥＮＣＹ　ＶＩＲＵＳ）で、このＨＩＶが増殖過程で人間の免疫システムを蝕み、最終的には、様々な日和見《ひよりみ》感染症を引き起こして死に至る。ＨＩＶは、大別してＨＩＶ１とＨＩＶ２に分かれる。アフリカを含め、全世界的に感染を拡大させているのがＨＩＶ１で、ＨＩＶ２は西アフリカに局所的に見られるウイルスだ。ＨＩＶ１の方は感染力が強く、ＨＩＶ２は比較的感染力も弱く、また潜伏期間も長いと言われている。

　欧米ではエイズは、ゲイ、薬物常用者、セックス・ワーカーの病気と考えられていて、アメリカの当時の共和党レーガン政権は、研究費、対策費をほとんど出さなかった。しかし、一九八五年にロック・ハドソンが実はゲイであり、エイズで死んだことが明らかにされると、アメリカのエイズ政策は大きな転換点を迎え、大規模な資金を投入して研究が進められた。

　その結果、抗レトロヴィルス薬（ＡＮＴＩ　ＲＥＴＲＯＶＩＲＵＳ＝ＡＲＶ）が、ＨＩＶに有効だということがわかってきた。ＨＩＶは「レトロヴィルス」というヴィルスの一種であり、抗レトロヴィルス薬は、ＨＩＶだけでなくすべてのレトロヴィルスに対して効果を持つ。

最も注目されたのは、以前、副作用が強くてお蔵入りしていたガンの治療薬であるアジトチミジン（ＡＺＴ）がＨＩＶに直接作用することがわかり、一九八八年、ＡＺＴは抗レトロヴィルス薬第一号として市場に出された。

しかし、副作用の問題が解消されたわけでもなく、ＡＺＴをはじめとして既存の抗レトロヴィルス薬は、ＨＩＶの増殖プロセスの一つを阻害する効果しかなかったために、同じ薬を飲んでいるとすぐに耐性ができ、薬を替えてもすぐに効果が失われ、結局、死に至るという現実が依然として続いていた。

「ブラジル人のエイズ患者にとってＡＺＴでさえもまったくの無縁な存在です。一部の富裕層ならいざ知らず一般のブラジル人にはとても手の届く治療薬ではないのです。今日、ケンが見た国立病院の患者はまだ恵まれている方なのです」

あの状態で恵まれているのなら、そうでない患者はどうなるのか。小野寺には想像もつかなかったし、想像したくもなかった。

「パラー州は日本の三・三倍の面積があるの。入院できなくても家族にケアされ、看取られる者はいいけど、エイズだとわかり、家族から追われた者はまるで犬や猫のように見捨てられて死んでいくだけ」マリヤーニが追い討ちをかけるように言った。

「エイズ感染者、患者をPHA(PEOPLE LIVING WITH HIV&AIDS)と言うようですが、私たちもエイズとともに生きる社会を模索しています」

バンデレイは体を起こしているのは三十分が限界のようで、話をしているのも辛そうだった。しかし、言葉は最後まで穏やかだった。

マリヤーニが目で合図を送ってきた。帰り支度を始めた小野寺にバンデレイが言った。

「君と会えてうれしかったよ」

小野寺は重い気持ちを引きずりながらマリヤーニの車に乗り込んだ。

「議員までやったバンデレイがどうしてあんなところで生活しているんだ」

走り出すのと同時に聞いた。

「彼も命を狙われているの。身を隠すにはファベーラがいちばん安全なところ」

「議員までやったバンデレイなら警察も動くだろう」

「貧困と闘ってきたバンデレイは自分の死に場所をファベーラと決めている。そのことを知っている住人は、彼のためなら命を投げ出してでも守ろうとするわ」

ブラジルの貧困も悲惨なエイズ患者の現実も、小野寺といったいどんな関係があるのか。その現実を知ったからといって、彼らにどんな支援ができるというのか。小野寺は早くホテルに帰り、シャワーを浴びたかった。ファベーラに漂う異臭はシャツにまで染み込んでいるように感じられた。

車は材木の橋をゆっくりと渡った。渡りきってハンドルを右に切り加速しようとしたときだ。河沿いの倉庫から五人の男が突然現れた。マリヤーニは急ブレーキを踏んだ。その瞬間、マリヤーニもそして小野寺も首筋に拳銃を突きつけられていた。

「ケン、絶対に抵抗しないで。すれば殺される」

マリヤーニは冷徹な口調で言い放った。それがかえって小野寺の恐怖感を煽った。

「こいつら強盗か」

「わからない」

日本語で会話をしていることに腹を立てたのか、小野寺に拳銃を突きつけている男は、銃床で小野寺の額を殴った。額が割られ、血が目に入ってくる。小野寺は車から引きずり降ろされ、ズボンのポケットを探られた。財布には現地通貨と百ドル紙幣が五、六枚入っていた。殴った男は財布などには目もくれず路上に投げ捨てた。

「止めて」マリヤーニが叫んだ。

男はマリヤーニの頬に銃口が食い込むほど押し付けた。

「黙れ。リカルドのデータはどこにあるのか教えてもらおう」

「そんなものは知らないわ」

リカルドを殺した組織の一員らしい。

「では一緒に来てもらう」

男はマリヤーニの髪を掴んだ。残りの三人は車を取り囲み、周囲を警戒している。

小野寺は高校の体育の授業で柔道を一学期だけ習ったことがある。それくらいで格闘技などまったくの素人だ。小野寺の額を割った男の視線が、一瞬、マリヤーニに流れた。小野寺は目の前の男の股間を蹴り上げた。急所に入ったらしい。男は声も上げずに蹲《うずくま》った。それでも男は苦痛に耐え視線を小野寺に向け、銃を撃とうとした。小野寺は男の顎をサッカーボールのように蹴った。男はそのまま後ろに倒れ土手を転がり、ヘドロの沼へ突っ込んでいった。

小野寺は助手席に飛び乗り、クラクションを押した。その瞬間、マリヤーニは髪を掴んだ男の指だけを捻《ひね》り上げた。痛みに男の手が離れた。

「早く出せ」

小野寺の声に、マリヤーニがアクセルを踏み込んだ。前に立ちはだかった男が拳銃を発射した。フロントガラスが粉々に砕け散った。マリヤーニは下を向き、車のスピードが落ちた。

「走れ。走るんだ」

小野寺の声にマリヤーニが再びアクセルを踏んだ。男をボンネットの上にはね上げた。マリヤーニが悲鳴を上げた。男はゴムマリのように弾んで路上に転がり落ちた。

マリヤーニはそのまま車を走らせた。小野寺は後方を振り返った。騒ぎを聞きつけてファベーラから住人が飛び出してきてアリのようになって材木の橋を渡ってくるのが見えた。

襲ってきた連中はヘドロの沼から男を引き上げ、はねられた男を待機させていた車に乗せて発進するところだった。車に追いついたファベーラの住人が逃亡を妨げようとボンネットや天井を叩き出したが、一味はマリヤーニとは逆方向にフルスピードで逃げ去っていった。小野寺にもバンデレイがファベーラに身を潜めている理由がわかった。

「もう大丈夫だ。車を止めてもいい」

マリヤーニがブレーキを踏んだ。凍り付いてしまったようにハンドルを握ったまま手を放さない。小野寺が手を重ね、ハンドルから引き離した。指が痙攣《けいれん》しているように震えている。

「もう大丈夫だ」

小野寺はマリヤーニの肩を抱き寄せた。マリヤーニは小野寺の胸の中で、雨に打たれた子犬のようにワナワナと震えていた。ファベーラの住人が心配して車に駆け寄ってくる。

マルセロも事件を知って走り寄ってきた。

「リカルドを暗殺した同じ組織の連中だと思う。データを出せとか、なんとか言っていた」

マルセロにスペイン語で説明した。

「とにかく彼女を安全なところで休ませてやってくれ」

マリヤーニは住人に抱きかかえられて、ファベーラの中に入っていった。橋の向こう側に車椅子に乗ったバンデレイの姿が見えた。

「あいつらが言っていたデータって何のことだ。何故、マリヤーニまでも狙われてい

るんだ」

マルセロに聞いたが、何も答えようとはしない。

「マリヤーニ本人かバンデレイに聞いてほしい」

フロントガラスを割られた車がゆっくりとファベーラの中へ運ばれていく。

「ケンはどうする」

「俺はとりあえずホテルに引き上げる」

「ちょっと待ってくれ。誰かに送らせるから。それから夜は一人で街に出ないでくれ。

あいつらは何をするかわからない。君も仲間だと思われているかもしれないし……」

「仲間って何の仲間だ」

マルセロは再び押し黙ってしまった。

「殺されたリカルドも、バンデレイもマリヤーニも、そして俺もカミガセになるんだ。俺たちはカミカゼトッコウタイだ」

マルセロのポルトガル語は、小野寺のスペイン語の能力でも十分に聞き取れた。しかし、真意は理解不能だった。

マリヤーニたちはいったい何をしようとしているのだろうか。

騒音と排気ガスを撒き散らすだけの鉄の塊のような車でホテルに送ってもらった。部屋に入り鍵を閉め、ドアチェーンを掛けた。部屋のカーテンも閉めた。

〈カミカゼたちはいったい何と戦おうとしているのだろうか〉

マリヤーニたちが相手にしているのは平然と人の命を奪う集団だ。銃撃戦などテレビや映画の世界で、自分が銃撃を受けるなどとは想像すらしたこともない。それが現実に銃撃戦に巻き込まれた。襲ってきた連中が持っていたのは紛れもなく本物の拳銃だった。男の撃った銃弾はフロントガラスを破壊した。

一人になると、一瞬にして通り過ぎた恐怖と不安が、余震のように小野寺に襲いかかってきた。銃撃を受けたシーンがスローモードの再生ビデオのように鮮明に脳裏に浮かんでくる。

小野寺はシャワールームに入り、いつもより熱めに湯を調整した。裸になり、シャワーを頭から浴びるが、断崖から突き落とされるような恐怖がまとわり付いたままだ。マリヤーニを救わなければと夢中でもう一人の男を蹴り上げた。うまく急所に入ったから良かったものの、あの一撃を外せば男は間違いなく発砲していたはずだ。

それを想像すると、熱いシャワーを浴びているのに体が震え始めた。ブラジルの治安の悪さは、折に触れてマリヤーニから聞いていたが、小野寺の認識は窃盗、強盗事件が多発している程度のものでしかなかった。生命さえ奪われかねないほど治安が悪いなどとは考えたこともなかった。

シャワールームは湯気で真っ白だ。それでも小野寺の震えは止まらない。シャワーを止めてバスタオルを頭からかぶった。鏡についた水滴を手で拭った。自分でも嫌になるほど悲痛で、哀れな顔をしている。

バスローブを羽織ってシャワールームから出た。冷蔵庫の上にある「ＯＵＲＯ」のボトルを手に取った。グラスに注いでいる余裕などない。手が震えている。蓋を開けると、小野寺はラッパ飲みした。口に含めるだけ含んで喉に流し込んだ。咽《む》せて喉が焼けるように痛い。それでもすぐに二口目を飲んだ。アルコールで意識や思考を止めてしまわなければ、とても眠れそうにもなかった。

第三章　遠い接近

「ケン、何も聞かずにこのまま日本に帰って」

　マリヤーニは小野寺を押しのけるような厳しい口調で言った。襲撃を受けた日から帰国しろと同じ言葉を繰り返していた。

「国際小児学会に出席するのですぐにここを離れるよ」

　小野寺が答えると、マリヤーニの顔は青ざめ、吊り上がった両目は血走っていた。業を煮やしたマリヤーニにエストラーダ・ノーバに連れてこられた。バンデレイからも帰国を勧めてもらおうという彼女の思惑に違いない。学会は目前に迫っていた。ベレンが危険ならば、会場に当てられたリオのホテルで過ごすと言ってみたが、マリヤーニは頑として聞き入れない。

「リカルドが殺されたリオの方がずっと危険なの」

　マリヤーニの表情は、サラ金の取立人のようにさらに険しくなった。

「院長から学会に出席しろと言われて、俺は来たんだ。それが何者かによって襲われたからと、のこのこと日本に逃げ帰れない」

小野寺の言葉に、マリヤーニは手負いの獣のような苛立ちを見せた。

「いいから帰って、お願い」

二人のやりとりを聞いて、ベッドの上で、体を半分だけ起こし、バンデレイが言葉を挟んだ。

「せっかくブラジルに来てもらったのに、とんでもない事件に巻き込んでしまい心からお詫びしたい。しかし、マリヤーニの言っていることが決して大げさではないのは、あなたにもわかっていると思います。ここはマリヤーニの言葉に従ってもらえないでしょうか」

小野寺は黙りこくった。熊谷院長は小野寺に日本にいてほしくないから、国際小児学会出席と現地医療事情の視察という名目を作ってブラジルに派遣した。小野寺には学会出席以外にも帰国できない理由があるのだ。それを十日間で帰国すれば、予想不可能な混乱を引き起こしかねない。

「小児学会出席、医療事情視察については、私から病院側に強く働きかけてようやく実現したことです。それを事件に巻き込まれたと帰国したのでは、出張を認めてくれた院長や理事や関係者に申し訳が立ちません」

小野寺は苦し紛れのウソをついた。マリヤーニも出口の見つからない迷路に迷いこんだように途方にくれている。

「三月まではブラジルに滞在するということですね」

バンデレイが確認するように聞いてきた。

「リオではご自分の臨床ケースを発表されるのですか」

「いいえ、今回はアメリカのマイケル博士の小児喘息についての発表を聞くことが最大の目的です」

「その発表を聞いたらすぐにベレンに戻ってもらうことは可能ですか」

バンデレイの真意がわからずにマリヤーニも苦りきった顔をしている。

「リオへは日帰り、帰国まではベレンのファベーラの中で暮らしていただくというわけにはいきませんか」

この提案に真っ先に異議を唱えたのはマリヤーニだった。

「住めるわけがないでしょう、彼に。ケンの家はパパイ（父親）もアヴォ（お祖父さん）も医師で、お金の苦労どころか、何の苦労も知らないで育ってきた人なのに……」

「どうするかは君が決めることではない。決めるのは俺だ」

小野寺はこみ上げてくる怒りを懸命に抑えた。古傷を針で刺されたような痛みを感じた。マリヤーニを無視して、バンデレイに視線を向けた。

「どうしてそんなことをしなければならないのか、その理由を説明してほしい」

バンデレイとマリヤーニが顔を見合わせる。二人とも困り果てた顔をしたが、バンデレイには長時間話をしているほどの体力はない。意を決したように話し始めた。

「いっさい口外しないと約束してくれますね」こう前置きした。「私たちはある薬の開発を進めていました。それを担ってきたのが先日殺されたリカルドです」

少し話しては呼吸を整え、そして再び話すということの繰り返しだった。

「今年はバンクーバーで国際エイズ会議が開かれますが、そこで画期的な治療法が発表される予定です」

ＰＨＡのネットワークが全世界的にでき上がりつつあるのだろう。アメリカの情報がすでに入っているような口ぶりだ。

ＨＩＶは人の免疫細胞の一つであるヘルパーＴ細胞に侵入して増殖する。侵入されたＴ細胞は死滅し、その結果免疫機能が弱まる。抗レトロヴィルス薬は、このＨＩＶがヘルパーＴ細胞に侵入して増殖する際に出す酵素を阻害することによって、ＨＩＶの増殖を抑える。結果として、うまくいけばＨＩＶの数を減らすことができる。ＨＩＶは増殖ができなければ死滅する。しかし、これらの薬は副作用も強く、効果と呼べるほどの成果を出してはいなかった。

抗レトロヴィルス薬には、逆転写酵素阻害剤のＡＺＴ、ＤＤＩ、３ＴＣなどがある。

一方、ＨＩＶのたんぱく質を合成する際に必要となる「たんぱく質分解酵素」を阻害するプロテアーゼ阻害剤は従来の逆転写酵素阻害剤とは別のアプローチでＨＩＶの増殖を抑える薬だ。プロテアーゼ阻害剤には、サキナビル、リトナビル、インディナビルなどがある。

「さらにネルフィナビルの臨床試験が間もなく開始されるという情報も入っています。二つの逆転写酵素阻害剤と一つのプロテアーゼ阻害剤を組み合わせた三剤併用療法によって、血液中のヴィルス量を九九・九％減少させることができるという報告が、バンクーバーで発表されます」

もしそれが事実であれば、ＨＩＶは治療不能の感染症から、コントロール可能な慢性病へと変わったことを意味する。

「副作用はどうなのか、長期的に効果が維持できるのか、臨床試験の結果はまだ少なく予断は許されませんが、私たちは希望を抱いています。しかし、この三剤併用は組み合わせによっては一日五回、計十九錠という薬を飲まなければなりません。患者の手間や経済的負担は並大抵のものではありません」

経済的負担は年間一万ドルから二万ドルという薬価が想定されているようだ。

「一般のブラジル人には支払える金額ではありません」バンデレイが言った。

「ましてやファベーラの患者や母子感染した子どもたちには、夢のような薬なの」苦しそうに喘ぎ始めたバンデレイに代わってマリヤーニが言った。

「私たちの計画をケンに話してやってくれ」バンデレイがマリヤーニを促した。

「リカルドはアメリカの患者支援組織から送られてきた薬を分析、解析していたの」

小野寺には何故、そんな手間のかかる作業をするのか理解できなかった。黙ってマリヤーニの話を聞くだけだった。

「解析したデータを基に、ジェネリックを生産する計画なの。製薬会社に特許料を払わずに……」

「そんなことができるはずないだろう」

正式にはジェネリック・ドラッグ（ジェネリック医薬品）と呼ばれている。

製薬会社は新薬を開発するために、十年から二十年近い歳月をかけ二百億から三百億円の費用を投じていると言われている。化合物を見出して新薬として承認される開発成功率も四千分の一以下で極めて高いリスクを背負っている。

ファイザー、グラクソ・スミス・クライン、ロシュ、ブリストル・マイヤーズ・スキップ、ベルリンガー・インゲルハイムなどの欧米の製薬会社は多額の資金を投入、しのぎを削って開発に取り組んできている。特許権によって発明の権利を守り、開発にかけたコストに見合う薬価を設定しなければ、製薬会社の経営は成立しないし、次の新薬開発に資金投入もできなくなる。

　そのために新薬の薬価は高く設定されている。しかし、新薬の特許期間は二十年で、特許期間が切れた後、新薬と同じ成分、同じ効き目で生産されるのがジェネリック医薬品で、新薬の半分の価格で販売可能になる。

　新薬の特許料を支払わずに他のメーカーがコピー生産すれば、薬価の秩序は完全に崩れてしまう。どの製薬会社も開発費用をかけて新薬を作り出す意欲を失う。医薬品の衰退を招き、最終的には患者が最大の不利益を被ることになる。

「彼らの言う適正価格というのは、欧米、そして日本、韓国、台湾などアジアの一部の国、つまり公的医療、医療保険、社会保障の制度が整っている国の患者数を想定して設けられた薬価で、中南米、アジア、そしてアフリカの患者などははじめから計算外、実費でそれらの国々の患者に提供しても、製薬会社は損をしない仕組みになっているわ」

「だからといって、特許料を支払わずに薬を生産すれば、ブラジル政府も黙ってそれを見ているわけにはいかないだろう。いいかげんなブラジルにだって特許に関する法律はあるはずだ」

「そうよ、いいかげんなブラジルにも先進国並の特許法はあるわ。ただし異なることが一点だけあるの」

〈国家の緊急事態とみなされる場合には、特許権よりも強制実施権を優先する〉と定められているらしい。

「ブラジルには二十万人のＰＨＡが存在します。このままだとさらに感染が拡大していくことが予想されます。まさに国家的な危機だと私たちは認識しています」バンデレイが掠《かす》れる声で言った。

「ブラジルの製薬メーカーがジェネリックを生産すれば、ブラジル国内でも問題になるでしょうし、世界的な圧力が加えられ、ブラジル政府も窮地に立つのは明白です。そんなことを政府が認めるとは到底思えない。無茶苦茶だ」小野寺はため息交じりで答えた。

世界にはアフリカを始めとして約五千万人の感染者がいる。貧しい国では国民一人当たりの年間保健予算が十ドルにも満たない。

「このファベーラがその典型よ。ここの住民に年間一万ドルの薬代を支払う余裕なんてあるはずがない。でも、ケン、聞いて。ここに住む子どもも大人も人間なの。彼らにだって生きる権利はあるはずよ。彼らの命を守るためにカデイア（刑務所）に入れと言うなら入る覚悟くらいできているわ」

「神風」になるとマルセロが言った意味が小野寺にもようやく理解できた。ファルマブラ医薬品研究所がどれほどの規模かは知らないが、マラリアや風土病の薬を開発、生産してきた歴史があるのだから、エイズ薬の成分分析さえできれば、生産も可能だろう。彼らはそこで生産した薬をＨＩＶの感染者、発症者に低価格で普及させるつもりのようだ。

「私たちの計画をアメリカの製薬会社に知られ、それでリカルドは暗殺された。リカルドは『聖なるダイミ』という謎の言葉を血で書き残していた。彼のためにもこの計画は絶対に成功させなければいけないの」マリヤーニは悲壮な顔をして言った。

「どういう意味なんだ、その『聖なるダイミ』というのは」

「今、皆で懸命になって調べているわ」

小野寺はマリヤーニの言うことをすべて信じたわけではない。しかし、リカルドが暗殺されたのは事実だ。そして、マリヤーニと一緒にいるところを襲われ、小野寺も危うく殺されそうになった。

「それでリカルドは誰に殺されたと言うんだ。俺たちを狙った連中は誰なんだ」

「メディカル・サイエンス社のブラジル代理店の連中よ」

メディカル・サイエンス社は社運を賭けてエイズ薬の開発に取り組み、他社より一歩抜きん出ているという評判だ。

「私たちに理解を示してくれるアメリカのＮＰＯがほぼ臨床段階を終え、あとは製品化するだけの新薬を密かにブラジルに送ってくれた。もちろん被験者の協力があればこそできたことだけど」

最終段階に入った新薬の効果を確かめるために患者に投与する。患者は数日間、施設に入り薬の投与を受ける。そのときに新薬を服用しないで保管し、それをブラジルに送ってきたのかもしれない。開発段階の新薬が簡単に外部に漏れるはずがない。計画的、組織的な犯行としか思えない。

「メディカル・サイエンス社のブラジル側のエージェントが情報を掴み、ファルマブラに新薬が流れたことを悟られてしまった」

「それならリカルドを殺さなくてもいいだろう。ファルマブラが仮にメディカル・サイエンス社より早く特許申請を出しても、盗んだことが明白であれば、認可は出ないだろうし、メディカル・サイエンス社が特許申請を先にしてしまえば、ブラジルが生産しても特許料を請求することは可能なはずだ」

「彼らの目的は私たちがジェネリックを生産する前に、計画を公表して、世界中の非難をブラジルに向けさせることなの。その証拠を掴むために彼らは躍起になっているのよ」

「それでジェネリックの生産は可能な状態になっているのか」

「私たちも最終段階に入っています。リカルドが最後に残してくれたメッセージの意味も、もう少しで解明できる」

マリヤーニの言葉には鋼《はがね》のような意志がこもっている。

「『聖なるダイミ』というのは何なんだ」

「アマゾン奥地の宗教で、ガリンペイメロ（ゴム樹液の採集人）が開いたと伝えられているわ。信者は先住民やアマゾン奥地に住む貧しい人たちばかり」

「その宗教とエイズ薬が関係しているとでも……」

「メディカル・サイエンス社の薬の解析がすめば、すべてが明白になるわ。バンクーバーで開催される国際会議までに終了させ、こちらも世界に向けてこの計画を発表するつもりです」

　バンデレイの声は弱々しいが威厳に満ちている。

「私たちの立場を理解して日本に帰国してくれるのがいちばんいい解決策なんだけど……」

　マリヤーニの言葉からは決着しようのない思いが伝わってくる。

「リオへは日帰りして、このファベーラで住むようにします。それでいいですね」

　小野寺は一切の反論を許さないと言わんばかりに撲《なぐ》りつけるような口調だ。その気迫に押されたのか、マリヤーニは口を閉じた。バンデレイの呼吸数は増え、話すどころか呼吸そのものが苦しそうだ。

「では、そうしましょう」

　バンデレイの言葉に、小野寺はブラジル流のＯＫのサインに親指を立てて見せた。

バンデレイはゆっくりと体を横たえた。家から出ると、マリヤーニは線香花火のように苛立った。

「どうして日本に帰るって言ってくれなかったの」

「その話はもう止めよう。それより俺はどの家に泊まればいいんだ」

「付いてきて」

よほど腹を立てているのか、マリヤーニは無言になった。アリの巣のような狭い道を五分ほど歩いた。バンデレイの家に戻れと言われても、おそらく小野寺には戻ることはできないだろう。それほどファベーラ内の道は入り組み、そして同じような粗末な家ばかりだった。

ファベーラにしては小ぎれいな小さな家が見えてきた。その前に子どもを抱いた母親が数人並んでいた。

「あそこの建物は診療所よ」

定職にも就けずＩＮＰＳを払っていない家族は、公立病院で治療を受けることもできない。そうした患者をボランティアの医師と、製薬会社から寄付してもらった医薬品で治療に当たっているらしい。

診療所は材木板を打ち付け、屋根も瓦が葺いてあった。外観だけは小さな家といった風情だが、中は机と椅子、それにベッド、消毒液が入った洗面器などが置かれ、棚が設けられているが、医薬品の箱はそれほど多くはない。戦場の野戦病院でも、もう少し設備は整っているだろう。若い医師が子どもに聴診器を当てている。ファベーラの子どもはどの子も栄養失調のように見える。抵抗力もないだろう。衛生状態の悪い環境で肺炎でも起こせばひとたまりもない。

その診療所の隣にさらに小さな家があった。中にはまったく何もなく、小屋の壁板にフックが備え付けられ、そこにヘッジ（ハンモック）が二つ無造作にかけられている。

「家に帰すことのできない患者をケアするときや医師が泊まるための小屋なの。今晩からここで寝泊まりして」

ベッドではなくヘッジで眠れるか不安になったが、ベッドを運び入れろとでも言えば、マリヤーニにどんなことを言われるかわかったものではない。

「タ・ボン（ＯＫだ）」

小野寺はその晩から宿泊施設に泊まるようにした。

ファベーラの宿泊施設で、慣れないヘッジの上で一晩明かした。蚊に刺されて眠るどころではなかった。それに蒸し暑さは夜になってもおさまらず、体中に油を塗られているような不快さがずっとつきまとった。

マリヤーニは九時に迎えに来ると言っていた。国際小児学会の初日午後四時からマイケル博士の講演が行なわれる。講演直前に会場入りして、終了と同時にベレンに戻るという計画を組んだらしい。ベレン空港まで数人でガードし、リオの送迎もバンデレイの仲間がガードしてくれる手はずになっている。

明け方、少し涼しくなった頃、ようやく眠りに落ちたが、人の声ですぐに目が覚めてしまった。隣の診療所で治療を受けようと、ファベーラの患者が順番待ちを始めたのだ。

顔を洗う洗面所もない。目をこすりながら外に出ると、太陽がまぶしい。まだ八時前だというのに額に手をやるとすでに汗ばんでいる。診療所の前には年寄りや、子どもを連れた母親が五、六組ほど列を作っていた。診療所のドアは外から頼りない鍵がかけられていて、待合室などはなにもない。

ファベーラでは第一子の出産年齢が早く、また高齢出産も珍しくないようだ。母親の年齢にも幅がある。五十代と思われる女性もいれば、まだ十代ではないかと思えるような若い女性が、乳幼児を抱いて並んでいた。

極端に丈の短いスカートに、下着が透けて見える薄い黒のシースルーのシャツという姿で、舞台役者のようなメイクをして眠そうな顔をしている母親がいた。彼女から安物のどぎつい香水の匂いが漂ってくる。

五、六歳の女の子は丸首が伸びきって片方の肩が出たシャツに、布切れといった方が適切なスカートを巻いていた。どちらも誰かのお下がりなのだろう。そして裸足だ。顔は洗ったことがないのか垢で汚れ、髪の毛も汗と埃で逆毛立っていた。日本人が珍しいのか、女の子は、鈴のように大きな目で小野寺をじっと見つめていた。小野寺と視線が合った。

「名前はなんていうの」小野寺がスペイン語で聞くと、母親の顔をじっと見た。

「このセニョールはお前の名前を聞いているんだよ」と娘に通訳した。

「アドリアーナ」フランスパンのように身を固くして答えた。

「リンダ（かわいいね）」

「リンダ」というスペイン語はポルトガル語と同じらしい。少女はえくぼを浮かべて微笑んだ。

アドリアーナの後には、もう一人母親と子どもが並んでいた。母親は三十代半ば、もう何日もシャワーを浴びていないのか臭い。抱かれている子どもは明らかに他の子どもと違ってぐったりとしている。消え入るような咳とせわしない呼吸、一刻も早い治療が必要だ。

「マリヤーニの家はどこにあるか、誰か知っているか」

小野寺は大声で並んでいる患者に向かって言った。

「知っている」

答えたのはアドリアーナの母親だった。案内を頼むと、彼女は細い迷路の道を迷いもせずに導いてくれた。マリヤーニはすでに起きていて、家から出るところだった。

「どうしたの」

「診察待ちの患者の中に重症患者がいる」

小野寺が言い終わる前にマリヤーニは走って診療所に向かった。診療所に着くと、

「いつからこういう状態なの」

マリヤーニは鍵を開けながら母親に聞いた。

「二、三日前から風邪を引いている様子だったけど、市場で買った薬を飲ませていたから安心していたの」

母親は何が起きているのか、まだ事態が呑み込めていない。

「ベッドに寝かせて」

子どもはまるで芋虫のように体を丸めベッドに横になった。小野寺は壁の薬品棚に目をやった。たいした薬品は置いてない。設備も注射器、煮沸消毒器、聴診器がある程度だ。

「肺炎を起こしている」

マリヤーニが診断した。小野寺はセファメジン、ホスミシンなどの点滴用の抗生剤を探したが見当たらない。抗生剤どころか点滴の機材もないようだ。棚の箱を一つず

つ取って確かめる。

「どんな薬を飲ませたのか聞いてくれ」

「市場で売っているのは薬といっても、先住民が使う薬草、中にはおまじないの類まであるの。だからほとんど役に立っていない」

　小野寺は言葉を失った。

「上から三段目の棚の右端を見て」

　マリヤーニの指示に、三段目を探す。アミカシンがあった。その箱を手渡すと、殺菌灯が不気味に光る小さな器から注射器を取り出して、アンプルから吸い上げた。

「これが効いてくれるといいけど……」マリヤーニは自信なさそうに言った。

　肺炎の状態もひどいようだが、とにかく患者の栄養状態が悪いのは一目瞭然だ。目尻に目やにがこびりつき、体中に何ヵ所にも腫れ物ができて糜爛《びらん》状態になっている。栄養状態がよければ、栄養液の点滴で少しでも体力の回復を図れるが、高カロリーの点滴を体内に入れれば、吸収する力がなく死亡することもありうる。抗生剤の注射だけが頼りで、あとは子どもの生命力に期待するしかないだろう。

「あなたはリオの学会に行って」

　マリヤーニの言葉で、リオの学会のことを思い出した。すでに空港まで送迎してくれるマルセロが診療所のドアの前で待っていた。小野寺は用意してあったキャリーバッグだけを持って車に乗り込んだ。運転はマルセロ、後部座席に座った小野寺の両脇にも屈強なマルセロと同年代の男が乗り込んだ。

ベレン空港までは三十分もかからないで着いた。三人は小野寺がボーディング手続きをすませ、身体検査を受けて搭乗スポットに向かうまで小野寺の側を離れなかった。

「リオではジョンという男が出迎えてくれる予定になっています。ベレンに戻られるときは深夜ですが、私たちがまた迎えにきます」

マルセロは最後まで小野寺の身を案じていた。


リオの空港から会場に当てられているイパネマ海岸沿いのホテルまでの風景には、心を奪われた。リオを見下ろすように立つキリスト像、海岸に沿って建ち並ぶ高級リゾートホテル、海岸は白砂で数キロに渡って続く。コパカバーナ海岸やイパネマで泳ぐブラジルの女性たちは、紐のような水着を着ている。

学会など放り出して、海に飛び込みたいような衝動に駆られる。国際小児学会とはいえ、マイケル博士の講演にそれほど興味があるわけでもないし、小野寺は学会に出席したというアリバイを作るためにブラジルに送られたようなものだった。

講演は二時間ほどで終わった。小野寺は会場出口で待機していたジョンに、まるで強制送還される密入国者のようにそのまま空港へと連れてこられた。

ベレン空港に戻ったのは、深夜の一時を回っていた。ベレンの蒸し暑さはリオの比ではなく、汗が噴き出す。マルセロが「疲れたでしょう」と出迎えてくれた。今朝ガードしてくれた二人も一緒だった。

ファベーラに戻り、小野寺はヘッジに潜り込んだ。蚊の飛ぶ音も刺された痒みも気にはならなかった。それよりも眠気が鉛の錘のように覆い被さってくる。ヘッジのかすかな揺れが快く感じられ、間もなく眠りに落ちた。

一時間も経っていないだろう。ドアを叩く音が聞えた。小野寺は最初夢かと思ったが、ノックの音は続いている。電気のスイッチを入れた。六十ワットの裸電球が部屋を照らすが、薄暗い。寝込みを襲われ、曇りガラス越しに外を見ているようで意識はもうろうとしている。

ドアが蹴破られるほど激しく叩かれた。鍵といっても、蹴飛ばせばすぐに外れる閂《かんぬき》が内側から挿してあるだけなのだ。襲撃シーンがフラッシュバックのように蘇る。小野寺は緊張し、身構えた。

「ドットール」女の声だ。「開けて。子どもの様子がおかしい」

小野寺は慎重にドアを開けた。ドアの前には今朝の母親が子どもを抱いて立っていた。電球の光に映し出された子どもは、すでに生気が感じられなかった。

小野寺は部屋に入れ、子どもをヘッジに寝かせた。口に指を当てたが、呼吸をしていない。首筋に手をやり、脈をみたがやはり鼓動はまったくない。目を見るのには暗すぎる。しかし、目は白濁し、瞳孔も開き黒い塊のように見える。

「死んでいる」

小野寺が告げると、母親は火がついたように叫び、体を震わせて泣いた。その声に近所の住人も目を覚まし、小野寺の部屋にやってきて、中の様子をうかがった。

「マリヤーニを呼んできてほしい」

すぐにマリヤーニもやってきた。ヘッジに横たわる子どもを見て、「やはりダメだったのね」と呟いた。最初から結果はわかっていたのだろう。

「あれだけ衰弱していたら、日本でも無理だったかもしれない」

小野寺はなんの慰めにもならない言葉を吐いた。日本では点滴を打てないほど衰弱した栄養失調の子どもなどいない。

マリヤーニは母親に近づき、肩を抱きしめた。母親は子どものように泣きじゃくった。

ヘッジに眠る子どもの口から白いものがこぼれそうになった。唾液か胃の中のものが逆流したのかと小野寺は思った。拭き取ってやろうとハンカチを近づけると、半ば開いた子どもの口から粘着質の液体に絡まりながら、子どもの拳ほどの大きさの白い塊が吐き出された。塊はすぐにほぐれて口元から首にかけてばらばらになった。

小野寺には何が起きているのかわからなかった。団子状態になって口から飛び出してきたのは回虫で、ヘッジから落ちて、床の上でミミズのように蠢《うごめ》いていた。肛門からも寄生虫が飛び出してきたらしく、パンツの下からも次々に回虫やギョウ虫が出てきて床に落ちてくる。

小野寺は激しい嘔吐感に襲われた。それまでに様々な手術の現場に立会い、同僚や新人看護師がたまらず吐いてしまった光景を見ている。しかし、小野寺が吐くことはなかった。部屋を飛び出した瞬間、小野寺は機内で食べたものを一気に吐き出した。あっという間に胃の中の物を吐き、胃液までが込み上げてきた。

子どもは住人によって家に運ばれていった。すべての住人が引き上げると、家にはマリヤーニだけが残っていた。

「大丈夫なの?」

「ああ。子どもが亡くなると、いつもあんな調子なのか」

「そうね。本当に大丈夫なの……」

「すまん、心配をかけて」

床に落ちた寄生虫はすべて除去されていたが、寄生虫が大量に落ち、蠢いたところは粘液でぬれた跡が残っていた。マリヤーニがファベーラの水を飲むなと言った理由がよくわかった。下痢を起こす程度の汚染ではなく、人間の排泄物が地下水脈に浸透している可能性があるのだろう。

翌朝、さすがに日が高くなっても小野寺はヘッジから起き上がることができなかった。嘔吐感はないが、薄暗い部屋で十センチ以上もある真っ白な回虫が床を這う光景は目に焼きついたままだ。

外に出ると診療所ではすでに診察が始まっていた。その日もマリヤーニは列をつくる患者の診察に当たっていた。

「眠れた？」

マリヤーニは椅子に座り、元気な男の子の喉を見ていた。

「いつもこれくらい元気な患者だといいけどね」

「国立病院の勤務はどうなっているの」

「今日は夕方から夜勤なの」

それまでは診療所でボランティアの医師活動をするのだろう。元気のいい男の子の診察が終わると、アドリアーナの母親が入ってきた。

「俺は出た方がいいかな」

小野寺が聞くと、「ケンもいて」とマリヤーニは即答した。

「彼は日本から来た小児科の専門医なの。しばらくはベレンにいるからアドリアーナのことを頼むつもり、いいでしょ」

マリヤーニが言うと、母親は小野寺に一瞬視線を向けたが、すぐに同意した。

「彼女はアドリアーナのお母さんで、パウラ・デ・ソウザ」

小野寺が手を差し出すと彼女も握手した。

「それでパウラ、検査結果だけど、数値は先月と同じだから、今のところは変化なし」

マリヤーニは小野寺にカルテを渡した。ＣＤ４検査結果が記されていた。ＨＩＶやＡＩＤＳの進行段階を知る検査がＣＤ４検査とヴィルス量検査だ。小野寺は思わずパウラの顔を見た。ＨＩＶは感染しただけでは症状はでないが、その間にも、ＨＩＶは増殖し、免疫細胞は減少していく。免疫機能をコーディネイトするヘルパーＴ細胞の指標となるＣＤ４数を測定することで、進行状況を把握することができる。ＣＤ４が少なければ少ないほど病気の進行が進んでいるということになる。ヴィルス量検査は、文字通り、ＨＩＶの数をはかる検査で、多ければ多いほど状態が悪いということだ。

「きちんとコンドームを使っているの」

マリヤーニの質問に、鼻先を爪ではじくようにパウラは「ノン」と答えた。

「どうして使わないの。使いなさいってあれほど注意したでしょう」

不審者に吠え立てる犬のようにマリヤーニが言った。パウラは両手を大げさに広げ、「仕方ないでしょう」と平然としている。

「何で仕方ないの。あなたのしていることは他人の命を奪っているようなものなのよ」

「私だってこんな病気にかかってさ、命を奪われたようなものじゃないの。私とアドリアーナの命はどうしてくれると言うよ」

パウラも負けずにマリヤーニに言い返した。

「こんな患者ばかり相手にして、つくづく嫌になることもあるけど、自分で選択した道だから仕方ないわね」

小野寺に言ったのか、あるいは自分に言い聞かせるためなのか、マリヤーニは日本語で言った。

「子どもにも感染しているのか」

「ええ」

マリヤーニは風が止んでしまった帆船の船長のような諦め顔だ。日本語で話していたことが、パウラの気に障ったらしい。

「ドットール・ケン、私の話も聞いてほしい。ドットーラ・マリヤーニはさ、必ずコンドームを使えって言うけど、その金を何で私が払う必要があるのさ」

小野寺は助けを求めるようにマリヤーニに視線を向けた。

「パウラは路上で、最低給料の労働者を相手に体を売っているの」

すべての意味が小野寺にも飲み込めた。

「いいかい、ドットール。コンドーム一枚、ブラジルじゃ一ドルもするのさ。一晩で客を三人取ると、三ドルだよ。男からもらえる金なんて一回にせいぜい十ドルくらいなんだよ。一ヵ月に百ドル近い金を出してコンドームを買うバカがどこにいるっていうのさ」

小野寺はパウラの言うことが信じられなかった。「本当なのか」

「何が？　コンドームの値段、一晩に三人の客のこと、売春が十ドルで、コンドームなしで男と寝ること？　全部本当のことよ」

マリヤーニは途方にくれた顔をした。

日本語の会話がよほど腹に据えかねたのか、パウラの語気はさらに荒くなった。矛先は小野寺に向けられた。

「何も知らないから、能天気なことが言っていられるのさ。第一、男にコンドームを使ってくれって頼んで、その通りする男がいるとでも思うのかね。いるはずがないよ。ドットールも男ならそれくらいわかるでしょう。どこの世界に飴玉を包み紙に包んだままなめるバカがいるのかね。それとも日本じゃそうするのかい」

思わず小野寺は苦笑した。

「ドットール、どうかマリヤーニに教えてやっておくれ、男の気持ちをさ。このドットーラ（女医）は頭が固くていけないよ」

「あなたと話していると、苛立つだけ。アドリアーナを診るから出ていって」

パウラは返事もせずに出ていってしまった。同時に次の患者が入ってきた。

「アドリアーナが近くにいるはず。ケン、探して連れてきてくれる」

エストラーダ・ノーバの家は、沼の上に立つ高床式の家もあれば、乾燥した土地の上に立つ小屋もあった。しかし、異臭はどこにいっても付いて回った。湿地帯にはトイレや台所の汚水がそのまま流れ込み、粗大ゴミが廃棄された。河につながっていれば、大雨で流されるということもあるだろうが、道路によってその流れが寸断され、廃棄物は沼に沈殿するだけだ。淀んだ沼地からはメタンガスの泡が発生し、サイダーの泡のようにひっきりなしに浮かんでいた。沼地に渡された板の通り道には子どもの靴ほどのゴキブリ、猫ほどの大きさのネズミが走り回っていた。

家と家の間の細い道を歩いていると、子どもたちの歓声が聞えてきた。その声の方に向かって歩いていった。湿地が干上がってできた広場があり、そこで子どもたちがサッカーをしていた。

サッカーといってもボールは布切れを集め丸くしたボールだ。小野寺に気づくと一斉に彼の方を見たが、すぐにサッカーを始めた。周囲を見回すと、数日前と同じ格好をしていたアドリアーナが目に留まった。相手も気が付いたらしく、こちらに向かって走ってくる。シャツの中に何かを隠し持っているのか、前を両手で押さえている。

「オイ、トゥードゥ・ベン（やあ、元気だった）」

アドリアーナが話しかけてきた。

「マリヤーニが待っているよ」とスペイン語でゆっくり話すと理解したらしく、「タ・ボン（わかった）」と答えて、診療所に向かって歩き出した。

相変わらず胸のところを両手で押さえている。一緒に歩きながら、小野寺が中をのぞこうとすると、アドリアーナはシャツの中からパンを取り出した。

「お腹、空《す》いているの？」

アドリアーナが聞いた。「ノン」と答えると、ケーキでも頬張るように一口一口千切りながら口へ運んだ。「おいしい？」と聞くと「エー・ムイント（おいしいよ）」と答えた。何を思ったのか、アドリアーナはパンを少し大きめに千切ると、「ポージ・コメール（食べてもいいよ）」と言った。

ファベーラでは大人も子ども飢えているのかもしれない。それを奪われると思ってアドリアーナは胸に抱きしめ、周囲に子どもがいなくなったところで食べ始めたのだろう。それを小野寺に分けてくれるという。気に入られたのかもしれない。

診療所にくると、まだ診察を受ける患者が列を作っていた。そのままアドリアーナを連れて入った。アドリアーナは診察中のマリヤーニに走りよって行き、抱き合いキスをした。

「このおバアちゃんを診たら、その次はアドリアーナだからね。少しそこで待っていてね」

老婆の診察が終わると、マリヤーニは診察用のパイプ椅子にちょこんと座った。

「どこか痛いとことか、だるいとか、変わりない」

やさしい言葉で声をかけると、「トゥードゥ・ベン（全部大丈夫よ）」と答えた。マリヤーニはカルテをそっと小野寺に渡した。目を通すとＣＤ４の数値が前の検査より減少していた。

マリヤーニは首筋のリンパの状態や、口を開けさせ喉の様子を注意深く診察していた。

「はーい、ありがとう。大丈夫よ。でも時々、先生のところに来て、診察させてね」

アドリアーナはマリヤーニの頬にキスして外に出て行った。

「なんとしてもあの子たちを助けてやらないと……」

小野寺には竹やりでＢ‐29に立ち向かおうとした戦前の日本人のように、マリヤーニが思えた。そのことを口にすると、

「Ｂ‐29ですって、ステルス戦闘機かファントムにパチンコのゴム銃で立ち向かっているようなものよ。でも、私たちはステルス戦闘機を撃墜してみせる」

マリヤーニは眉間に縦皺を寄せて言った。

第四章　医の志

晩秋で夜になるとセーターがほしくなるような頃の夜勤の日だった。マリヤーニの担当教授からS医大付属病院の方に連絡があり、ブラジルからの留学生に夜間勤務の厳しさを教えてやってほしいという要請があった。

マリヤーニはブラジルの医師免許は取得していたが、日本では一般の留学生でしかない。診察、治療などの医療行為はできないが、見学したいと本人が希望しているという話だった。美人留学生の評判は瞬く間に広がっていた。それだけではなく、とにかく熱心に小児科の知識を吸収し、参考になりそうな授業には主任教授から話をつけてもらい他の授業にも出ていた。

小野寺のところに来たのは、日本の病院が急患に対してどのように対応しているのか、それを知りたいということだった。外科の救急外来はまさに生命がかかっているため、時間との闘いであり緊張の連続だ。しかし、小児科の急患といっても、多くは昼間外来で訪れ患者が、症状が急変したからとやって来ることがほとんどだった。処置に困るような重症患者はそれほど多いわけではない。

小野寺は夜勤明けのあとも引き続いて外来患者の診察に当たる。可能な限り仮眠を取っておかなければ、翌日の勤務に差し支える。仮眠室は病室のような部屋にカーテンで仕切られたベッドが四つほど並んでいる。

「急患があれば起こすから、寝ていてください」

こう言って小野寺はさっさとベッドに入ってしまった。看護師に起こされたのは、夜中の三時過ぎだった。救急隊の連絡では、患者は三歳くらいの女の子で激しい痙攣を起こしているということだった。小野寺はマリヤーニを起こし、白衣を着ながら夜間専用の出入り口に走った。マリヤーニも付いてきた。

救急車が着くと、担架に乗せられた女の子と五、六歳くらいの男の子がパジャマ姿で降りてきた。女の子はすでに元気で、男の子と話をしている。

「この子たちの親は……」

小野寺が救急隊に聞いた。

「お兄ちゃんが一一九へ通報してくれたんです」

担架から患者搬送用のストレッチャーに乗せ換え、診察室に急ぎながら、小野寺は救急隊から通報内容と現場に急行したときの様子を聞き出した。妹は熱を出していたが、母親は風邪薬を与え、仕事に出ていったそうだ。深夜、泣き出したので兄が起きてみると、夕飯に食べたものを吐き出していた。妹は布団から立つと、トイレに行くのかと思っていたら白い目を剥いて倒れてしまった。兄は死んだのかと思って通報したらしい。

後から一緒についてくる兄に向かって言った。

「君はお兄ちゃんか。偉いな」

少年は嬉しそうに笑った。

「親に連絡はついたんですか」救急隊員に聞いた。

「それが連絡先はわからないし、この時間で隣に聞くわけにもいかず、搬送先のこの病院の電話番号を貼り紙してきました」

診察室に入り、少女をベッドに寝かせた。小野寺は額に手を当てた。かなり高い熱が出ているのがわかる。

「名前はなんていうのかな」

小野寺が少女に聞いた。

「ユウコっていうの」

答えたのは兄の方だった。

「君は？」

「タケシ」

「タケシ君か。ユウコちゃんはまだ熱が高いけど、いつごろから熱が出ていたか覚えているかな」

「夕方から。ママがお薬を飲ませた」

「それじゃユウコちゃん、ちょっと診察させてね」

看護師が体温計を脇に差し込んだ。体温は三八・五度あった。聴診器で呼吸音を聞く。異常はないようだ。脈も正常だ。

「起きて、少し喉を見せてくれるかな。大きく口を開けて、アーンって言ってみてくれるかな……」

扁桃腺が真っ赤に腫れ上がっている。風邪による発熱、高熱による引きつけだろうと思われる。同じようなことが過去に何度も起きているのであれば、脳波を念のために取って精密検査をした方がいい。しかし、保護者がいない。検査をするにしても夜が明けてからだ。このまま一晩病院に泊めて様子をみることにした。

「ユウコちゃんはお薬、飲めるかな」

少女はコクリと頷いた。小野寺は看護師に飲みやすいシロップの薬を出すように指示を出し、ナースセンターにいちばん近い部屋に空きのベッドがあるかどうかを、看護師に確認した。

「ユウコちゃん、今晩は看護師さんが近くにいる部屋で寝てね。また気持ち悪くなったらすぐに看護師さんに言うこと。わかった?」

　ユウコは「うん」と頷いた。

「歩けるかな」

　小野寺の質問にもコクリとクビを縦に振った。

小野寺はユウコそれにタケシの二人の手を引いて、三階にある小児病棟に向かった。

その後をマリヤーニが黙ってついてきた。エレベーターの中で、二人に言った。

「みんな寝ているから静かに入るんだよ。それとタケシ君は先生と同じ部屋で寝ているから、会いたくなったら看護師さんに言いなさい。そしたらお兄ちゃんも先生もすぐに行くから」

　大人の言うことを聞くように躾《しつ》けられているのか、ユウコはベッドに横になり、毛布をかけられるとすぐに寝息を立て始めた。

「さあ、タケシ君も先生と一緒の部屋で朝まで寝るとするか」

　エレベーターで一階に下りると、警備員と一緒に若い女性が立っていた。

「ママだ」

　母親は一見して水商売とわかる派手な化粧をしていた。

「娘の状態はどんなんでしょうか」

　今にも泣き出しそうな声で聞いた。小野寺は母親を非常灯だけが点《とも》された暗い待合室に導いた。

「今、落ち着いて寝たばかりです。朝まで寝かせて様子を見ることにします。引きつけを起こして運ばれてきたのですが、これまでに同じようことはありましたか」

「いいえ、引きつけを起こしたことなんてありません」

「おそらく高熱による引きつけだと思いますが、念のために脳波の検査を受けてください。それとどんな事情があるのかは知りませんが、あんなに高熱を出しているのに、深夜子どもを二人だけにするなんて、いかがなものかと思いますよ」

小野寺はわざと険のある言い方をした。母親は唇を噛み締めたまま下を向いた。

「たまたまうちの病院にダイレクトに搬送されてきたから良かったものの、引き受けてくれる病院がなく盥《たらい》回しにされているうちに手遅れになってしまうケースだってあるんですよ。そのくらいのことは知っているでしょ」

研修医時代にも何度も同じ経験をしていたし、先輩たちもよくこぼしていた。親になる資格もないのに、子どもをつくり、虐待とはいかないまでも育児拒否の親が増えていることに閉口していた。小野寺はユウコの母親もその類だと思った。

「母親なんだから、水商売なんかしていないで、コンビニのパートでもいいからして子どものそばにいてやったらどうですか」

母親は急に泣き出し、待合室の床に涙がこぼれ落ちた。

「小野寺先生がそこまで言う必要はないでしょ」

背後でマリヤーニの声がした。

「君は黙っていなさい」

小野寺は投げつけるように言った。

「いいえ、黙っていません。お母さんから話も聞かないで、あなたに何がわかるんですか。そこまで言うなら、少しくらい話を聞いてからにすべきです」

母親がいたたまれずにマリヤーニに歩み寄り言った。

「先生、いいんです。私が悪いんです」

マリヤーニも医師だと思っているらしい。

「小児科医として、子どもの生命を守るために言うべきことを言っているだけだ。診療行為にまで口出しするなら、帰りなさい」

小野寺は正しい助言をしていると確信を持っていた。それを日本の事情も知らない留学生に批判されるいわれはない。

「母親の顔を見れば後悔もしているし、反省しているのはわかるでしょ。それに何の心配もなく子どもを置いて、夜働きに出る母親がいるとでも思っているのですか……」

「そういう母親をたくさん見てきたから、私は注意しているんだ。特に水商売なんかする女性の中にね」

小野寺の声が誰もいない深夜の待合室に響いた。たまりかねた警備員が言った。

「先生、声が大きいです。それに子どもの前です」

タケシが脅えた目つきで小野寺を見つめていた。小野寺は一人仮眠室に向かった。

「水商売が何故、悪いの。私の母もその水商売をして私を医師にしてくれたのよ」

マリヤーニの声が背中から追ってきた。

仮眠室に戻ってベッドに横になったが、口の中が粘るような後味の悪さだけが小野寺には残っていた。少しでも眠らなければ明日の仕事にも影響する。静かに目を閉じ、心を穏やかにしようと努めるが、それとは裏腹に激しい怒りが蘇ってくる。

〈母親の話を聞けだって、冗談いうな〉

患者家族には、それぞれの事情がある。それをいちいち医師が聞いて真に受け、感情移入していたら、医療などできなくなってしまう。医師としての忠告を聞くか聞かないかは、患者の家族が決めればいいことだ。

結局、小野寺は一睡もできなかった。

ユウコのことも気になった。薬の効いている間は寝ているだろうが、熱が下がらなければ、違う対応をしなければならない。夜が明ける頃、小野寺は三階の小児病棟へ様子を見に行った。

待合室に人影が見えた。椅子にユウコの母親とマリヤーニが座って話し込んでいた。ベンチではタケシが母親の着ていたカーデガンをかけられて眠っている。母親が小野寺に気づき、椅子を立った。

「これからユウコちゃんの様子を見に行きます。一緒に来ますか」

「はい」母親が答えた。

タケシも目を覚ました。マリヤーニも無言で付いてきた。ナースセンターでユウコの容態を確認すると、眠ったままで熱も下がったということだった。ユウコの枕元に行くと、人の気配を感じたのか目を開けた。母親に気づくと、起き上がり抱きついてきた。

「もう一度だけ先生に診察させてもらえるかな」

聴診器を当て呼吸音を聞いた。異常はない。退院しても問題はないだろう。

「ユウコちゃんを連れて帰ってもいいです。でも、脳波の検査だけは念のために受けておいてください」

母親は深々と頭を下げた。

ユウコとタケシは母親に手を引かれ、玄関前からタクシーで帰っていった。マリヤーニもずっとそばにいて、タクシーが走り出してから言った。

「昨晩は大変失礼しました」

「私も君に不愉快なことを言ったかも知れないが、患者の母親に言ったことなんで誤解しないように。それでは」

小野寺はそのまま仮眠室に向かおうとした。

「小野寺先生、子どもの接し方は勉強になりました。ブラジルに戻ったら参考にさせていただきます」

マリヤーニはどこまで真面目で、どこからふざけているのかわからなかった。しかし、小野寺とマリヤーニの付き合いは、その晩から始まったのだ。


S医大付属病院で、子どもの急患を巡って深夜マリヤーニと激しくやり合ってしまった。水商売の女性にだらしない母親が多いと詰《なじ》ってしまった。マリヤーニの母親もやはり水商売をして、彼女を育ててくれたらしい。余計なことを言ってしまったと後悔したが、後の祭りだ。そのことがワイシャツについた染みのようにいつまでも気になっていた。

その後もマリヤーニは病院へ通ってきては、小児科の治療や手術に立ち会っていた。否応なく小野寺とも顔を合わせることになる。廊下ですれ違ったとき、マリヤーニは何事もなかったかのように挨拶をしてきた。

「先日は大変お世話になりました」

皮肉を言われているように感じた。小野寺は戸惑い口ごもったが、通り過ぎようとするマリヤーニに言った。

「先日のお詫びというか……、食事でもいかがですか。ブラジルの話でも聞かせてくれませんか」

「お詫び、何の？」

マリヤーニにわだかまりはないらしい。

「食事でもしましょう」

小野寺の言葉に、何の屈託もなく「私、お寿司が好きです」と答えた。

「じゃあ、美味しいお店を探しておく」

約束の日、小野寺は六本木にある奈加久に誘った。六本木交差点近くにある寿司屋で高級寿司店として知られていた。カウンターで食事をしたが、マリヤーニの食欲には小野寺だけではなく、板前まで驚いていた。

板前に握りを任せると、彼女は出される寿司を次々に口に運び、「ゴストーゾ（美味しい）」を連発した。その食欲に板前は感動し、次々に握った。

「お嬢さん、日本語はわかるの？」

「父が日本人、母はブラジル人、日本語はだいたいわかります」

「彼女はブラジルからの留学生なんだ」小野寺が板前に告げた。

「そうですか。今日は大間のマグロのいいのが入ったんだ。これを食べてみなさい」

「オオマのマグロ?」

「青森県に大間という港があって、そこで獲れるマグロは貴重で有名なんだよ」

小野寺が説明すると、『津軽海峡冬景色』の青森ですね。知っています」と答えた。

板前はトロを彼女の前に差し出した。それを頬張ると、彼女は目を閉じ、首を横に振り、大げさに体を震わせながら「ムイント・ゴストーゾ（本当に美味しい）」と言った。

「お嬢さん、もう一丁いってみようか」

「もう一丁?」マリヤーニが聞き返した。

「マイズ・ウノのことだよ」小野寺がスペイン語で説明すると、

「タイショウ、もう一丁、お願いします」とおどけた声で言った。

マリヤーニは子どものように無垢で溌剌《はつらつ》としていた。食事を終え、店を出ようとカウンターの椅子から立つと、マリヤーニは板前を呼んだ。

「何でしょう」

マリヤーニはカウンター越しに身を乗り出して、腕を伸ばして板前の首に絡ませ、頬にキスした。

「ごちそうさまでした。父から日本のお寿司は美味しいと聞いていましたが、こんなに美味しいとは思いませんでした。ありがとう」

板前はキスに驚きながら、「お嬢さん、また食べにきてください」と言った。

「私は勉強中の身で、こんな高いお店では食べられないわ」

「一人のときは、請求書を小野寺先生に回すから大丈夫ですよ。ねえ、先生」

奈加久は、小野寺の父親がよく食べにくる店で、店のオーナーとも友人だ。小野寺の父親が経営する総合病院もいずれ小野寺が二代目の経営者になることも、オーナーも板前も知っている。

小野寺は六本木交差点近くにあるロスコスモスというピアノバーに彼女を誘った。ピアノとベースの演奏でジャズを聞かせてくれる店で、生演奏を聞きたくてジャズファンがやってくる店だった。

その夜から、小野寺は時間の都合がつくと、マリヤーニを誘った。食事をしたり映画を見たりするようになった。最後はロスコスモスにきて、酒を飲んだ。

二人の生い立ちは何もかもが違っていた。小野寺の父親も祖父も医師で、母親は看護師だった。典型的な医師の家系で、医師になるのが当然と、子どもの頃から考えていた。そのことに対して疑問を感じることもなく育ってきた。早くから医学部を目指した進学教育を受け、両親の期待を裏切らなかった。

父親は総合病院の理事長でもあり、内科医だった。近い将来、小野寺は小児科を任され、いずれは父親の跡を継ぐことになっていた。

それに対してマリヤーニは、言葉を濁してあまり語らないが、決して恵まれた環境で医師の道を歩んできたわけではなかった。マリヤーニの父親、高村壮介はトメアスで一時期はピメンタ栽培をしていたが、彼女が小学生の頃ガンで死んでいる。

「経済的には苦しい時代で、ベレンに出るにも一日がかり。ろくな治療も受けられないまま、自宅で日一日と衰弱していく父を見ていたわ」

父親は肝臓ガンだった。転移もしていたようだ。末期には激痛が襲っていたはずだ。そうしたことをマリヤーニは医学部に進んでから知った。

「死ぬまで父は、私の前では穏やかな表情を崩さなかったわ。それがどれほど大変なことなのか、今ならわかる」

学校から戻ると、父親の寝室に入る。走りよってマリヤーニは父親の頬にキスをする。

「私、大きくなったらお医者さんになって、パパイの病気を治してあげるの」

こう言って父親を励まし、マリヤーニは医師を志した。

「父から医は仁術《じんじゅつ》って教えてもらったの」

小野寺には死語に思える言葉だった。日本の明治時代を知りたければ、ブラジルに行けと作家の大宅壮一が書いていたが、移民の社会にはそうした言葉が残り、生き続けているのかもしれない。

「貧しい人でも金持ちでも、同じように全力で治療に当たるのが日本の医者で、それが医は仁術という言葉の意味だって教えてもらった。それが父の遺言だと思っているわ」

マリヤーニのような動機で医師を志す者は、日本では皆無のように小野寺には思えた。実際にそんな先輩も友人もいなかったし、医学部へ進むには経済的にかなりの余裕がなければ困難という現実もある。

父親の死後、母親と二人でベレンに出て生活をした。母親はホテルのメード、お手伝いさん、市場で野菜や魚を売ったり、ありとあらゆる仕事をしてマリヤーニを育ててくれた。それでも苦しくて最後は水商売もせざるを得なかったのだろう。小野寺は、急患の子どもを巡ってマリヤーニと口論したこともあって、それ以上の詮索はしなかった。

マリヤーニも、小野寺が悪意に満ちて急患の子どもの母親を詰ったのではないことを知り、小野寺が誘えばいつも付き合ってくれた。二人の関係が親密になるきっかけは、小野寺が自分の夢を語ったことだった。小野寺は父親が経営する病院を継ぎたくはないと彼女に漏らした。

「将来は自分の病院で、自分が思い描く小児科病院を開きたい」

父親は「甘い」と一笑に付したが、小野寺は本気だった。父親の世代は普通に診療していれば高収入が得られた。それが彼らの脳裏から消えることはない。しかし、少子化が進行し、医師の数も増えている。病院もその経営手腕が問われ、良心的な診療をする病院が必ずしも生き残れる時代ではなくなっていた。診療報酬を上げるには、総合病院でなるべく患者数を多くすることが最善策なのだ。

「それよりも多少の収入減を覚悟の上で、診療に時間をかけて、その子に最適な治療ができる小児科病院を作ってみたいんだ」

マリヤーニの留学も一年以上が経過し、三時間待って三分診療という実態を知っていただけに、小野寺の夢に共感してくれた。二人のデートは次第に回数を増していった。

小野寺がロスコスモスで飲んだ後、タクシーを拾おうと通りに出た。週末ということもあって人通りは多かった。一見ヤクザ風の男がマリヤーニを外国人ホステスだと思ったのか、これから店に案内しろと絡んできた。小野寺が彼女はホステスではないと言っても、相手は聞こうとしなかった。無視して歩いていくと、ヤクザは突然後ろからマリヤーニを羽交い締めにした。

その瞬間、彼女は空手ができるのか、肘を相手のみぞおちに打ち込んだ。ヤクザはその場に蹲ってしまった。

「まずい、逃げるぞ」

小野寺は六本木にある全日空ホテルに逃げ込み、そのまま部屋に誘った。彼女は黙って付いてきた。二人にとってはそれが自然の成り行きだった。

半年後、小野寺はマリヤーニに正式にプロポーズした。

「日本に残って日本の医師資格を取得して、一緒に病院を作ろう」

マリヤーニからは小野寺が予想もしていなかった返事が戻ってきた。

「うれしいわ。でも、同じ病院を作るならブラジルでやらない？　スペイン語ができるのだから、少し勉強すればポルトガル語もマスターできる。私も協力する」

「俺にブラジルに行って、ブラジルの医師資格を取れっていうことなの？」

「そう。ケンの夢はもちろん理解しているつもり。でも、日本にはケンがやらなくても他の医師がたくさんいる。ブラジルはそうではない。あなたを必要としている。医は仁術だと考える医師がもっと必要なの」

マリヤーニは冗談を言っているどころか、真っ直ぐに伸びた竹のような真剣さで、小野寺に返事を求めてきた。小野寺の母親は元看護師で医療の世界を熟知していたし、経営者の片腕としても有能だった。そんな母親を見て育った小野寺も、結婚相手は医師かあるいは看護師と考えていた。マリヤーニとならいい夫婦になれると思った。しかし、ブラジル移住などマリヤーニと付き合うようになってからも考えたことさえなかった。

「あなたがやさしくていい医師だということもわかっているし、尊敬もしています。ブラジルへ行ってくれるなら結婚します。そうでないなら、結婚はできません」マリヤーニの返事は、明快だった。「あなたの返事は?」

逆に小野寺は回答を求められた。

「時間をくれ」

と答えたが、返事は小野寺もはっきりしていた。ブラジルのような第三世界に行って医師をする気持ちなどなかった。マリヤーニから聞いているブラジルの話だけで、際どい内角攻めに遭ったバッターのように腰が引けていた。

治安の悪さ、それに風土病と貧困。そんな中へ飛び込んで自分が医師として務まるはずがなかった。そんな自分を想像することもできない。

数日後、小野寺は歯切れの悪い口調でもう一度マリヤーニに日本に残るように求めた。

「わかりました。私はブラジルへ帰ります。あなたのことは一生忘れません。どうか志を貫いていい医師になってください。私も頑張ります。さようなら」

その言葉ですべてが終わってしまった。そして数ヵ月後、マリヤーニは何も告げずにブラジルへ帰国してしまった。

第五章　暗闘

ブルックリン地区にあるメディカル・サイエンス社のブラジル代理店のセルソ・タバーリス社長の家は、二十四時間ガードマンが警備し、家の周囲には防犯カメラがいくつも取り付けられている。ブルックリン地区はサンパウロの高級住宅街で、コロニア風の大邸宅もあれば、近代的な建物もある。近くにはイピラプエラ公園がある。モルンビ地区も高級住宅地として知られているが、市内から少し離れ治安も悪化していることから、最近は市内中心部近くの交通の便もいいブルックリン地区に人気が集中しているのだ。セルソの家はその一角にあり、打ちっぱなしのコンクリートの三階建てビルだ。正門のガードマンとは顔なじみだ。門扉が開く。

ゆっくりと門をくぐり、そのまま地下駐車場に車を滑り込ませる。ミゲル・アルビスはメディカル・サイエンス社のブラジル代理店の顧問弁護士をするようになってから五年になる。ブラジルの弁護士資格は大学の法学部を卒業すれば取得できる。法律事務所も弁護士も探すのには苦労しない。しかし、弁護士として高収入を得ているのは、一握りの人間だけだ。

サンパウロのオフィス街、パウリスタ通りに事務所を構え、その近くのマンションで暮らせるようになったのは、メディカル・サイエンス社の顧問を引き受けるようになってからだ。乗っている車もホンダ・アコードで、近々ベンツに買い換える予定だ。しかし、今回の依頼を成功させない限り、それも計画倒れに終わる。それどころか大きなスポンサーを失いかねない。日曜日だというのに呼び出されたミゲルは恐る恐る一階にある応接室に入った。一階の半分ほどの広さを応接室に使っている。

「だからあんな連中に任せて大丈夫かと聞いたんだ」

ミゲルが来るのを待っていたのだろう。ドアを開けた瞬間怒鳴り声が聞こえた。セルソ社長は怒りが静まらないのか、ソファーから立ったり座ったりしている。一面ガラス張りの応接室からは中庭が見える。セルソのような男が花を観賞するとは到底思えないが、白や黄色のランが咲き、緑の木々が生い茂っている。

「どうする気だ。アメリカの本社の方から早急に次の手を打てと言ってきている」

セルソは五十歳、ミゲルの方が年上だが、そんなことはおかまいなしの態度で傲慢そのものだ。会社でも気に入らない社員や失敗した者はすぐに解雇する。その手続きを一手に引き受けてきたのがミゲルだ。多額の顧問料をもらっている以上、黙って仕事をこなしてきた。しかし、今回の仕事は顧問料の上に多額の上乗せ金を支払うと言ってきた。しかも年収を上回る金額だ。いかに重大な仕事なのかがうかがえる。

成功させれば、セルソだけではなくミゲルも、メディカル・サイエンス社から得る報酬で一生ぜいたくな暮らしができる。それだけに失敗はしたくないし、成功させなければ今の暮らしと収入さえも失いかねないのだ。

「リカルドを殺してもデータが奪えないのでは、あいつらの計画を阻止することはできないぞ」

セルソは苛立つ思いを必死に抑えている様子だ。

メディカル・サイエンス社が、被験者によって開発中の抗エイズ新薬数カプセルが持ち出されたと知ったのは、被験者から採血した血液を精密検査してからのことだ。被験者のうち二人が、渡された薬をすべて飲まずに一カプセルずつ保管していたようだ。どれくらいの新薬が外に漏れたかは不明だが、その後の調査によって一人が二カプセルを服用せずに持ち帰ったことを明らかにした。

メディカル・サイエンス社は契約違反で訴え、莫大な違約金を請求すると恫喝《どうかつ》した。相手は絶対に告発しないという条件で事実を吐いたらしい。しかし、その目的については明らかにならなかった。ウソをついているというより本人もその理由を知らないようだ。ただ新薬はブラジルのメーカーに送られたことだけは判明した。ブラジルの製薬メーカーが新薬のデータを盗み、先に特許を取るために被験者を抱きこんだのだろうと思われた。

新薬を開発するために、製薬会社はしのぎを削っている。一つの新薬が莫大な利益を生み出す。全世界の人間を相手にする市場なのだ。儲からないはずがない。スパイを製薬会社に送り込んだり、情報を入手するために非合法な手段を使ったりすることもしばしばだ。

ブラジルはアマゾンの植物から抽出されたエキスで新薬が開発された場合、ブラジルに特許権が帰属すると、欧米にその条約の締結を迫っているが、もちろん先進国はそんな条約を結ぼうとしない。しかし、アマゾンにはまだ知られていない植物もあり、薬品、あるいは化粧品に使える植物が無尽蔵にあると言われている。それらを盗み出そうとバイオハンターがアマゾンに出没する。

アメリカの製薬会社と化粧品会社が環境保護を訴えるＮＰＯに多額の資金援助を行なっていた。ＮＰＯはブラジル支部を作り、アマゾンの先住民に給料を払い、動植物の分布地図を作成させた。その地図を基に植物を採取させ、それをアメリカに不正に持ち帰った事実が判明し、ブラジルがアメリカの製薬会社、ＮＰＯに抗議し、関係者を告発した事件も起きている。しかし、それも氷山の一角と言われている。

ブラジルの製薬会社も目には目を、歯には歯の報復手段で対抗してきたのだろうと誰もがそう考えた。エイズ患者団体、支援組織に寄付金の出元がわからないようにして金をばら撒き、情報を集めた。幸いなことにサンパウロであろうがベレンであろうが、ファベーラの中には金で動く人間はいくらでもいる。間に数人の仲介者を置けば、こちらの正体を知られずに内部の情報を掴むことができる。

情報を総合すると、ファルマブラの名前が挙がった。製薬会社の一つだが、マラリアや風土病の薬を開発、生産しているにすぎない小さな会社だった。背後で操っている人間の名前も浮かび上がってきた。ＡＢＩＡのバンデレイ・ロドリゲスだ。一筋縄ではいかない男だ。ベレンのエストラーダ・ノーバで暮らし、同性愛者、エイズ患者であることをカミングアウトしたエイズ患者救済運動のリーダーでもある。

彼らの計画の全貌が掴めたわけではないが、新薬の生産を本気で実行に移す気でいることがわかった。

「どんな手段を使ってもかまわないから、計画をつぶせ」

これがセルソ社長からの命令だった。

ファルマブラのリカルドが新薬の分析を担当していることもわかった。リオのファベーラで殺し屋を雇った。

「どこまで解析が進んでいるのか、すべて解析されてしまったのか、その情報を本人から聞きだし、証拠を掴めば、殺さなくてもいい。殺すのは最後の手段だ」

セルソは殺人だけには手を染めたくないような素振りを見せた。証拠さえ掴めば、彼らの途方もない計画はつぶすことができる。

「ファベーラの連中なんか使っているからドジを踏むのだ」

セルソはミゲル弁護士を罵倒した。しかし、殺人を引き受ける相手などファベーラの中にしかいない。汚れ役はすべてミゲルの役割で、失敗すれば代わりの弁護士などいくらでもいると、ときには解雇をほのめかしてくる。

ミゲルはファベーラで雇った連中に、新薬開発データを奪えと指示を出したが、証拠を掴むどころかリカルドに逃げられそうになり、殺しただけでその場から逃走した。

ＡＢＩＡやバンデレイは警戒を強め、メディカル・サイエンス社側は動きにくくなった。そればかりか彼らの動きは加速し、計画実現に向けて一段と活発になってしまった。リカルドの死の直後に、日本から医師らしき男がベレンにやってきた。マリヤーニ高村が働く国立バーロス・バレット病院のエイズ患者の様子も見ている。バンデレイの片腕となって動くマリヤーニの友人らしい。日本人医師ケン・オノデラがベレンまでやってきた理由はわからないが、新薬の分析に協力しているかもしれない。

ミゲルは闇の組織を最大限に利用した。リオのファベーラにも、麻薬がらみの組織が警察の追及を逃れるために入り込んでいる。彼らはコロンビアから麻薬を仕入れるために、いつくかの組織を中継に使う。コロンビアの麻薬は複数のルートを経由して入ってくるが、ベレンもその中継点の一つだ。

その組織を使って、ミゲルはベレンのフェルナンド・シルバに渡りをつけた。都合のいいことにフェルナンドはエストラーダ・ノーバで生まれ育っていた。正体不明のケンを殺さなくてもいいから、日本に逃げ帰るように脅迫してほしいと依頼した。その仕事振りでフェルナンドの実力が判断できる。

襲撃はひとまず成功したが、ケンは日本に帰らずファベーラに居座ってしまった。当然新薬の分析や彼らの計画に協力するだろう。次の手をどう打つのか。セルソの頭の中はそれだけしかなかった。

「発売前の新薬が簡単に盗まれたとなれば、会社の信用問題にもなりかねない。その上、ジェネリックを生産されたら、会社は大損害を被る。本社からは新薬のコピー生産は絶対に阻止し、組織的に新薬が盗まれた事実を世界に公表できるように彼らの計画の全貌を掴むように言ってきている」

セルソ社長は檻の中のトラのように、応接室をせわしなく行ったり来たりしている。

「具体的な指示を」

ミゲルは落ち着き払った声で聞いた。カバンの中には小型テープレコーダーを忍ばせてある。セルソはいざとなったらミゲル一人に罪を被せかねない人間だ。裏切られないようにミゲルも防衛策を講じていた。

「運動の中心になっているのはバンデレイ・ロドリゲスだ。あいつさえいなくなれば、運動は求心力を失う。それとあいつのところにリカルドのデータがあるはずだ。日本から医師が来ているが、すべて解析ずみならわざわざそんな面倒臭いことはしないはずだ。わが社の新薬を盗み、解析している証拠を掴め」

「バンデレイはいない方がいいということですね」

ミゲルはせわしないセルソの目を見つめた。セルソは一瞬動きを止め、ミゲルを睨み返してきた。

「わかっているはずだ」

「フェルナンド・シルバをもう一度使って、計画を実行に移します」

「どんな計画だ」

ミゲルは人生の分岐点にいることを感じていた。成功してプール付きの高級住宅に住むか、失敗して刑務所送りになるかのどちらかだ。しかし、最悪の事態になっても、主犯はセルソとメディカル・サイエンス社に仕立てる自信はある。

ミゲルはフェルナンド・シルバから聞き出したエストラーダ・ノーバの情報を基に綿密な計画を練っていた。それを聞き終える頃には、セルソは黒革のソファーに深々と腰を下ろしていた。

「頼む。失敗は許されない。成功すれば、お前も私も、金の苦労はしなくてすむ」

セルソは唇の端にほころびた笑いをかすかに浮かべた。

フェルナンド・シルバはリオの麻薬取引仲間の仲介でミゲル・アルビス弁護士を紹介された。ミゲル弁護士から連絡が入った。マリヤーニから薬剤師のリカルドが分析中だった新薬のデータを奪い、日本人医師を脅かし、日本へ追い返すように依頼された。金になる仕事だから引き受けたが、ミゲルはさらにバンデレイを殺してもらうことになるかもしれないと言ってきた。依頼者の正体は明かさないが、口ぶりからはかなりの大物で、バンデレイの殺しの背後には巨大な利権が絡んでいることがうかがえる。

ミゲルはバンデレイを殺す前に、ファベーラの状況を調べろと言ってきた。フェルナンドはその仕事を即座に引き受けた。エストラーダ・ノーバで暮らすバンデレイ・ロドリゲスを殺すことくらい赤子の手をひねるようなものだ。放っておいてももうすぐ死ぬと思われるバンデレイを何故殺さなければならないのか。フェルナンドには理解できないが、大きな陰謀が渦巻いているような気がする。いずれミゲルやその背後にいる連中の思惑が浮かび上がってくるはずだ。それまでは殺し屋に徹していればいいのだ。

エストラーダ・ノーバはベレン最大のファベーラで、警察の摘発から麻薬を守るためにも支配下に置きたい地区なのだ。それを阻んでいるのがバンデレイで、彼に触発された人間がファベーラに多数入り込み、麻薬や売人が流入するのを防いでいる。エストラーダ・ノーバを支配できれば、コロンビアの麻薬取引をさらに拡大することができる。

ファベーラでうだつの上がらない暮らしをしている連中はいくらでもいる。フェルナンドは子どもの頃、腹を空かせては一緒にトロンバジンニャ（強盗）を繰り返していた仲間を密かに集めた。彼らから情報を収集した。

バンデレイはかなり弱ってきているらしい。治療や介護には国立病院の医師や看護師が当たり、ボディガードにはマルセロが付いているようだ。日本人襲撃事件以降、警戒は今まで以上に厳重になっているのがうかがえる。バンデレイは議員までやった男だ。彼を殺せと指令を出している組織の正体は不明だが、ミゲルを手足に使えるほどの実力と経済力を持っている人間ということになる。

華やかであればあるほど、その裏には醜く汚れた世界が横たわっているのがブラジルという国だ。光が強ければ強いほど、その裏には限りなく闇に近い影ができる。それと同じことだ。ミゲルの背後に隠れている大物もいずれは正体を現す。一度、闇の世界に足を踏み入れた者は、どんなに華やかな世界にいても弱みを握られたようなものので、いつか利用できるときが必ず来る。

フェルナンドはベレン空港近くの密林を伐採し、宅地にしたところに建てられたコンドミニオ・フェッシャードと呼ばれる豪邸に一人で住んでいる。その住宅地域全体が高いフェンスで囲まれ、防犯カメラによって監視され、三ヵ所に設けられたゲートからも許可がない限り住人以外は入れない。フェルナンドは麻薬の密売によってこの家を手に入れた。

生まれたのはエストラーダ・ノーバで、子どもの頃、腹いっぱい食べたという記憶はない。常に空腹を抱えていた。飢えをしのいだのは、アマゾン河やその周囲にある沼に入り、獲った魚や野生のマンジョッカ（タロイモ）だった。ベレンはいたるところにマンゴーの木が植えられている。マンゴーの並木もあるくらいだ。

マンゴーは十一月から熟れて収穫期に入る。熟れる前のマンゴーは刺激が強く、それを食べると口の周囲がかぶれたり、下痢を起こしたりすることもある。腹を空かせた子どもたちは熟れた実の下で、自然に落ちてくるのを待っている。しかし、空腹に耐え切れず、棒切れで実を落とし、かぶれるのを覚悟で食っていた。そのためか胃腸だけは丈夫だ。

父親はアルコール依存症で、おまけに飲むと酒乱で暴力を振るった。母親もだらしない女で、次から次に男を替え、男から捨てられたり、あるいは自分の方で飽きたりすると亭主のところに戻ってきた。そこで口汚く罵り合い、激しい夫婦喧嘩を繰り広げた。子どものことなど、まったく眼中にはなかった。それがフェルナンドの育った家庭だ。

両親から親らしい言葉をかけてもらった記憶もないし、食事らしい食事を与えられたこともない。沼から湧き出す腐敗臭が体に染み付いていくようで、一日も早くファベーラから抜け出すのが子どもの頃の夢だった。

ベレンの港に隣接する河沿いの路上で、早朝から青空市場が開かれる。まだ朝が明けやらぬ頃に、一番新鮮な食材を買いに来るのは、裕福な家庭のお手伝いさんだ。四、五時間すると、鮮度が落ちて少し値が下がる。それを目当てに中間階層の人たちが買い物にくる。時間の経過とともに値が下がり、最後に売れ残った魚や野菜、果物は廃棄される。それをファベーラの住人が拾って持ち帰る。さらにその残り物がフェルナンドの食い物だった。

同じような境遇の子どもは他にも多数いた。あてにならない親を見限って、ファベーラを抜け出し、ストリートチルドレンになる。その方がましだと思えるくらいに、親との暮らしは絶望的なのだ。しかし、ストリートチルドレンが生きていけるほどベレンは豊かではない。空腹に耐え切れず、市場や店の商品をくすねる。逃げ切れればいいが、捕まれば袋叩きに遭う。警察も見て見ぬ振りをして、ストリートチルドレンのことなど気にも留めない。警察はむしろ手間が省けたくらいにしか思わない。

富裕層や商店街店主たちは金を出し合い、退役軍人、警察官を密かに雇い、自警団を組織する。自警団は強盗や盗みを繰り返すストリートチルドレンを見せしめのために殺し、アマゾン河に浮かべる。それがブラジルの現実なのだ。

フェルナンドがエストラーダ・ノーバを出たのは十二歳のときだ。その頃は盗みで生活しているようなものだった。最初は食料を店先からくすねる程度だったが、次第に金目のものを盗むようになり、さらに銀行から出てきた年寄りの財布を強奪するようになった。フェルナンドは自警団のターゲットにされていた。

物心つく頃から両親は取っ組み合いの喧嘩をしていた。止めに入ったフェルナンドに、両親は役立たず、無駄飯ぐらいだのと罵声を浴びせ、八つ当たりをする始末だった。最後はいつも通り酒に酔いつぶれて寝てしまう。日の出とともに市内中心部の交差点に立ち、信号待ちのわずかな時間に車に駆け寄り物乞いをする。うだるような暑さの中で空腹に水だけで耐える。意識が朦朧として発進した車にはねられそうになる。そうして集めたフェルナンドの小銭で酒を飲み、薬物を打つ父、そして男に走る母。

ある晩、ファベーラの家に戻ると、垢と酒で異様な臭いを放つ二人が絡み合っていた。フェルナンドは腹の奥底から湧き起こる怒りを感じた。自分でも抑えることのできないほど激しい憎悪だった。気がつくと、台所に一本だけある包丁を握り締めていた。

ファベーラの家には仕切りなどない。壁に釘が打ち込まれ、シーツがカーテンのようにぶら下がり、夫婦のベッドを隠している。壊れかけたベッドに夫婦二人が寝て、フェルナンドは拾ってきた板の上に毛布を敷いて寝ていた。しかし、夜も昼もなく、フェルナンドがいようがいまいが、二人はおぞましい声を上げてセックスをした。

その晩ベッドの手前に寝ていたのは父親だった。フェルナンドは両手で包丁を握り頭上高く上げると、父親の腹部目掛けて突き刺した。仰向けに寝ていた父親は声も発せずに弓のように体をしならせた。包丁を引き抜くと、短い呻き声を上げ、しなった体を元に戻した。フェルナンドは何度も包丁を腹部に突き刺した。

物音に母親が寝返りを打った。薄暗い電球の灯りに、返り血に染まったフェルナンドの顔が浮かび上がる。驚きの言葉を発しようとした刹那、包丁は母親の胸に突き刺さっていた。

その晩からフェルナンドはファベーラから姿を消した。

フェルナンドはミゲル弁護士の手足になって動くような振りをしながら、サンパウロの麻薬密売組織の仲間を使ってミゲルの動きも探らせた。ミゲルのスポンサーは数社あるが、最大のものはメディカル・サイエンス社のようだ。毎日のようにパウリスタ通りにある法律事務所からやはりパウリスタ通りにあるメディカル・サイエンス社のオフィスやブルックリン地区にあるセルソ社長の家に足を運んでいる。

メディカル・サイエンス社はアメリカの製薬会社で、彼らがバンデレイの命を狙っているのかどうかは不明だ。

「バンデレイはある製薬会社の企業秘密を盗み出したんだ。それを取り戻してほしい」

ミゲルは殺しの依頼と同時に盗まれた企業秘密を取り戻せと言ってきた。直接顔を合わせるのを避けているらしく、連絡は常に電話だ。

「企業秘密って、何についてどんな資料なのか、どこにあるのか、わかっているのか」

「バンデレイが握っていると思うが、どこにあるかはわからない。マリヤーニという日系二世の医師が持っているかもしれない。あるいは最近ファベーラに入った日本人医師が情報を握っている可能性もある。まず殺す前に取り返すべきものを取り返してほしい」

「取り返せといっても、もっと情報をくれなければ取り返しようがないだろう」

ミゲルは黙り込んでしまった。詳細な情報を提供しなければ、フェルナンドは殺しの依頼は引き受けても、企業秘密の奪取は断るつもりだった。ミゲルも雲を掴むようなことを言っていたのでは、依頼者の要求にこたえるわけにはいかないと判断したのだろう。製薬会社の臨床試験の最中に開発中の新薬が被験者によって盗み出されたことを明かした。

「その薬を取り戻せということなのか」

「薬ではない。彼らがその薬を分析して、開発した会社より早く特許申請でもされたら大損害を被ることになる。彼らがどこまでデータを分析しているのかを知りたい。だからその分析結果を持ち出してほしい」

盗まれた新薬の分析をしていたのがリオで殺された日系人薬剤師のリカルドだ。日本人医師を日本へ追い返すように脅迫するのと同時に、マリヤーニを襲撃させたのは、そのデータがどうしても欲しかったのだろう。不鮮明だが少しずつ全体像がフェルナンドにも見えてきた。

ミゲル弁護士からフェルナンドが聞き出せなかったのは、新薬を開発している製薬会社の名前と、何の新薬だったかという二点だけだった。しかし、ミゲルがメディカル・サイエンス社の意向を受けて動いているのは明らかだ。

ミゲル弁護士はメディカル・サイエンス社から、法外な手数料を取っているはずだ。バンデレイの命まで何故奪う必要があるのかはわからないが、フェルナンドはミゲルの便利屋として働くつもりなど毛頭なかった。サンパウロの仲間を使って、ミゲルの動きを徹底的に調べさせた。家に忍び込ませることくらい、容易《たやす》いことだ。金になりそうな情報は、忍び込んだ形跡さえ残さずに盗ませた。そして家の電話に盗聴器を仕掛けさせた。

フェルナンドに仕事を依頼する相手は、金ですべて解決できると思っている。用がすめば消されることもありうる。絶対にそうさせないためには相手の弱点をこちらが握っておくことなのだ。

元議員のバンデレイの周辺に垂れ込み屋を送り込めば、彼らがどんな情報を握っているのか掴めるはずだ。フェルナンドは部下に金を持たせ、ファベーラでくすぶっている連中に酒を飲ませ、食事をご馳走するよう指示を出した。エストラーダ・ノーバの状況はすぐに把握することができる。

ファベーラ内にボランティア組織が入り、住人の自立に向けての支援が積極的に行なわれている。主にドイツを中心としたＮＰＯが入り、男には大工やパン職人の技術を教え、女性には売春から足を洗い、少しでも収入が得られるようにと、料理や裁縫を仕込んでいるようだ。しかし、ファベーラの男を雇う会社もパン屋もないし、女性を採用するレストランもなければ、メードに雇う家庭もない。

ブラジルの事情を何一つわからない連中がしていることなど、所詮無駄な悪あがきでしかない。ファベーラの男には、くだらない技術より強盗の方法を教えてやった方がよほどましだ。女にだって男を喜ばせて、金を巻き上げるコツを仕込んだ方がはるかに役に立つ。ファベーラから抜け出す方法は、男ならサッカー選手になるか、麻薬で儲けるしか道はないのだ。女にはその男をたらし込む方法を教えてやればいい。

情報は入ってきたが、日本人医師が診療所の隣の小屋で寝泊まりしているというくらいで、特別なものは何もない。日本人医師はケン・オノデラという名前で、マリヤーニ高村とは日本留学中に知りあい、本人が直接ファベーラの患者を治療することはなく、診療に当たる若いブラジル人の研修医にアドバイスをしているらしい。

情報を収集してから一週間ほどした頃だった。サンドラという娼婦と寝た密告屋のアルベルトからの情報だった。理由はわからないがろくな治療も受けられないのに、診療所にエイズ患者が集まってきているらしい。

その情報を教えてくれたのは、サンドラの親友で同じ娼婦のパウラだ。パウラはサンドラには自分がエイズに感染していることを告白したようだ。

「バンデレイ、マリヤーニそして日本人医師についてどんな情報でもいいからサンドラを使って聞きだせ」

フェルナンドがアルベルトに資金を握らせると、誕生日プレゼントをもらった子どものような笑みを浮かべた。

「この金はすべてサンドラにつぎ込んでもかまわん。いい情報を持ってきてくれれば、お前には十分な礼をする」

アルベルトはパウラに関する情報を洗いざらい調べてきて、フェルナンドに報告した。案の定、パウラが売春をしている通りの名前から、一晩の客数、値段、泊まったホテルまで調べてきた。何一つ重要なものはない。客と値段のことでケンカになり、カバンの中に潜ませていた護身用拳銃を発砲し警察騒ぎまで起こしている。それも初めてのことではなく、何度も身柄を拘束され、警察でも札付きの女になっていた。

うんざりするような話をフェルナンドはいかにも関心があるような振りをして聞き続けた。アルベルトがすべて話し終り、次の活動資金を用意したときだった。

「パウラっていうのは本当に性悪女で、客にエイズをうつすつもりでコンドームを使わずに商売をしているようです。そのことをマリヤーニ医師に咎められ、どうやら見放されているらしい」

フェルナンドは渡そうとした金を握ったまま続けさせた。

「それでも誰の子どもともわからない一人娘のアドリアーナだけは溺愛し、毎週のようにマリヤーニに診察を受けさせているようです。マリヤーニがアドリアーナを特別にかわいがっているようなんです」

フェルナンドはしばらく考え込み、さらに資金を増やしてアルベルトに渡した。

「いい情報だ。親子のことについてもっと調べてくれよ。サンドラにメシでもおごり、ベッドでいい思いをさせてやるんだな」

サンドラを一ヵ月間自分の女にできるほどの金だ。アルベルトは金を受け取ると、飛び出していった。

アルベルトに渡した金は無駄ではなかった。断片的に伝えられてくる情報を整理すると、アドリアーナの父親はパウラには誰かはわかっている様子だが、決して名前を明かそうとはしない。しかし、娼婦を始める前に知り合った男との間にできた子どもらしい。

アドリアーナに毎週検診を受けさせているのは、パウラがそうさせているらしい。仲の悪いマリヤーニ医師も、アドリアーナの診察には協力的のようだ。パウラは口を閉ざしているが、どうやらアドリアーナもパウラから母子感染したらしい。そのことでパウラは悩んでいる。発病したら医療費がかかるので、そのために周囲の制止を振り切って売春を続けている。

しかし、ファベーラの診療所でいったいどんな治療ができるというのか。それでなくてもエイズの治療法など確立されていないと言われている。

「サンドラは、俺がパウラに気があって、いろいろ聞いていると思っている様子ですが、エイズに感染しているパウラには俺が寄り付くはずがないと思って、何でも話してくれますよ」

アルベルトは得意げに言った。パウラの細々とした日常の生活についてアルベルトは調べつくした。しかし、すべて取るに足らない話ばかりだった。ただアルベルトのいいところは、下敷きを舐めるようにどんな味気ない話でも聞いてくることだ。

「俺にもサンドラにもよくわからないんですが、近々、カナダで世界中のドットールのレウニオン（会議）があるようで、そこでエイズの新しい治療法だか薬が発表になるらしく、それをパウラは誰かから聞いて、アドリアーナが助かるかもしれないと喜んでいたらしい」

フェルナンドはそのときもアルベルトに金を渡した。

「何か面白い情報があれば、また教えてくれよ、アミーゴ」

フェルナンドにも、ミゲル弁護士というよりメディカル・サイエンス社の思惑が少しだが見えてきたような気がした。しかし、ミゲルをベレンに呼び出すことにした。最初は嫌がっていたが渋々了承した。しかし、サンパウロから五時間ほどのフライトなのに、ミゲルは日帰りをするからとベレン空港を打ち合わせ場所に指定してきた。

空港ビル二階にレストランがあるが、混み合うのは発着時間の前後一時間程度だけで、あとはいつも閑散としている。そのレストランで待ち合わせた。冷たいビールを飲んでいると、スーツは脱いで手に持っていたが、真っ白なワイシャツの首や脇の下を汗で濡らした男が入ってきて、テーブルを見回した。面識はないが、ミゲル弁護士だと想像がついた。弁護士という商売はよほど儲かるのか、腹が出てベルトが千切れそうだ。

フェルナンドと視線が絡み合うと足早にテーブルのところにやってきて、向き合うように座った。

「ベレンまで来るだけの情報は取れたんだろうな」

椅子に座った拍子にテーブルに汗が飛び散った。

「帰りのフライトまであと三時間あるだろう。汗がおさまってから話しても遅くはない」

フェルナンドはウェイトレスを呼び、ビールを二つ注文した。

「サウジ（乾杯）」

二人は音を立ててジョッキグラスを重ねた。ミゲルはネクタイを緩めると、今にも弾けとびそうなワイシャツの第一ボタンを外し、ジョッキを一気に飲み干した。二杯目を半分ほど飲み終わる頃、ようやく汗がおさまってきた。

「始めてもらおうか」

フェルナンドはエストラーダ・ノーバの現状を詳細に説明した。その中にはミゲルがほしがっている情報は何一つとしてない。ミゲルは二杯目も空にして三杯目をオーダーした。フェルナンドは焦らすように、診療所にやってくる患者の話を長々と続けた。バンデレイたちが盗んだと思われる新薬の話など何一つ出てこないことに、ミゲルは表情を曇らせた。

「新薬の話などまったくファベーラの中で聞かれない」

「そうか」

期待が風船のようにしぼんでいくのがフェルナンドにもわかる。追い討ちをかけるようにバンデレイの状況を報告した。

「ファベーラのほぼ中央部に住み、常に数人の若者によってガードされている。日本人を襲撃した日からさらにガードは固くなっている」

落胆で声も出ないようだ。

「次の指示を出してくれ、バンデレイを殺すのか、どうか」

フェルナンドは一際大きな声を出した。ミゲルは冷水を浴びせかけられたような顔に変わり、周囲を見回し、「声が大きい。誰が聞いているかわからない」と上ずった声で言った。

「指示がなければ、ビジネスはこれで終りだ」

フェルナンドは椅子から立とうとした。

「待て」ミゲルは慌てて制止した。

「最終的な判断は依頼人がすることだ。金は出すからもう少しファベーラで新薬の情報を集めてくれ」

「開発中の新薬が盗まれたって言うが、あの連中にその価値がわかるとでも思っているのか。あんたたちはファベーラの暮らしを知らないから、訳のわからないことを言い出すんだよ。エストラーダ・ノーバに読み書きできる人間が何人いると思っているんだ」

ミゲルは何かを言おうとしたが、口ごもった。

「ファベーラの中には栄養失調で死んでいく子どもも珍しくないし、大人だってアル中で肝臓をやられて気がついたら、その辺で死んでいたなんていうのは日常茶飯事、薬物のやり過ぎで頭が完全にいかれて野垂れ死んでいくヤツもいる。うち回しの注射でエイズの感染者だっている。そんな連中に必要なのは薬じゃなくて金だよ。薬なんかあいつらがほしがるわけがない」

口調はさらに冷淡になり、フェルナンドはミゲル弁護士を小ばかにするように言った。ミゲルの顔がわずかに紅潮したことをフェルナンドは見逃さなかった。

「もう少し具体的に教えてくれれば情報も集めようがあるけどな……」

ミゲルはこの誘いにすぐに反応した。

「エイズ患者はたくさんいるのか」

患者数を知っている人間などいるはずがない。生まれてからこれまで医者にもかかったことのない人間がほとんどで、エイズの知識もない。女は売春、男は薬物に手を出し、真っ昼間から誰にはばかることなく薬物をうち回しているところがファベーラなのだ。

「ファベーラで暮らす女で、プッタ（売春婦）をしたことのない者を探す方が難しいくらいだ。プッタの中からエイズに感染していない者を探すのだって、アマゾン河に落とした指輪を探すようなものさ」

　ミゲルは黙って話を聞いている。エイズ患者に関心があるようだ。フェルナンドはおどけて見せた。

「エイズ患者について調べろとでも言うのかよ。そりゃバンデレイをやるよりはるかに大変な仕事になるぜ」

　しかし、ミゲルは大真面目な顔で聞いた。

「診療所にエイズ患者も来るんだろう。どんな治療をしているんだ」

「そんなことは医師にでも聞かない限りわからんよ。それを調べるのか」

「それも調べてほしい。金は出す」

　ミゲルは小切手を取り出して、金額を記した。

「インフレの激しいブラジルでも、今日か明日にでも換金すれば五万ドル相当になる。医師からでもいいし、エイズ患者からでもいい。どんな治療が行なわれているのか調べてほしい。バンデレイについてはサンパウロに帰ってから連絡する」

「こちらからも頼みたいことがある。ベレンの金持ち連中の中にはあんたのところからエイズの薬を買っている連中がいるだろう。そいつらのリストがほしい」

「そんなものをどうする気だ」

「類は友を呼ぶって言うだろう。治療中のエイズ患者のところには、情報を求めて患者が集まってくる。仕事を円滑に進める上で、そこで情報収集できるからな」

フェルナンドは口から出まかせに適当な理由を言った。ベレンの富裕層のエイズ患者リストを入手したい理由はもう一つ別にある。

「わかった。すぐに手配する」

出発時間までにはまだ二時間以上もある。しかし、ミゲルは席を立って出発ロビーに入ってしまった。サンパウロに向かう飛行機が出る前に、ベレン経由マナウス行きの飛行機の着陸が迫っていた。レストランは出迎え客やマナウス行きに乗る客で混み始めていた。ミゲルはフェルナンドと一緒にいるところを見られたくないのだろう。日帰りにしたのも、会う場所を空港にしたのもそのためだ。

〈ミゲルは所詮使い走りだ。黒幕といずれ会うときがくるだろう〉

フェルナンドはミゲルの後ろ姿を見ながら心の中で呟いた。

第六章　軽い命

S医大付属病院の熊谷院長が構成した医療チーム七人の医師が集まり、瀬川純平、春奈に亜佐美の死因について説明が行なわれた。丸島は真っ先に来てよさそうなものだが、その場に現れなかった。

チームのリーダーの金子内科医長が代表して説明した。

「このような事態になり誠に申し訳ありません。お悔やみ申し上げます。死亡の原因については、多臓器不全と思われます。すべての臓器がうまく働かなくなってしまった」

金子内科医長は、実際には亜佐美の治療には当たっていない。立場上仕方なく現れたに過ぎない。

「ちょっと待ってください」

瀬川純平が鬼のような形相で口を挟んだ。

「小野寺先生から向精神薬の副作用で起きる悪性症候群という名前を聞きました。そんな恐ろしい副作用があるなんてインフォームド・コンセントでは聞いていません。丸島先生からはこの点についていっさいの説明を聞いていません。聞いていたらこんな治療は受けていません」

金子医長はどのような治療が行なわれてきたか詳細を知らない。多臓器不全という言葉に、瀬川は発火した揮発油のように怒りを露《あらわ》にした。

丸島が十分な説明をしていなかったということは、小野寺には想像がついた。

「事前説明がなかったことは、本当に深くお詫びします」

小野寺は深々と頭を下げた。金子はその対応を不快に思ったらしく言葉を挟んでくる。

「小野寺先生は偉いですね。薬の副作用を挙げれば、どの薬にも数十以上の副作用がある。私は一々患者に説明はしません。稀に死亡副作用の薬もあるが、それだって教えませんよ」

金子には小野寺の態度が卑屈に見えているのだろう。瀬川夫婦の前で棘のある言葉を平然と言ってのけた。

「どうして説明しないんですか」瀬川が怒りを押し殺した顔で聞いた。

「患者に不安を与えるだけですよ」

金子に悪意はない。むしろ本気でそう考えているのかもしれない。しかし、自分の娘を失い、悲しみにくれる両親を前にして言う言葉ではない。そんな簡単なこともS医大付属病院の内科医長にはわからないらしい。

「今の説明だけでは、私どもは到底納得できません。後日、詳しくうかがいたいと思います。これから葬儀の準備があるので失礼させていただきます」

瀬川純平はこう言って部屋を出た。玄関に向かう瀬川と、小児科病棟に戻る小野寺の方向が同じだった。並んで歩きながら小野寺が言った。

「死亡診断書の死因欄にどう書くかで迷っているんです。精神科からいろいろ言われて……」

瀬川が足を止めて、小野寺を睨んだ。それまで必死に耐えてきていたのだろう。目から涙が溢れ出ていた。それを拭おうともせずに言った。

「小野寺先生が説明した通りに書いてください」

小野寺は金縛りにあったように身動きひとつせず「わかりました」と答えた。瀬川亜佐美の死亡原因は「悪性症候群」と記された。

亜佐美の死亡診断書には「悪性症候群」と記されていた。薬の副作用について詳しくは聞いてはいなかった。春奈は泣いているばかりだった。しかし、病院の説明を正式に受ける日が近づくにつれて、亜佐美の症状を記録していたメモを整理し始めた。

瀬川純平も精神疾患の治療で娘が死亡するなどとは考えてもいなかった。有機農法を提唱しながら、その一方で自分の娘の治療方法については医師を無条件に信じてしまった。もっと慎重に対応してやるべきだったと、刺すような自責の念にかられていた。

瀬川は妻の春奈と一緒にS医大付属病院を訪ねた。病院からは金子内科医長と丸島医師、小野寺医師の三人が説明会に出席した。受付で案内された部屋は会議室らしく、細長い机がコの字の形に並べられていた。金子、丸島、そして小野寺の順に医師三人が座り、瀬川夫婦が向き合うように座った。

瀬川夫婦のテーブルにはコピー用紙一枚が置いてあるだけだ。入院した日から死亡する日までの簡単な治療経過が記されているだけで、十行にも満たない短いものだった。丸島の前には見覚えのあるファイルがあった。おそらく亜佐美のカルテだろう。金子、小野寺の前にもカルテのコピーらしきものが置かれている。

金子はお悔やみの言葉を述べたが、形式通りで心のこもったものではない。丸島は外に視線をやったり、金子と小声で話したりして、心ここにあらずというのが、瀬川にも春奈にも感じられた。ただ小野寺だけが深々と頭を下げ、青白い顔で緊張しているのが伝わってくる。

「私どもは病院の対応に疑問を抱いています。インフォームド・コンセントがこれだけ話題になっているにもかかわらず、丸島医師からは生命に関わる副作用ついて何も聞いてはいません。悪性症候群の可能性があることなど知りませんでした」

瀬川は努めて冷静に話を進めた。

丸島は担当患者の生命が失われたというのに、タバコに火を点《つ》けた。大きく吸い込むと、天井に向けて煙を吐いた。

「私なりに全力で治療に当たったつもりなんですがねえ」

丸島は瀬川の質問には答えようとはしなかった。殴りかかりたい衝動にかられるが、瀬川は必死にこらえた。隣の春奈を見ると、机の下でハンカチをきつく握り締めていた。

「そのようなことをお聞きしているわけではありません。十分に説明義務を果たしたかをお尋ねしているんです。それと丸島先生、私たちの長女の生命が奪われ、そのことについて話をしている席でタバコを吸うなどというのは不謹慎だと思いませんか」

瀬川は射るような視線を丸島に投げつけた。丸島はもう一度深く吸い込んでから灰皿に捻り消した。

「そうおっしゃるが、医学的な知識のない方へのインフォームド・コンセントにも限度があります。医師としてすべき説明はしてあると思っています」

丸島は瀬川の怒りを木の枝でも折るかのように傲慢な口調ではね付けた。

「私たちが聞いたのは、あくびと喉の渇き、便秘、二ヵ月で治るというからお願いしたんです。悪性症候群の話は亜佐美が重態になってから小野寺先生から聞いたんですよ。主治医のあなたからそんな副作用があることを聞いていれば、私たちはその処置を断っていました」

丸島が小野寺に冷たい視線を投げかける。小野寺は気づいているのか、いないのか、瀬川夫婦をじっと見たままだ。

「私は全力を尽くしましたよ。不幸にも亡くなった。そうとしか申し上げようがない」

こう言ったきり丸島は沈黙した。

「S医大付属病院は患者や患者の家族に対して、十分な説明もせずに治療行為をする病院なんですか」

金子は内科医長という立場で同席しているだけで、最初から亜佐美の死についてまるで他人事だ。しかし、病院の姿勢を問われ、矛先が自分に向けられると初めて口を開いた。

「丸島先生はどのように説明されたのか、ここではっきりとさせておいてもらった方がご遺族のためだと思いますが……」

事務的な口調だ。面倒な裁判などに巻き込まれたくないと考えているのが顔に書いてあるようで、金子の言葉からは遺族への思いなど微塵も感じられない。

「瀬川さんはいなかったときだと思いますが、お母さんにはきちんと説明しておきましたよ」

　春奈は即座に反応した。

「私は説明を受けていません。悪性症候群という名前を聞いたのは、小野寺先生の方へ亜佐美が移され、そのときに聞きました」

　娘の生命を守れなかったという自責、悔恨は春奈も同じだ。しかし、昨日までの悲しみに沈んでいた春奈とは大違いで、真相を明らかにしようと悲壮な表情をしている。

「悪性症候群という言葉は使わなくても、副作用の説明はしていたはずです」丸島は自信に満ちた口調で返してきた。

「それはいつ、どこでどのような説明をされたのですか」瀬川がくいさがった。

「そんなことを、この場所で聞かれても、いつ、どこでしたかは記憶にありませんよ。ただ、いつも、どんな患者に対しても医師としての義務を果たしていると申し上げているんです。何度聞かれても私の返事は同じですよ」

　話は平行線を辿るばかりで、進展はしない。ただ重苦しい時間が過ぎていくばかりだ。金子は時計を見ながら時間を気にしているだけで、間に入って両者をとりなそうとする素振りさえ見せない。

　その気まずい雰囲気を破って切り出したのは、小野寺だった。

「私の方からは、精神科から移ってこられてからの状況をもう一度ご説明したいと思います」

小野寺は運ばれてきたときの脈拍、心拍数、血圧、さらには肝臓、腎臓の状態を、数値を挙げて説明した。しかし、転科してきた翌日に亜佐美は死亡した。その時々に小野寺は両親に説明をしていた。春奈は念のためにメモを取りながら聞いたが、小野寺の説明は以前のものと変わっている点は何もなかった。

「丸島先生も小野寺先生のように治療経過を説明されたらいかがですか」

金子の言葉に、丸島はカルテを取り出し、説明を始めた。丸島の説明は入院から転科するまでの、投与した薬とその量を報告するだけだった。

「妻のメモによると、四日目にシーツから毛布まで換えなければならないほど異常な汗をかいていますが、これはどうしてなんですか。この直後から亜佐美は急激に悪化していったんです」

丸島はカルテを閉じたり、めくったりしているだけで答えようとしない。さすがにまずいと思ったのか、金子が丸島に視線を送ったが、それでも丸島は知らん顔をしている。

「丸島先生のお考えはどうなんですか」

金子に答えを求められ、答えないわけにはいかないと思ったのか、丸島が答えた。

「咬舌による発熱の可能性が高いと考えられますが……」

「この高熱だって悪性症候群の兆候ではないのですか」

「発汗にしても、発熱にしても、咬舌の影響だと思われます」

丸島はタバコの箱を取ったが、すぐにまた机に戻した。

「悪性症候群の兆候があったのに、見過ごして治療を継続したのと違うのですか」

瀬川が心にわだかまっていることをついに口にした。

「失礼なことを言わないでください。私は医師の良心に従って最善を尽くしています」

丸島も声を荒げて反論した。しかし、瀬川には医学的な知識は皆無で、それ以上の追及は不可能だった。やりとりを黙って聞いていた春奈が丸島に問い質《ただ》した。

「丸島先生にもう一つお尋ねしたいことがあります。ご説明によると、オーツカＭＶというお薬が毎日投与されたということですが、私のメモによると、投与されたのは小児科に転科する前日だけです。これはどんなお薬なんですか」

丸島は冷静な口調に戻り答えた。

「お母さん、これは薬というよりお嬢さんに必要な栄養をこれで維持していました」

「ですが、私が見たのは一度だけです」

「お母さんが二十四時間介護していたわけではないでしょう」丸島は顔色を変えて、突然怒鳴り返した。

面会時間が過ぎると、春奈は病室から出されていた。夜、投与されていたのかもしれないと瀬川は思った。しかし、春奈の質問に顔色を変えたのは、小野寺も同じだった。小野寺は青ざめた顔がさらに青くなり、血の気が引き、かすかにだが震えているように瀬川には見えた。

「私どもは、今回の説明を聞いても亜佐美の死には疑問が残ります。第三者から意見を求めてみたいと思います。カルテをコピーしてくださるようお願いします」

回答は金子の口からすぐにあった。

「院長と相談の上、ご希望に添えるようにします。今この段階で即答できる立場に私も丸島先生もいません」

「私どもの娘のカルテが何故、その場でいただけないのですか。それとも第三者に見られたら困るんですか」

瀬川はすぐにコピーを提供することを強く求めた。

「提供しないとは申し上げておりません。院長の決裁を受けてから提示させていただきたいと申し上げているのです」

金子の返事はこのときだけは明確だった。瀬川には小野寺の不審な態度と金子の傲慢さに、不快な残滓感を感じた。

リオで開催された国際小児学会も終了した。ブラジルの医療事情視察のために、四月末までは出張扱いになっている。しかし、四月末までブラジルに滞在するつもりはない。小野寺は帰国の日が近づくにつれて憂鬱になった。マリヤーニとの別れが何となくだがつらく感じられた。今度別れたら二度と会えないような気がした。マリヤーニが日本に留学していた頃、週末は小野寺のマンションにマリヤーニが泊まったり、マリヤーニが作ってくれたブラジル料理を食べに行ったり、そのまま彼女のアパートで夜を一緒に過ごしたこともある。

一方的に別れを告げられ、マリヤーニは帰国してしまったが、いつかまた会えるような気がした。別れから帰国までの間があまりにもあっけなく、別れたという実感が小野寺にはなかった。しかし、ベレンで再会したマリヤーニは日本で見たときとは別人で、一人の医師として活躍していた。小野寺が引きずっていた彼女への思いなど受け付けないといった雰囲気が、マリヤーニには漂っていた

S医大付属病院ぐるみで小野寺は海外に放り出されたが、いつまでもブラジルに滞在しているわけにはいかない。小野寺は日本までのフライト予約を入れた。ベレンを午前九時の便でサンパウロに向かえば、サンパウロで四時間の待ち時間があるが、その日の夜のフライトで日本へ帰国することができる。

帰国の日が決まると、小野寺の泊まっている小屋にアドリアーナは毎日のようにや

ってきた。小野寺が目を覚ます頃には、小屋の前で遊んでいた。

小野寺が起きてくるのを待ちかねていたように声をかけてきた。

「ボンジア（おはよう）、ケン」アドリアーナの挨拶に、あくびをしながら応えると、「カンサード（疲れているの）？」と、心配してくれる。

マリヤーニのお手伝いさんがいつものように朝食を運んできた。一度沸騰させたミルクとコーヒー、パンと果物がトレーに載せられている。一人ではとても食べきれる量ではない。相変わらず伸びきった粗末な大人のTシャツを着ているアドリアーナを部屋に呼び入れた。

「一緒に食べよう」

小野寺はパンを二つに引き千切り、アドリアーナに渡した。アドリアーナは食べていいものかどうか迷っている様子だ。

「コーミ（食べなさい）。日本にいるときは、朝食はいつもコーヒーだけなんだ」

少し覚えたポルトガル語で説明すると、ようやくパンを頬張った。二つのポットにもミルクとコーヒーがいっぱいで二人でも余る量だ。小野寺はカップを取り出し、二つのカップに注いだ。朝食など摂ったことなどないのだろう。黙々と食べている。

食べ終わると、アドリアーナが聞いた。

「ケンは何故、日本に帰ってしまうの？」

「日本の病院で仕事をしているから帰らなければならないのさ」

「エストラーダ・ノーバで働くことはできないの？」

「日本の病院にも子どもの患者がたくさんいるから」

小野寺はやさしい口調で言った。アドリアーナは小野寺をじっと見つめながら話を聞いている。

「日本にはたくさんドットールがいるって、マリヤーニが言っていたけど、やはり帰らないとダメなの」

どうしても小野寺に帰国を思いとどまってほしいようだ。答えあぐねていると、アドリアーナが小野寺の心を覗き込むように大きな瞳で聞いた。

「ケンはマリヤーニを愛していないの？」

予期もしていなかった質問に、苦笑しながら「大好きだよ」と答えた。アドリアーナは笑みを浮かべ、畳み掛けるように言った。

「結婚すればいいのに」

返事に窮した。うまく説明できるほどポルトガル語が上達しているわけでもない。

「テン・ムインタス・プロブレマ（たくさん問題があるんだ）」

不思議そうな顔をして黙ってしまった。こんな会話で始まる朝が数日間続き、帰国する日が迫ってきた。前夜、バンデレイの家でささやかな送別会が開かれることになった。

夕方、バンデレイの家の前にはファベーラの住人が集まり始めていた。彼らは家の前に大きな石を持ってきて即席のかまどを設け、炭火で肉や魚を焼く準備を始めた。魚はアマゾン河で釣ってきたものらしいが、巨大な肉の塊はどこから手に入れたのか、小野寺がその値段が気になった。

「誰があの肉を購入したんですか」

ベッドから体を起こし、開いた窓から外の様子をうかがっているバンデレイに尋ねた。

「ベレン近郊で牧場を経営している友人のアントニオが、牛一頭をプレゼントしてくれたのさ。だから遠慮なく腹いっぱい食べて日本に帰ってほしい」

バンデレイには議員を引退してからも経済的支援を惜しまない友人が数人いるとのことだ。体の調子もいいのか、バンデレイは楽しそうだ。窓から肉を焼く香ばしい匂いや魚と香草と一緒に蒸す香りが漂ってくる。

肉を焼いている横には、やはり即席のバーが設けられていて、大型の発泡スチロールの箱に氷が入れられ、その中にはビールやグァラナなどの飲み物が冷やされている。一枚板のカウンターには果物が並んでいる。小皿にもられた焼けた肉や魚、冷えた缶ビールがバンデレイのところに運ばれてくる。飲み物はベレン市内にレストランを六軒、それにホテルも経営しているベネジットが差し入れてくれたらしい。

「調子はどうかね、デプタード（連邦議員）」

議員はとっくに引退しているのに、住人たちはバンデレイをこう呼んだ。

「まああだよ」

「そりゃよかった。いい焼き具合だ。食べてみてくれ」

ベッドの上で身体を起こしているバンデレイに小皿を差し出した。

「ケンが帰ってしまったら、エストラーダ・ノーバも寂しくなるな」

バンデレイが静かに呟いた。

アドリアーナが窓から部屋の中を覗き込み、「ケン、みんなが待っているよ」と声をかけた。

バンデレイが目で合図してくる。〈外へ行って、みんなと楽しくやってくれ〉

小野寺が家から出ると、周囲に人が集まってきて、握手を求めてきた。冷えたビールを運んでくる者、焼きたての肉を皿に盛ってくる者、魚を用意する者、運ばれてくるものを頬張るのに精一杯で話をしている余裕などない。

それでもファベーラの住人それぞれが、小野寺に感謝の言葉を述べ、別れを惜しんでいた。「チャオ」と挨拶したかと思うと、「次はいつ来るんだ」と、ブラジル人の会話には終りがない。

アドリアーナは、小野寺の横に付きっ切りだ。明日早くベレンの空港に行かなければならないことを知っている。空港まで、マリヤーニの車に乗せていってもらうという約束をしていた。

「マリヤーニはまだ来ないの」アドリアーナが家の前の人込みを見回しながら聞いた。

「病院の仕事で少し遅れると言っていたよ」と小野寺は答えた。

しかし、一時間経っても、二時間経ってもマリヤーニは帰ってはこなかった。ほとんどの肉も魚もたいらげて、家の前ではいくつもグループができて、住人たちが楽しそうに話をしていた。

そこにボディガードのマルセロがやって来て、小声で耳打ちした。

「急いでバンデレイの部屋に来てくれ」

小走りに部屋に入ると、バンデレイは体を横たえ、顔色も悪かった。

「どうかしたのか」

「いや、私のことは気にしなくていい。悪い知らせだ」バンデレイの声は掠れている。

「今、連絡が入ったんだ。マリヤーニが何者かによって襲撃され、病院へ担ぎ込まれた」

小野寺は言葉を失った。マルセロと二人で裏口から、目立たないようにファベーラを出た。車に乗ると、マルセロはアクセルを思い切り踏み込んだ。

「どんな状態なんだ」小野寺は怒ったように聞いた。

「危ないらしい」マルセロが前方を凝視しながら答えた。

「バーロス・バレット病院を出た後、ファベーラに向かう途中、街の中で襲撃されたらしい。救急車でバーロス・バレット病院へそのまま担ぎ込まれて仲間の医師たちによって救急措置が取られているようだ」

マルセロは信号無視で交差点を突っ切り、猛スピードで市内を走り抜けた。病院に着くと駐車場に車を止め、降りると同時に走った。受付は二人の顔を見ると、すぐに外科病棟の手術室に導いてくれた。手術室は外科病棟二階の奥まったところにあった。

「OPERAÇÃO」のランプが赤く点灯したままだ。手術が行なわれている最中なのだろう。二人は手術室近くにあるベンチに座った。

二階の奥にあるせいか、換気もわるく蒸し暑い。座っているだけでじっとりとした汗が背中をゆっくりと流れ落ちていくのがわかる。マルセロと話すこともなく、ただ時間が過ぎていくのを待つだけだった。

二時間が経過しただろうか。ランプが突然消えた。しかし、手術室からはなかなか出てこない。いやな予感が走る。マルセロも同じことを思っているのか、立ち上がり小野寺と顔を見合わせた。

ドアが開き、最初に看護師が、その後に執刀医が出てきた。

「マリヤーニはどうした」マルセロが医師に詰め寄る。

「できる限りの手は尽くした。別のドアから集中治療室に移した」

「死んだら許さんぞ」マルセロは医師に食って掛かる。

「私にとってもマリヤーニは大切な仲間だ」なだめるように医師が答えた。

　小野寺は英語で状況を尋ねた。説明によると、右肩に一発、腹部に二発の銃弾を受けていた。出血が激しく、すぐに輸血を施し、その一方で弾の摘出手術を行なった。右肩に被弾した弾は貫通していた。腹部の二発は摘出したものの、出血が止まらなければ生命は危ぶまれる状態。

「肺や心臓に被弾していたら、即死状態だったに違いない。生きているのが奇跡さ」

　医師はこう言い残してナースセンターに引き揚げて行った。マルセロを知っている看護師が二人を集中治療室へ案内してくれた。

　集中治療室は三階にあり、手術室からは専用のエレベーターで搬送できるようになっていた。マリヤーニは三つ並んだ一番奥のベッドで酸素吸入器を口に当てられ眠っているように見えた。

「ケン、ここにいてやってくれるか」

「そのつもりだ。君は？」

「俺は警察に行って襲われたときの状況を聞いてくる。場合によっては病院やバンデレイの警護をしてもらう必要がある」

「わかった、そうしてくれ」

一人残された小野寺はベンチに座って待つだけだった。時折、ファベーラの診療所にも姿を見せていた看護師がマリヤーニの脈拍、血圧、心拍数などを報告してくれた。蒸し暑さがようやくおさまり、涼しさが小野寺にも感じられるようになった。しかし、外はまだ真っ暗で、病院の敷地に立てられた街灯の灯りだけが煌々と点されていた。

「ケン、マリヤーニが意識を回復したわ。ドットールの許可も取ってあるから入って」

そう言って看護師は小野寺をマリヤーニのベッドに導いた。彼女が用意してくれた椅子に小野寺は座った。

枕元から伸びる管から酸素が送られている。モニターには脈拍、血圧、心拍数が浮かび上がっていた。看護師はマリヤーニの耳元で囁いた。

「シェゴウ・ナモラード（恋人が来ているわ）」

マリヤーニは重たそうに瞼を開けようとした。小野寺に気が付くと、マリヤーニは何かを言おうとした。口は透明のプラスチック製の吸入器で被われている。声は聞えない。懸命に話しかけているが聞き取れない。小野寺は「後で聞くからゆっくり休め」と言った。それでもマリヤーニは止めようとしない。

口の動きから「帰って」と言っているように思えた。

「そんなことを君は気にしなくていい」

耳元で小野寺は言った。看護師は「ナースセンターでもモニターは見ていますが、何かあったら呼んでください」と言い残して部屋から出ていった。

マリヤーニには薄い毛布がかけられているだけだった。そこから動く方の左手を出した。小野寺はその手を両手で包み込むようにして握った。冷たい手だった。マリヤーニは左手を力なく左右に振りながら、もう一度「帰って」と言った。

「帰らない。俺は今でも君のことを愛しているんだよ」

小野寺は握った手に力を込めた。マリヤーニも同じように力を込めて握り返してきた。

「俺のことは気にしなくていい。だから早く元気になってくれ」

マリヤーニが頷いた拍子に涙が頬に流れた。瞼をそっと閉じると、マリヤーニは眠りに落ちた。小野寺は彼女の手を握り締めたまま一夜を明かした。

マリヤーニを突き動かしているものはいったい何なのか。それに比べてS医大付属病院の陰謀を知りながら、ブラジルまで放逐され、のこのことやってきた自分は何をしているのだろうか。何のために医師になったのか。激しい自己嫌悪に苛まれた。

第七章　隠蔽

瀬川純平、春奈の二人は二度目の説明会に臨んだ。金子医長と丸島医師の二人だけで、小野寺医師は欠席だった。

「小野寺先生はどうされたんですか」

瀬川はテーブルに着くなり聞いた。

「ブラジルで開催される国際小児学会への出席と医療事情視察のために出張中です」

酒でも飲んでいるかのように楽しそうに丸島が答えた。

「今日はカルテを提示してご説明していただけるのでしょうね」

「いいえ、用意していません。院長決裁によって提示することになると前回ご説明申しあげたと思いますが」

金子医長は抑揚のない声で言った。

「前回、カルテのコピーをほしいと言ったでしょう」瀬川は声を荒げた。「病院のパンフレットにはカルテを開示すると書いてあるじゃないですか。これはウソを書いているわけですか」

〈患者と医療従事者が情報を共有することによって、医療の質を向上させるとともに、信頼関係を築くためにも当病院ではカルテの開示を実施しています〉

「開示については、そのパンフレットにも書かれているように、請求があった場合、医療情報提供委員会が請求から十五日以内に決定することになっています」

金子の口調はまるでマニュアルを暗唱しているようだ。そのことが瀬川の怒りをさらに増幅させた。

「前回の後、請求が出ていないので、先日お渡しした要約したコピーでいいのかと思っていました」

金子医長も丸島医師も前回と同じ説明をだらだらと繰り返すだけだった。金子医長も病院もカルテなど最初から出す気はないのだ。

瀬川はオーツカMVについて質《ただ》すつもりだったが、あえて聞くことはしなかった。彼らの回答は予想がつく。それよりも小野寺に直接確かめたい。前回、顔色が変わったのは何か理由があるはずだ。

説明会から戻ると、東京都文京区御茶ノ水にある医療過誤事件を専門に引き受けている弁護士事務所に連絡を取った。とても夫婦二人で挑んでも真実が明らかになるとは思えなかった。特に丸島の態度は木で鼻を括るような態度に終始していた。

合同事務所は雑居ビルの三階にあり、ドアには三人の弁護士名が記されていた。受付で名前を告げると、応接室に案内された。机を挟んで椅子が二つずつ並ぶ。瀬川夫婦が並んで座って待っていると、五十代半ばと思われる今野弁護士が名刺一枚を持って部屋に入ってきた。

瀬川は相談の予約を入れるとき、概略を受付に説明しておいた。

「医療過誤事件の相談ですよね」座るなり今野が言った。

亜佐美が死に至るまでの経緯と、病院側の説明を瀬川はノートのメモを見ながら、可能な限り詳細に説明した。今野はそれをノートに記録していた。一通りの説明が終ると、病院のパンフレットを見せてほしいと言った。

「開示について、実質的な決定権は院長にあり、証拠保全手続きをとるしかないと思います。以前に扱った事件ですが、私どもには改ざんとしか思えないようなカルテがこの病院からは提出されてきています。すでに手遅れかもしれませんが、カルテを手に入れるには証拠保全手続きをとるしかないでしょう」

訴訟を提起するかどうかの判断は、カルテを入手した段階で再度打ち合わせをするということで、その日の相談は終えた。

今野弁護士が部屋を出ると、受付の女性が入ってきて、経費の説明を始めた。証拠保全手続きにかかる費用は七十万円にも上った。

「とにかく亜佐美の死を明らかにするためには、いくらかかってもやるしかない。うちに金はあるのか」

事務所を出ると同時に瀬川は春奈に聞いた。聞かなくても答えはわかっていた。そんな余裕などないのだ。有機農法を営み、自分たちの生活は限りなく自給自足に近い。栽培した余分な野菜を市場に出して現金収入を得ている。それで得られた資金で必要な経費を支払っている。本来、農業はすべての人々の食にかかわる仕事で尊く、誰からも尊敬されるべき仕事だと瀬川は考えていた。安全な食を提供しているという生産者としての誇りもあった。生活が多少苦しくても、それは仕方ないと利潤追求は二の次にしてきた。

「証拠保全で七十万円なら、いざ裁判になったらどれくらいの経費がかかるかわからないね」春奈が不安げに言った。

証拠保全手続きに必要な経費はすぐに弁護士事務所宛てに振り込んだ。

数週間後、二人はようやくカルテを入手することができた。瀬川はそれを見て亜佐美に投与された向精神薬はハロペリドールで、製品名はセレネースということを知った。向精神薬とは中枢神経に作用し、心の働きに影響を及ぼす薬物の総称で、抗精神病薬、抗うつ薬、抗不安薬などがある。カルテに目を通しながら、

「お父さん、おかしい」

最初に気づいたのは「オーツカMV」の記載だった。介護に当たっていた春奈は、亜佐美が亡くなった直後の説明会で、オーツカMVが毎日投与されていたという説明に疑問を抱いた。

カルテにも毎日投与されたことが記載されている。筆跡は同一人物のものだと素人目にも判別できる。丸島医師本人が書いているのだろう。しかし、その書かれている場所が異様なのだ。少ししか空いていないスペースに無理やり書き込んだとしか思えないような小さな文字で記されていたり、あるいは十分な余白があるところには末尾に取って付けたように記録されていたりした。

「どう考えても後から書き加えたとしか思えない……」春奈が訝りながら言った。

「毎日投与していたと丸島が返答したとき、小野寺先生の顔色は真っ青だった。何かあるんだよ、このオーツカMVには」

しかし、医学、医薬になんの知識もない瀬川にはそれ以上どうすることもできなかった。

「やはり弁護士さんに依頼しないと私たちだけでは何もできないわね」春奈が力を落として呟いた。

数日後、瀬川は一人で今野弁護士を訪ねた。率直に訴訟費用が捻出できないことを告げるしかないと思った。

「訴訟を起こす費用どころか、裁判を維持していくだけの経済的な余裕はありません」

今野弁護士は少し驚いた様子だったが、瀬川の話にじっと耳を傾けていた。どんな医療裁判も長期化し、事実のすべてを握る病院側が圧倒的に有利で、患者側の勝訴など実は数える程度しかないのだ。

「亜佐美をこのまま死なせてしまっては親の責務が果たせないと思っているんです。日頃から有機農法を提唱しているくせに、自分の娘には副作用の強い薬を投与し、死なせてしまった。どこに原因があるのか真相を追及することが親の責任だと思っています」

瀬川は喉を詰まらせながら、自分の思いを語った。

「お気持ちはわかりましたが、私にどうしろと言われるのですか」

「費用を最少限に抑えて裁判をする方法はないでしょうか」

「それは弁護士費用を支払う余裕がないということですか」今野弁護士が核心部分を聞いた。

「生活するだけで精一杯なんです」

「わかりました。合同事務所の一人として弁護士活動をしている以上、弁護士費用をゼロにし、経費もこちらでというのははっきり申し上げて無理です。しかし、訴状や裁判への助言についてはボランティアとしてさせていただくということでいかがでしょうか」

「どういうことでしょうか」

瀬川には今野弁護士の言っている意味が理解できなかった。

「民事裁判には本人訴訟という方法があります。それは弁護士を使わずに原告自らが訴状を裁判所に提出して、病院と争うという裁判です」

「そんなことができるんですか」

「形式的には何の問題もありません。弁護士を代理人に立てても、なかなか真実を抉《えぐ》り出すことができないのが医療裁判の現実です。専門家の私から見ても、法律にも医学にも知識のない瀬川さんがこの裁判に挑み、勝訴するのは極めて困難だと思います。しかし、瀬川さんの思いは、金銭的な慰謝料を目的としているのではなく、あくまでも真実を明らかにすることだと私は感じました。たとえ負けても、訴訟を提起する意味はあると思います」

瀬川は裁判を起こしたいと言って、今野弁護士に相談したが、慰謝料について何一つとして口にしなかった。民事裁判を提訴するということは、事実を明らかにするために、損害賠償、慰謝料の金額を提示し、その金額を争う裁判になる。瀬川は真実を裁判で明らかにすること以外何も考えていなかったのだ。それが今野弁護士の心を動かしたようだ。

「まずはカルテを読み込み、自分の疑問を整理することから始めたらいかがですか。ある程度わかったら、それを持ってまた来てください」

瀬川はまずセレネースとオーツカMVについて調べることにした。県立図書館に出向き、参考になりそうな本を片っ端から借りた。『精神科看護用語辞典』で真っ先に「悪性症候群」の項目を開いた。

〈向精神薬による治療中に起こる重篤な副作用である。高熱、発熱、筋強剛（こわばり）、意識障害、発汗、頻脈などの自律神経症状を呈する〉

さらにその先を読み続ける。「原因となる向精神薬は強力な中枢ドーパミン受容体遮断薬」で、その筆頭に「ハロペリドール」が記載されていた。亜佐美に大量投与された薬だった。手が震え、次のページが捲れない。

〈悪性症候群の症状——治療開始後、数時間から数ヵ月後においても起こりうる。二十四時間から七十二時間にわたり激越化した症状が継続する。体温は四〇度を超え、意識障害や自律神経症状、呼吸障害、血圧低下等をきたし、呼吸、腎、心不全、心虚脱等の結果死亡することもある。患者側の要因としては、過度の疲弊などが挙げられる。患者の身体症状の悪化が発症リスクを高める〉

「普通、薬局で買うお薬って、使用上の注意を書いた説明書が入っているでしょ。セレネースにもそういうものが付いているのではないかしら」

　図書館でコピーしてきた資料を何度も読み返している瀬川に春奈が言った。セレネースを製造している製薬会社はテレビコマーシャルを流す大手薬品メーカーだ。電話をすると、すぐに添付文書を送付してくれた。

　添付文書の冒頭には絶対に投与してはいけない患者の病名が記され、薬の成分と効能、用法、用量が記載されている。さらに使用上の注意と併用禁止の薬、併用する場合の注意しなければならない薬名が明記されていた。さらにこんな記述も見られた。

〈発汗、発熱、頻脈などを観察したら投薬を中止して、水分補給などで悪性症候群を回避する〉

　瀬川と春奈はカルテに書かれた亜佐美の症状と資料、添付文書を交互に読み進めた。亜佐美は小学校でいじめに遭い、登校拒否に陥っていた。半ば拒食状態で十分な栄養が摂れているとはいえなかった。

「どの資料にも添付文書にも脱水、栄養不良状態で疲労している患者には悪性症候群が起こりやすいって書いてあるのに、何故、丸島先生はこんなお薬を使ったのかしら」

　春奈の疑問は当然で、瀬川も同じものを感じた。

「最初からこんな強い薬を使うべきではなかったんだ」

　セレネース投与四日目には「シーツ、リネン類交換」と書かれている。六日目には

「頻拍」と「三九・四度の高熱」とある。

「どれも悪性症候群の兆候を示しているのに、七日目にはセレネースが三アンプルから四アンプルに増量されている」

八日目から十一日目までの四日間はまったく同じ処置が取られ、丸島の記述は見られない。

「おい、暦を見せてくれ」

瀬川は暦とカルテを照合した。土曜、日曜日を挟んで連休を取っていたとしか思えない。結局、この間に症状は悪化の一途を辿っているのにもかかわらず、セレネースは小児科に転科する前日まで続けられていた。

「亜佐美は丸島に殺されたんだ」

思わず瀬川は声を上げた。カルテのコピーに瀬川の涙が落ちた。

〈絶対に許さない。俺はあの丸島を絶対に許さない〉

瀬川は気になることがあると、それをはっきりさせるまでは仕事に集中することができなくなってしまった。沸騰する湯のような怒りをどうすることもできずに厚生労働省にも一人出向いた。

盥回しにされたあげく四十代の役人が対応に出てきた。瀬川の話を迷惑だといわんばかりに不快な表情を隠さなかった。

「何故、こんな男に医師免許を与えたんだ？」

涙を浮かべながら訴える瀬川を最初は胡散《うさん》臭い顔で見ていた。しかし、真意がようやく飲み込めたのか、「しばらくお待ちください」と途中で席を立った。

戻ってくると厚労省の封筒を手にしていた。中身を取り出すと、瀬川の前に広げた。

「医薬品副作用情報」と記された小冊子のコピーで三通あった。

「ハロペリドール、つまりお嬢さんに投与されたセレネースに関する医薬品副作用情報です。これは全国の医療機関に周知徹底するために通知されているものです」

一九八九年発行の№99には悪性症候群については「精神科領域のみならず、臨床各科でその症状と治療法についてよく知っておく必要がある」ことを明記し、「放置すると死に至る重い副作用である」と強調している。

目の前に厚労省の係官がいることも忘れて、瀬川はコピーを目で追った。

〈栄養状態の不良な患者にドーパミン遮断作用の強い抗精神病薬を大量に投与した際に起こりやすい〉

ハロペリドールはドーパミン遮断薬そのものだった。他の二つの副作用情報にも、悪性症候群の症例を提示しながら、予防と治療について繰り返し警告を発している。

読み終えて、瀬川は肺のなかの空気をすべて吐き出すかのようなため息をついた。

「大丈夫ですか」厚労省の係官が心配そうに聞いた。

「ええ。大変役に立つ資料をありがとうございます」

「いや、公表されている資料ですから、どうぞお待ち帰りください。それと医師の件ですが、これは国家試験を合格した医師に関して、資格取り消し云々は管轄外で、これについてはお答えしようがないのです」

印象とは裏腹に、良心的な役人のように瀬川には思えた。


妻の春奈も朝早くから家を出てS医大付属病院に向かった。春奈には看護師に会って直接確かめたいことがあった。亜佐美のケアに当たった看護師の名前もノートにメモしておいたし、顔も覚えている。

病院は交通の便が悪く、ほとんどの看護師が専用駐車場に車を止めていた。近くの寮から通ってくるのは、年齢も若くまだ看護師歴も浅い人たちだった。夜勤は朝八時で終り、日勤の看護師と交替する。春奈は駐車場で夜勤明けの看護師を待った。

富田という三十代の看護師が駐車場に近づいてくるのが見えた。他の車の陰に身を隠している春奈にまったく気づいていない。彼女が軽乗用車に乗り込もうとした瞬間、春奈は富田に走り寄った。

富田は突然現れた春奈に驚くこともなく深くお辞儀をした。

「この度はお気の毒でした」

「お疲れのところを申し訳ありません。実は亜佐美のことでおうかがいしたいことがあります」

富田は不審の表情を浮かべた。

「なんでしょうか」

「病院から何故娘が死ななければならなかったのか、説明をしていただいていますが、オーツカMVという点滴を見たのは一度しかないのに、カルテではそれが毎日投与されたことになっているんです」

「私は看護師なので、そういったことは院長なり、丸島医師に聞いていただかないとお答えのしようがありません。申し訳ありませんが失礼させていただきます」

富田は逃げるように車に乗り込んで駐車場から出ていった。その朝は富田だけで他の看護師には会えなかった。一度帰宅し、夕方再び駐車場で夜勤の看護師と日勤を終えた看護師を待った。

しかし、駐車場に入って間もなく警備員二人がやってきた。

「ここは職員専用の駐車場で、一般の方の立ち入りはご遠慮していただいています」

「会いたい人がいるので、少し待たせてください」

「それなら病院の受付の方に話してください」

警備員は両脇から春奈を挟むようにして半ば強制的に外来患者の受付や薬局、会計のある建物に連れて行かれてしまった。富田が病院に連絡し、対応策を講じたのだろう。外来患者も数人が会計を待っているだけで、がらんとした待合室に春奈は一人座るしかなかった。悔しさと惨めさで自然に涙が出てくる。

会計をすませた患者が好奇な視線を春奈に向けた。たまらずトイレに駆け込み、顔を洗った。それでも目は真っ赤に充血していた。涙が止まるまでトイレにしばらくたたずんでいた。

ドアが開いて若い女性が入ってきた。顔を見られまいと下を向いたまま外に出ようとした。

「あのう、瀬川亜佐美ちゃんのお母さんではありませんか」

春奈は顔を上げた。私服に着替えていたが、見覚えのある小児科の看護師だった。亜佐美の担当ではなかったが、小児科のナースセンターで何度も見かけていた。春奈の顔を見て泣いていたのを悟ったのか、「残念でしたね」と慰めの言葉をかけてくれた。

「でも、どうされたんですか」

「精神科の看護師さんから聞きたいことがあって駐車場で待っていたんですが、警備員に追い出されてしまって……」

春奈は今朝からの経緯を説明した。

「そうでしたか」

彼女はトイレに二人しかいないことを確かめると、ハンドバッグからティッシュペーパーを出して、それに電話番号を書いた。

「今夜、電話をください。誰かくるとまずいから」

春奈はそれを受け取るとトイレを出た。

その夜、ティッシュペーパーに書かれた番号に電話を入れた。

「はい。今園です」

彼女の声だ。

「さきほどはありがとうございます」

春奈は礼の言葉を述べた。

「とんでもありません。大切なお嬢さんの命をお守りすることができなくて本当に残念です」

亜佐美の死後、初めて聞いた心のこもった言葉だった。

「カルテではオーツカMVという点滴が毎日投与されたようになっているのですが、私は一度しか見ていないんです。それで精神科の看護師さんにその点を直接確かめたくて駐車場で待っていたんです」

「軽はずみなことは言えませんが、丸島先生はとかく悪い噂が絶えない先生ですからね……」

「そうなんですか」

「瀬川さん、私の名前は絶対に出さないと約束してくれますか」

「ええ……」

春奈は真意がわからず曖昧な答え方をした。

「職員の住所録には精神科の看護師の住所も掲載されています。でも私から漏れたとわかれば、あの病院にいられなくなります」

「絶対にご迷惑をおかけしません。住所を教えてください」

春奈はすがる思いで訴えた。

丸島医師と亜佐美を担当した精神科四人の看護師の住所、さらに小児科の小野寺医師と岡村沙代子の住所も教えてもらうことができた。

「岡村さんはすでに病院を辞めていますので、違う病院に再就職している可能性が大きいと思います」

春奈は精神科の看護師四人の家を訪ねた。自宅まで来るとは思っていなかったのか、四人とも驚きを隠さなかった。しかし、四人とも取り付く島もなく、「院長に聞いてほしい」の一点張りだった。

疲れきって帰宅した春奈に瀬川が言った。

「かん口令が敷かれているし、口裏合わせができているのだろう」

頼みの綱は小野寺と岡村だった。小野寺の住むマンションを訪ねると、管理人が二十四時間常駐するマンションで、管理人から小野寺はブラジルへ長期出張でまだ帰国していないと聞かされた。病院の説明はどうやら本当らしい。

春奈は岡村の住むマンションを訪ねた。夜訪ねると不在だった。おそらく新しい病院で夜勤なのだろう。翌日午前中に訪ねると、インターホンから彼女の声が流れてきた。

「瀬川です。娘の亜佐美のことでおうかがいしたいことがあって参りました」

「夜勤明けでこれから寝るところです。私はもうあの病院を辞めて、なんの関係もありません。はっきりいって訪ねて来られても迷惑です。お帰りください」

その直後にインターホンのスイッチを切る音が聞えた。何度押しても呼び鈴は鳴らなくなってしまった。

三度目の説明会が行なわれた。金子医長も丸島もいつになく険しい顔をしている。春奈が看護師の自宅まで押しかけたことが刺激しているのだろう。

テーブルに着くなり、金子が言った。

「瀬川さんが何をどう考えようと自由ですが、勤務明けの職員の家まで押しかけるのは、看護師の睡眠の妨げにもなるし、ひいては患者に対するケアにも影響が出てきます。今後はそのようなことはお止めください」

「娘の死亡原因について、直接看護師から数分話を聞くだけなのに、それが大変なことだとは思いません。私たちは大切な娘の命を奪われているんだ」

瀬川が大声でやり返した。最初から険悪な雰囲気が漂っていた。

「今日は、丸島先生に聞きたいことがあります」

「どうぞ」

丸島は意図してそうしているのか、あるいは癖なのか、絶対に話し相手の顔を見ようとしない。視線も部屋のあちこちを見ているようで、瞳はせわしなく動いていた。

「セレネースについて質問させてください」

瀬川はメモしてきた質問事項を聞き始めた。

「副作用の強いセレネースを何故、用いたのですか」

「統合失調症と診断したからです」

「副作用で悪性症候群に陥った後、ジアゼパムという薬に代えているではないですか。最初から何故、ジアゼパムを使ってくれなかったんですか」

「統合失調症もかなり重篤と診断したからです」

丸島医師の返答は、竹を割ったように明快だ。予め質問を想定していたかのようにも思える。

「丸島先生は、セレネースの添付文書を読んだことはあるのですか」

「熟読しています」

「それでは厚労省の副作用情報はいかがですか」

「熟知しています」

瀬川はカルテを基に亜佐美の頻拍、高熱の症状を示した。

「添付文書、副作用情報のいずれも悪性症候群の特徴として挙げているのに中止するどころか、あなたは継続、増量を繰り返している。本当にセレネースについての知識はあったのですか」

「失礼なことを言わないでください。これでも医師です」

「心拍数は九〇台になったり三〇〇台になったりしている。モニターでも一五〇から一六〇、ときには二〇〇という頻脈が続いているにもかかわらず、経過観察を続けている。悪性症候群の兆候がこれだけ顕著なのにどうして見抜けなかったのですか」

「先ほどから聞いていると、悪性症候群でお嬢さんが亡くなったという前提でお話が進んでいますが、私自身は悪性症候群という死亡診断書に疑念を持っています」

瀬川と春奈は顔を見合わせた。絶句して次の言葉が出なかった。

「小児科に移り、小野寺先生があのような診断を下されたわけですから、それはそれで尊重しなければなりませんが、私は異なる意見を持っています」

借りてきた猫のように一言も口をきかない金子医長に瀬川が苛立ちをぶつけた。

「この病院は医師によって死亡原因が違ってくるんですか」

急に問われて戸惑っているのか、隣の丸島と小さな声で会話を交わした後、

「医師によって、病名や診断、治療方法をめぐって意見が異なることはよくあること
です」

と他人事のように答えた。

「では、亜佐美の高熱、頻脈はどうして起きたんですか」

「さきほども言ったように統合失調症が重度で、入院直後に咬舌、衝動的に自殺を試
みています。そのときに血液が気管支に入り、いわゆる誤嚥性肺炎を起こしていまし
た。頻脈は肺炎が原因ではないかと思います。発熱についても尿路感染症とか肺炎の
影響ということも考えられます」

「丸島先生は娘の死因は何だったと思っているんですか」

「多臓器不全ということになろうかと思いますよ」

丸島は余裕のある口ぶりだ。瀬川は殴り殺したい衝動を懸命に抑えた。

「小野寺先生はいつ国際小児学会から戻られるんですか」

瀬川の質問に、金子医長が答えた。

「もう少し時間をかけてブラジルの小児医療の現状を視察したいと連絡が来ているよ

うです」

小野寺にしろ、岡村看護師にしろ、小児科の医師、看護師が説明会の場に現れないのは納得がいかなかった。二人を遠ざけているとしか、瀬川夫婦には思えなかった。

金子医長が時計を見た。それが合図なのか、丸島医師が言った。

「今日はこれから大事な会議があるので、失礼させていただきます」

二人は立ち上がり、さっさと部屋を出ていってしまった。夫婦で部屋に取り残され、怒りとも悲しみとも説明のつかない思いに襲われた。

第八章　辞表

　仲間の懸命な治療によってマリヤーニは一命を取りとめた。しかし、全治三ヵ月の重傷であることには変わりなかった。襲撃をしてきた犯人を逮捕しようとベレン警察も捜査に乗り出しているようだが、おそらく犯人はベレンにはいないだろうと、マルセロは言った。

「逮捕したところで、実行犯は金で雇われたチンピラで、自分が何をしているのかも理解できないし、雇った人間の正体など知りはしない」

　エストラーダ・ノーバで育ったマルセロは、ファベーラの人間が金のために何でもする現実を知り尽くしていた。

「マリヤーニを襲った直後に他の州に逃亡して、もらった金で今頃は酒を飲みながら女と遊んでいるさ」

　小野寺は迷うことなく帰国を延期した。マリヤーニが襲撃されて以来、病院へ毎日通って彼女を見舞っていた。マルセロはマリヤーニの警護を手薄にしたことをしきりに後悔していた。バンデレイはかつての議員仲間を通じ、ベレン警察に働きかけた。その結果、マリヤーニを守るために警察官が二十四時間態勢で、病室の前で警備に当たっていた。それでもマルセロは安心できないのか、ファベーラの若者を交代で病院の周辺に配置して、不審者がいないかを見張らせた。

　小野寺はマルセロがバンデレイやマリヤーニの身辺警護に何故献身的なのか不思議に感じていた。マリヤーニの容態は峠を越したが、安静状態がしばらく続いた。集中治療室前にあるベンチに腰掛けていると、見舞いに来たマルセロが横に座った。

「ケンも気をつけてくれよ」

　マルセロは小野寺の身辺にも襲撃の手が伸びてくることを恐れていた。しかし、小野寺は巻き添えをくうことがあっても、彼らの襲撃の対象になるとは思っていなかった。

「マリヤーニを襲ってきた連中の黒幕は、前回と同じなのか」

「それ以外に考えられない」

　マルセロの答えは明快だった。小野寺はずっと心にわだかまっていることがあった。

「金で殺人を依頼するなんてアメリカの製薬会社のすることではない。しかし、彼らが莫大な資金を投入して開発した薬を、特許料も支払わずに生産するなんて、君たちの行為も決して褒められたものではないと思うけど……」

「泥棒とでも言いたいのか、ケンは」

「そこまでは言わないが、国際的な常識から判断すれば非難されるだろうな」

「では薬が手に入らずに確実に死んでいく二十万人のエイズ患者の命は、ケンの言う国際的常識ではどうなってもいいのか」

「救うにはそれなりの方法があるだろう」

「それを待っていたら死んでしまうから、俺たちは命がけで闘っているのさ。ケンはまだ何もわかっちゃいないのさ、貧しいということがどういうことなのか」

同じセリフをマリヤーニから言われたのを小野寺は思い出した。


マルセロは物心付く頃から、エストラーダ・ノーバで暮らしていた。暮らしていたというより生きていたという言い方が適切だろう。四歳か五歳のときだった。父親が麻薬取引のトラブルでめった刺し状態になって殺されていた。

常に家にいるわけでもなく、いても泥酔していて、父親という実感はまったくなかった。家の前に転がっている死体を見ても、悲しいなどという感情はいっさいなく、すでに腐敗を始めた遺体に蜂のような羽音を立てて銀バエが群がっていた。人が近づくと銀バエが一斉に飛び立ち、体中血塗《まみ》れで、判別できないほどに殴られ変形した顔が垣間見えた。

母親も愛情のかけらもなかったらしく、遺体を片づけようともしなかった。それを警察に咎められると、葬式をする気もないし、その金もないので警察で処分してくれと酒に酔って怒鳴りまくっていた。

マルセロの母親は定職などなく、収入は売春で得られる金だけだった。夕方から朝方にかけて、ファベーラから出ていき、ベレン港の桟橋付近の路上で客を引いた。相手は漁から戻ってきたペスカドール（漁師）だ。その金で母親は昼間酒を飲み、あとはベッドで暗くなるまで眠っていた。マルセロを自分の子どもだと思っていないのか、余りものを与えられたことはあっても、食事を作ってもらった記憶などマルセロにはまったくない。

食べるものは当然自分で手に入れるようになる。港の市場に行けば、売れ残った魚や古くなった果物も最後はまとめて捨てられる。とりあえずそれで飢えはしのげる。五、六歳になる頃には、河にもぐり自分で魚を獲る術を覚える。シーズンになればマンゴーはベレンのどこに行っても手に入る。

しかし、そんなものだけを一年中食って過ごすわけにはいかない。冷たいアイスクリームもほしくなるし、焼き立ての肉も食べたくなる。家に冷蔵庫などなく、幼いマルセロにとって冷たい飲み物やアイスクリームを腹いっぱい食べることが夢だった。くらくらするような暑い日に、氷の塊を口いっぱいに頬張ってみたいと思った。

最初は物乞いだった。香ばしい匂いに釣られて串に刺した肉を売る露店から離れられなくなってしまった。露店商はみすぼらしい子どもが目障りだと思ったのか、商売の邪魔になると思ったのか、商売にならない脂身の多い肉を焼いたものを与え、追っ払おうとした。最初はそれでも満足だった。そのうち腹いっぱい美味い肉を食いたくなる。露天商が油断した隙に焼き立ての肉を盗んで逃げるようになった。

盗みは一人ではなかなか難しい。気がつくとファベーラの子どもたちでグルになって盗みを働くようになった。屋台の肉から市場で売られている果物、ほしいものを手に入れるために盗むという方法は、ファベーラの子どもが最初に覚える生きるための手段だった。モノを盗むことを覚えると、次は金だった。

年寄りや女性をターゲットにして、大勢で襲った。ハンドバッグを奪い取り現金を盗んだ。ピアス、指輪、時計をひったくり、それを現金に替えた。金は仲間で山分けにした。当然、警察から目をつけられる。しかし、カトリック信者が九〇パーセント以上を占める国で、子どもは過剰と思えるほど法律上も保護をされ、警察もうかつには手出しができない。それをいいことにファベーラの子どもは窃盗、強盗を繰り返す。

警察があてにならないとわかると、被害に遭う商店主たちは自分たちで金を出し合い、自警団を組織する。彼らは大人でも子どもでも容赦なく、犯罪集団のボスを捕まえリンチを加える。見せしめに手足を折るくらいのことは当たり前で、殺さないまでも手足を撃ち抜くことも珍しくはない。彼らに対する警告で、それでも止めないときは、死体がアマゾン河に浮くことになる。

マルセロも自警団によって殺されたファベーラの住人や仲間を見ている。警察は犯人の捜索をしているようなポーズは取るが、実際には何もしない。街のダニが処分され、自分たちの手間が省け、仕事が少し楽になったくらいにしか思っていない。

マルセロが十歳になった頃だった。親友のフェルナンドと二人で夜の十時過ぎに車上あらしを実行した。この時間帯は車の持ち主はレストランで食事をしていることが多い。ドアを壊して、車の中に入った。現場を自警団に見つかれば、どんな報復を受けるかもしれないという恐怖感で、必死で金目のものを探した。突然、声がした。

「何か金目のものは見つかったかな」

物色することに夢中で近づく足音に気がつかなかった。マルセロもフェルナンドも、恐怖で一瞬声が出なかった。男は笑いながら車に乗り込むと、助手席にいるマルセロ、後部座席にフェルナンドを乗せたまま車を発進させてしまった。

「ヴァイ・ミ・マッタール（殺される）」マルセロが後部座席のフェルナンドに言った。

フェルナンドも顔は真っ青で無言のままだ。

「心配するな、殺しはしない」

男は声を出して笑った。二人が連れて行かれたのは、男の家だった。しかも豪邸で、家の周囲はグァルダ（ガードマン）によって警備されていた。しかし、家の中にはエンプレガーダ（お手伝いさん）が一人いるだけで、他には誰もいない様子だった。

「君たち、晩飯はどうした」

マルセロとフェルナンドは顔を見合わせた。どう返事をしたらいいか困っていると、

「子どもたちの分も用意してやってくれ」

男がエンプレガーダに言った。それでも二人は不安だった。これから自警団に引き渡されるのか、警察に連れて行かれるのか、食事をご馳走してもらい、そのまま解放されることなどありえない。脅えているのがわかったのか、男はテーブルに着くように言った。

「心配するな。どこにも連絡はしないから」

やがて食事が運ばれてきた。二人ともシャンデリアのライトが点された部屋で食事をすることなど生まれて初めてだった。次々に運ばれてくる料理に、つい不安を忘れて二人はすべての食事をたいらげた。最後に運ばれてきたレモンのシャーベットは、いくらでも食べられるような気がした。三回ほどお代わりをすると、「その辺で今日は止めておきなさい」と男が言った。

食事が終ると、男は「君たちには壊された車のドアの弁償をしてもらいたい」と切り出した。そんな金が二人に支払えるはずがない。

「金なんか一銭もない」とフェルナンドが不貞腐《ふてくさ》れて答えた。

「そうか。では警察にきてもらってもいいのだが……」

マルセロはやはりと思った。警察に突き出されて、顔をはれ上がるほど殴られることを想像した。

「では君たちと相談だが、穏便にすますために、一週間に一、二度ここにきて、庭の草むしりをするというのはどうだ。一年間草むしりをしてくれれば、ドアの件は忘れよう。それと草むしりの後は、食事を提供する。この条件でどうだ」

マルセロは男が冗談を言っているのだと思った。

「本当にそれでいいのか」聞き返すと、

「ああ、君たちがこの条件をのむなら、私には異存はないが」

男は二人の顔を見つめながら言った。

「君もいいかな、この条件で」

男はフェルナンドに念を押すように確認を求めた。フェルナンドは何も答えなかった。しかし、男は「それでは話はまとまったということでいいね」と二人を再び車に乗せ、エストラーダ・ノーバまで送り届けてくれた。

一週間後、マルセロはフェルナンドを誘って、男の家を訪ねてみようと思った。

「お前、あんなヤツの言ったことを信じているのか」

フェルナンドはまったく行く気はなかった。

「また美味いメシにありつけるかもしれないぜ」

「草むしりなんかやっていられるかよ。それに、金持ちの気まぐれで今度は自警団に突き出されたらどうするんだ。それでもいいならお前一人で行きな」

マルセロは半信半疑、不安も抱きつつ男の家を訪ねた。グァルダに訪問の理由を告げると、そのまま中に入れてくれた。玄関にエンプレガーダが出てきて、

「今日はあそこの草むしりをしてほしい」

と指差した。三時間ほど炎天下で草むしりをした。終えると、エンプレガーダに呼ばれ、家に入ると食事が用意されていた。ソブリメーザ（デザート）に用意されていたのは、サラダボールほどの大きな器に盛られたオレンジシャーベットだった。

それを楽しみながら食べていると、あの男はいないのに応接間にはひっきりなしに来客がきて、勝手にビールを飲んだり、休憩したりしていた。マルセロが家の主がパラー州議員のバンデレイ・ロドリゲスと知ったのは、それからしばらくしてからのことだった。

草むしりに通っていると、数人の来客とも親しくなっていった。彼らは新聞記者であったり、画家や作家だったりした。マルセロに話しかけてきて、学校に通っていないことを知ると、草むしりの後、文字や計算の仕方を教えてくれるようになった。そ

れからというものマルセロは毎日のように草むしりにバンデレイの家に通うことになった。

しかし、フェルナンドをいくら誘っても、彼は草むしりに行こうとはしなかった。バンデレイからもフェルナンドを一度連れてくるように頼まれていた。ある晩、マルセロはフェルナンド一家が暮らす掘っ立て小屋を訪ねた。

フェルナンドを呼んでも、返事がない。しかし、中には誰かいる気配がする。マルセロはドアを叩いてからそっと入った。

暗がりに呆然と立ち尽くすフェルナンドが目に入った。手に何かを握っていた。血に染まった包丁で、刃の先端から血が滴《したた》り落ちて土間に小さな血だまりができていた。顔やシャツも血で真っ赤に染まっている。

「どうしたんだ」

フェルナンドは何も答えなかった。その代わり包丁でベッドを差した。のたうち回ったのかベッド全体が血にぬれ、フェルナンドの両親が体をくの字に折って死んでいた。

マルセロはフェルナンドの手から包丁を取り上げようとしたが、固く握り締めたままで放そうとしない。力いっぱいフェルナンドの手を振ると、ようやく土間に包丁を落とした。壁にフェルナンドのシャツとズボンがかかっていた。

「早く着替えろ」

フェルナンドは泣きつくした子どものようにぼんやりと突っ立ったままだ。マルセロは思い切りフェルナンドの頬を張った。

「着替えろ」

壁から取ったシャツとズボンを突き出した。フェルナンドが着替えると、包丁をベッドに放り投げた。二人のちょうど間に落ちた。

「逃げろ」

「逃げろって、どこへ逃げればいいんだ」

「ファベーラから逃げろ。どこへでもいい。ここにいるな」

マルセロはポケットから小銭を取り出してフェルナンドに渡した。バンデレイの家で草むしりの他に庭の掃除やエンプレガーダの買物の手伝いをしてもらった金だった。

「二度とここには戻るな」

マルセロの言葉にコクリと頷いてフェルナンドは家を飛び出して行った。マルセロも血の付いた衣服を持って外に出た。適当な石をシャツとズボンで包み、沼に沈めた。

フェルナンドの両親は、夫婦喧嘩が殺し合いに発展した事件として処理され、フェルナンドの行方も警察が捜索することはなかった。その後、フェルナンドが再びファベーラに姿を見せることはなかった。

マルセロの言うように、小野寺にはブラジルの貧困層の生活など想像できない。エイズに感染している女性がたった十ドルで売春をし、その女をコンドームも使用しないで低所得層の男が抱く。その現実をどう理解しろというのか。

彼らがわかっていないというなら、ではどれだけマリヤーニやマルセロは医薬品開発の国際的ルールを理解しているのだろうか。アメリカの製薬会社が多額の費用をかけて開発した新薬を不法に盗み出し、それをブラジル国内で生産し、貧しい人たちに配布するという。金儲けではないことはわかるが、そんな道理が世界に通用するはずがない。わかっていないのは君たちの方だと反論したい衝動にかられた。

集中治療室のドアが開き、看護師がマリヤーニが目を覚ましたと教えにきてくれた。二人はベンチを立ち、部屋に入った。この部屋で治療を受けているのはマリヤーニだけで、周囲に気を遣う必要はなかった。

小野寺がいることがわかると、マリヤーニは首を横に振った。

〈何故、日本に戻らないの〉とでも言いたげだ。

「気にしなくていい」

小野寺がマリヤーニに話しかけると力なく笑って目を閉じた。まだ傷が疼《うず》くのだろう。マルセロが手短に、診療所の状況を伝え、激励した。

「若い連中が頑張ってくれているから診療所のことは心配しなくていい。例の計画も必ず成功させる」

マリヤーニは寝たまま何度かコクリと首を縦に振りながら聞いていたが、再び目を開けて小野寺をじっと見つめた。何か言いたそうだ。小野寺はそっと耳をマリヤーニの口元に近づけた。

「若い医師たちにはまだ診察、治療は無理。助言してやって」

「わかった。治療はできないが、そばにいて彼らの手伝いはする」

「オブリガーダ（ありがとう）」

つらいのかマリヤーニは目を閉じた。これ以上の会話はマリヤーニに負担をかけるだけだと判断した小野寺はマルセロに目で合図を送った。マルセロもわかったのか無言で頷《うなず》いた。

部屋を出ると、マルセロはファベーラに帰っていった。再びベンチに一人座り、小野寺はS医大付属病院への対応をどうすべきかを考えた。出張は四月末までと決まっていた。五月の連休が終るまでは、病院に迷惑をかけることもないが、このまま連絡を取らなければ失職するだろう。S医大付属病院の幹部は内心ではそうなることを期待しているだろう。しかし、学会に出席したまま患者を放り出すような医師を採用してくれる病院があるはずもなく、小野寺は困り果てた。

しかし、マリヤーニを放って帰る気にはなれなかった。結局、辞表を提出するしかないという結論に達した。小野寺は事務室に行き、バーロス・バレット病院のレターヘッドをもらい、それに辞表と書いた。理由は一身上の都合としか書きようがないし、それ以上の理由も書きたくはなかった。辞表を書くと、それを日本へファックスで送信した。

送信から一時間もしていないのに、事務室から女性職員が集中治療室に小走りでやってきた。

「日本からセニョール・オノデラに電話が入っています」

事務室に大急ぎで行くと、電話の相手はS医大付属病院事務局長の大枝だった。日本は深夜十二時、あまりの反応の速さに小野寺は戸惑った。

「小野寺先生、今、どちらにおいでになるのですか」

「ブラジルのベレンというアマゾン河口の港街です」

驚いているのか、大枝からの応答がない。

「辞表は受理してもらえるのでしょうか」小野寺は確認を求めた。

「突然のことなので、なんともお答えのしようがありません」

夜勤の医師がファックスを受け取り、慌てて大枝に連絡し、病院へ駆けつけたのだろう。

「一身上の都合ということですが、差し支えなければ具体的にもう少し詳しくご説明いただけますか。そうしないと理事会にかけるにしても、あまりにも唐突で了解が得られるかどうか……」

大枝事務局長はどこか脅えるような口調でもあり、小野寺の真意を探るような口ぶりにも聞える。小野寺は詳しく説明する気持ちなど最初からなかった。

「S医大に留学していたマリヤーニ医師が働く病院で小児科の医療事情を視察させてもらっていたのですが、小児エイズ患者の現実をより詳しく知るためには、もう二、三ヵ月くらいこちらに留まる必要があると思って辞表を提出したとご理解ください」

「少々お待ちください」大枝が答えた。

どうやら電話口の近くに誰かいるようだ。しばらく間があってから、大枝の声がした。

「小野寺先生ご自身で納得される視察期間というのは、あと三ヵ月くらいあればいいということなのでしょうか」

「そうですね」小野寺はあいまいな返事をした。

また間が空いた。

「それではこちらからのご提案ですが、その三ヵ月間は休職扱いということではいけないのでしょうか」

そばにいるのはおそらく熊谷院長だろう。熊谷院長自身が指示を出し、大枝はそれを伝えているに過ぎない。しかし、深夜に大枝だけではなく熊谷院長までが病院にきて、何故、小野寺の対応に当たらなければならないのだろう。

「病院にご迷惑をおかけしてもいけないと思って辞表を送付したんですが」

大枝からは意外な言葉が返ってきた。

「例の瀬川さんのお嬢さんの件で裁判になりそうな気配で、瀬川さんがいろいろ調査を始めているようなんです」

小野寺は返事に窮した。辞表と瀬川純平が提起した裁判と何の関係もない。まずいことを喋ってしまったと思ったのか、大枝は取り繕うように言った。

「微妙なときに、小野寺先生が辞められるというのも社会的影響を考えると望ましいことではないというか、マスコミの目もあるし……」

大枝の歯切れはさらに悪くなった。

「それで私にどうしろとおっしゃるのでしょうか」小野寺は苛立った。

「それで小野寺先生の方で異存がなければ三ヵ月間の休職扱いにして、辞表を受理するかどうかは帰国されてから検討させていただくということでいかがでしょうか」

「私はそれでもかまいません」

小野寺は受話器を置いた。

いったい何が起きているのだろうか。瀬川純平が医療過誤裁判を起こすだろうと、小野寺は想像していた。病院側もそれを想定して小児学会へ半ば強制的に出席させ、必要のない視察旅行までさせている。

〈瀬川が調査を始めている〉

考えられるのは、小野寺に余計なことを話されたら困ると思っているのだろう。辞表送信直後の反応の速さは、小野寺に離反されたら面倒だ、と熊谷院長らがそう判断したからに違いない。しかし、小野寺には好都合だった。まだしばらくはブラジルに滞在することはできる。

マリヤーニに約束したように、ファベーラの診療所で若い医師の診療の手伝いはできる。マリヤーニの代理としてしばらくは診療所に出てみることにした。その一方で、瀬川夫婦が起こした裁判も気がかりだった。S医大付属病院が自分の非を認めて謝罪するとは思えなかった。

マリヤーニの入院を理由にブラジルに留まろうとしている自分に、胃液がこみ上げてくるような気分だった。

第九章　密告

亜佐美の無念を晴らすには訴訟しかなかった。瀬川は今野弁護士を訪ね、その後の経過を詳細に伝えた。

「病院側は悪性症候群の死因そのものを平気で否定してくる可能性もあります。セレネースと死因の因果関係を立証できるかどうか、それが訴訟のキーポイントになるでしょうね」

こう言って、今野弁護士は深いため息をついた。

瀬川が挑もうとしている立証がどれほど大変なことなのか、それが伝わってくる。しかし、丸島医師やS医大付属病院をこのままにしておけば、第二、第三の亜佐美が生まれかねない。亜佐美の死の真相を明らかにすることが、瀬川夫婦に課せられた義務であり、亜佐美もそれを望んでいるように思えた。

「私たち夫婦がどこまで闘えるかわかりません。負けるかもしれませんが、それはそれで仕方のないことだと思います。今は亡くなった娘のためにも裁判に全力を注ぎます。何卒お力添えをお願いします」

医学的知識がまったくない夫婦が医師と病院を相手に裁判を起こしても、卵で岩を砕こうとするようなものだと瀬川は思った。S医大付属病院に亜佐美を連れて行かなければこんな事態にはならなかったはずだ。亜佐美が不調を訴えたとき、近くの病院の心療内科で受診した。そのときの医師がS医大付属病院出身の医師だった。その医師の紹介状でS医大付属病院で治療を受けることになり、亜佐美の主治医になったのが丸島だった。

亜佐美の症状に狼狽し、精神疾患の知識などまったくないままに丸島にずるずると引きずられ、結局、娘を死なせてしまった。死亡後、図書館で資料を読み漁《あさ》った。治療方法は薬物療法だけではなかった。カウンセリング療法もあれば、食事療法もある。「あのとき、ああしておけば……」という思いは日ごとに強く重く瀬川の心におおいかぶさってくる。

春奈は知り合った小児科の今園看護師と密かに連絡を取り合った。今園は瀬川夫婦の無念を理解してくれたのか、好意的な対応をみせた。春奈は現在S医大付属病院で勤務する看護師から情報を取ることは困難だと判断した。今園から病院を辞めた看護師の住所を聞きだし、丸島医師について調べ始めた。

今園の情報から看護師の出入りが激しい病院だという事実がわかってきた。退職した看護師一人一人を訪ねるのは、大変な作業だった。亜佐美は長女で、その下に次女、長男がいた。二人の子どもを学校に送り出し、その直後に春奈は家を出て、退職した看護師の家を一軒ずつ訪ね歩いた。不在のときも多いが、夜勤明けなら必ず家で休んでいる。

丸島とまったく面識のない看護師もいたが、事情を説明すると、丸島にまつわる話を語ってくれた。証言をしてくれた看護師の口から一様に出たのは「傲慢な医師」ということだった。春奈にも思い当たる節はあった。

入院し、亜佐美の容態は悪化する一方だった。付き添っている春奈は丸島医師に薬の内容と効果の説明を丸島医師に求めた。

「私が信じられないのだったら、病院を替わってもらっても結構だ」

同じ病室で患者に付き添っているものが一斉に振り向くほどの怒声だった。丸島は怒って病室を出ていってしまった。

「自分の落ち度を看護師に押しつける」と文句を言った看護師も数人いた。

その中の一人は丸島が精神科医をしていることを知り驚きをあらわにした。

「丸島先生って、丸島紘輝先生ですか。私が勤務していたときは外科医でしたよ」

今度は春奈が驚く番だった。その看護師によると、丸島医師はＳ医大付属病院で外科医としてその一歩を踏み出している。

「その外科医がどうして精神科の医師に……」

春奈は思わず独り言を漏らしていた。

「外科医としての技術はどのレベルなのか知りませんが、生活はでたらめでした」

「どういうことでしょうか」

すでに退職した職場であり、丸島にいい印象を持っていないのか、琴原という四十代半ばの看護師は、臆することなく自分の体験を語ってくれた。

「前の晩に飲みすぎたのか、酒臭い息で診察室に入ってくるときもあったし、ひどいときは一時間以上遅刻したこともあったんです」

丸島は相当乱れた生活を送っていたようだ。それだけではなかった。噂と前置きしながら、ヤクザとの付き合いもあったらしく、大部屋に入院していたヤクザに凄まれて、個室を無償で提供していた。サラ金融資に絡んで弱みを握られていたらしい。

「あの病院を辞めようと思ったのは、丸島先生が担当した手術でした」

全身入れ墨の入ったヤクザが患者だった。手術内容は入れ墨の除去。

「どんな人でも患者であることには変わりがありません。でも、丸島先生は、あの患者には特別な待遇をするように、私たち看護師に指示を出していました。たいした用でもないのにナースコールを頻繁に押すので、私は無視をしました」

それに腹を立てたヤクザは診察のときに丸島を怒鳴った。

「どの患者にも平等に接するのが看護師の使命。それを特別扱いにしろなんていう医師は最低だと思いました」

琴原看護師は丸島医師とはことごとく対立した。結局、S医大付属病院にはいづらくなり、琴原は違う病院を選択した。

「なんで、そんなでたらめな医師を病院は放置しておくのでしょうか」春奈が疑問を琴原にぶつけた。

「本当にご存知ないのですか」琴原は意外という顔をした。

「私たちは丸島医師を告発するつもりで、裁判の準備を進めています。どんなことでも結構です、参考になりそうなことがあるのでしたら教えてください」

琴原看護師は病院経営が丸島一族で行なわれ、中央政界にも一族の一人を議員として送り込んでいる。県医師会にも大きな影響力があるし、人事はすべて丸島一族の思うままに行なわれるらしい。

「丸島先生は一族のお荷物かもしれませんが、やはり切り捨てることができないから、外科を外されても精神科ならなんとかなると思って、配置転換が行なわれたのではないでしょうか」

丸島の父親もS医大系列の総合病院の院長、母親はS医大付属病院の薬剤部長だ。

理事長は母親のいとこ、院長も遠縁のようだ。

「丸島先生は覚醒作用のある薬物をヤクザに流しているという噂もあります。しかし、薬剤の管理は母親で、すべて彼女が握りつぶし、表沙汰になるのを防いでいるという話まであるんです」

琴原看護師のようにすべての看護師が協力してくれたわけではない。しかし、話を総合すると、丸島は年齢のわりには医師として勤務している年月は長くはなかった。国家試験に合格するまでに時間がかかったのだろう。しかも精神科医になって一年くらいしか経過していない計算になるのだ。

「病院の医師のランクは、教授、助教授、講師、最後が助手ということになります。おそらく丸島先生は助手だと思いますよ、調べればそれはすぐにわかります」

「そんな経験の浅い助手が主治医になれるのですか」

「ありえないことが起きるのが、あの病院なんですよ」琴原は言い切った。

帰宅し、春奈は看護師から得られた情報をノートに整理した。瀬川は今野弁護士から教えてもらった訴状の書き方を練習していた。

「お父さん、亜佐美は素人同然の医師に殺されたようなものね」

「ああ、俺もそう思う。あんな医師をこのままのさばらせていたら、これから何人の犠牲者が出るか、わかったものではない。亜佐美の死を無駄にしないためにも、俺は闘わなければならないと思っているんだ」

瀬川の目に涙が浮かんでいたが、固い決意が滲んでいるようにも春奈には思えた。


瀬川はパソコンに向かい告訴状を書いた。

「告訴人の長女瀬川亜佐美は、心身不安定、疲弊に加えて栄養不良、虚弱気味の症状で、被告訴人・丸島紘輝の勤務するS医大付属病院精神科に入院した。丸島紘輝は主治医であった。

入院当初の亜佐美の症状に対する治療薬は、慎重な投与が求められる抗精神病薬ハロペリドール（製品名セレネース）であった。

被告訴人は、入院と同時に亜佐美をベッドに拘束し、点滴にてハロペリドールの投与を開始した。三日間にわたり注射液を一日一管の割合で連続投与を行なった。

その結果、四日目には早くもハロペリドールの重大副作用『心室頻拍』（脈拍二〇〇超）が発生した。『ハロペリドール投薬手引書』には『（心室頻拍が発生したら）減量または中止する』という指導措置が明記されている。その他の医療文献にも同様の趣旨の記述が見られ、この時点で投薬中止は、医学上、医療上の常識である。

ハロペリドールの副作用の筆頭は悪性症候群で、極めて重篤障害である。『いったん起こり始めると二十四時間から七十二時間にわたり激越化した症状が継続する。体温は四〇度を超え、意識障害や自律神経症状、呼吸障害、血圧低下等をきたし、呼吸、腎、心不全、心虚脱等の結果死亡することもある。患者側の要因としては、過度の疲弊などが挙げられる。患者の身体症状の悪化が発症リスクを高める』と『精神科看護用語辞典』にも書かれている。

Ｓ医大付属病院で、これまでに悪性症候群が五例発生し、そのうち四人が死亡している事実が確認されている。

さらに同日、発熱しさらに肉体的な疲弊が進行した。前述手引書によれば、『頻脈等が発現し、それに続き発熱が見られる』とある。この場合は『投薬を中止し、体冷却、水分補給等の全身管理と共に、適切な処置を行なう』と危機管理の方法が指導されている。

当然、投薬中止、適切な処置がなされるべきだが、それらは一切なされていない。さらに被告訴人は、重大な義務違反をしているにもかかわらず投薬中止をするどころか、発熱で疲弊しきった亜佐美に五日目から三管と三倍の投薬、六日目からは四管、それを八日間連続投与を行なった。

ハロペリドールによる重篤な副作用で苦しむ患者に対して、被告人は投薬を続行したのである」

瀬川は涙で滲んで見えるディスプレイの文字を一語、一語読みながら書き進めた。

亜佐美が死に至るまでの経過を、カルテ、春奈のメモを頼りに書き加えていった。瀬川は民事訴訟と同時に、刑事告発するつもりだった。

刑事告発の告訴状の最後は、こう結んだ。

「これは治療に名を借りた薬殺行為に等しい。よって丸島紘輝医師を未必の故意による殺人として告発する」

民事訴訟の結びには、損害賠償、慰謝料として金額を書き込まなければ、裁判として成立しない。自分の娘の生命に値段などつけようがない。瀬川は可能であるなら、「丸島紘輝医師の生命をもって償え」と記したかった。

フェルナンドの手下のアルベルトは娼婦のサンドラを使ってバンデレイやマリヤーニ、診療所の動きを見張らせていた。フェルナンドはアルベルトから常にエストラーダ・ノーバの様子を聞き出していた。それらの情報はすべてサンパウロのミゲル弁護士に伝えた。

サンドラが診療所に行くことはないが、パウラやその娘のアドリアーナは頻繁に通っているらしい。パウラは体調が悪く、いつも倦怠感を訴えている。どうやらエイズが進行しているようだ。それでも彼女は客を取っている。

「サンドラの話では、もうすぐエイズを治せる薬ができるから、自暴自棄にならないで、アドリアーナのためにもまともな仕事に就くようにと、マリヤーニから説得されているっていうことだ」

ミゲルはエイズ薬の完成に神経質になっている。

「いつ頃完成するのか聞き出せないか。場合によっては思い切った手段で対応しなければならなくなる」

フェルナンドは今まで通り情報を取り続けると答えて電話を切った。バンデレイたちは被験中の新薬を盗み出し、ファルマブラで生産しようと試みているらしい。自分たちの特許として申請するのであれば、開発したメディカル・サイエンス社が特許登録する前にすべてを処理しなければならない。それなのにファルマブラには申請の動きさえ見られない。分析データが完璧に揃っていないのかもしれない。

いずれはメディカル・サイエンス社が生産に入る。特許取得が目的でないならば、それから分析、ブラジルでコピーを生産してもそれほど時間がかかるわけでもない。何故、バンデレイたちは慌てて生産しようとするのか。メディカル・サイエンス社にしても、ブラジルの製薬会社に被験中の薬を盗まれたことを世界に公表すれば、非難はファルマブラに集中するはずなのに、それをしていない。

両者の間にどんなかけひきがあるのかわからないが、とりあえずミゲルを通じて得られる報酬は最大限に搾り取ってやる。エストラーダ・ノーバで暮らす連中に、エイズ薬完成がいつかわかるはずがない。わかるとすれば、バンデレイとマリヤーニ、日本から来ているケンという医師くらいだろう。

　サンドラを上手く言いくるめてパウラに探らせるのが最善策だ。アルベルトがその仲介役をうまく果たしてくれる。パウラもサンドラも背後にメディカル・サイエンス社がいるとは想像すらしていないはずだ。フェルナンドは情報を収集して次の指示に備えていた。

　ミゲル弁護士はメディカル・サイエンス社のセルソ社長に「もうすぐエイズ薬ができる」という情報を流し、最終的な結論を迫ったのだろう。彼らは過敏とも思える反応を見せた。

「バンデレイ、マリヤーニを殺し、彼らが盗んだデータを破壊してくれ」

　ミゲルからの条件は、前金で十万ドル、成功報酬で同額という条件だった。

「前金で十五万ドル、成功報酬で同額、それ以下なら降りる」

　フェルナンドは報酬金額を上げた。

「わかった」

　ミゲルは間をおかずに答えた。セルソからは金に糸目をつけなくていいと事前に了解でも得ているのだろう。

　しかし、フェルナンドは二人を殺してもデータを破壊する気など毛頭なかった。データを入手すれば、メディカル・サイエンス社から殺人の何倍もの金で買い取らせることができるかもしれない。一刻も早く二人を処分してほしいと、ミゲルからは矢のような催促だ。

二人を殺すまでに調べておきたいことがある。ミゲルたちは切羽詰まっているのか、データの奪還は放棄し、焼き尽くしてくれればいいと言ってきた。しかし、パウラを利用してマリヤーニの家や診療所の机からPCのフロッピーを可能な限り持ち出させることにした。その中にエイズ薬のデータが保存されていれば、それを元手にひと稼ぎできる。

どうやってパウラにフロッピーを盗み出させるか、その方法はアルベルトやサンドラに任せるわけにはいかない。具体的な指示はフェルナンドが出すしかない。

自宅の庭にはプールが設けられている。居間から庭に出ると、フェルナンドはプールに飛び込んだ。プールの底を這うように泳ぎ、底から水面を見上げると、太陽が反射して鏡のように光っている。子どもの頃はアマゾンの濁った水に飛び込み、一瞬輝く鱗の光を頼りに魚を銛で突いた。魚が獲れないものは空腹のまま夜を過ごすしかない。腹を満たすために誰もが必死で魚を追った。そのおかげで今でも泳ぐことは得意だ。

水面に顔を出し、大きく息を吸い込む。二十五メートルを何度か往復し、対戦相手を追い込むチェスの一手を考えるように、フェルナンドは思考を巡らせた。やがてプールを出て、バスローブに身を包み、バスタオルでぬれた髪を拭きながら居間へ戻った。冷蔵庫から缶ビールを取り出し、プルトップを引き抜く。一気に飲み干して喉の渇きを潤した。

ソファーに足を投げ出すようにして、センターテーブルに置かれた子機を握り、ミゲルに電話をかけた。

「大人と子ども用のエイズの薬をそれぞれ半年分ほど送ってほしい」

「何に使うんだ」

「例の二人に消えてほしくないのか」

ミゲルはすぐに沈黙した。

「ファベーラの内部情報を取るためのエサだ」

「わかった。すぐに送る。二人をすぐに始末してくれ」

数日後、フェルナンドの下に薬が届いた。

フェルナンドは暗殺を実行に移した。

最初のターゲットはマリヤーニだ。彼女はエストラーダ・ノーバに戻ってしまうと、バンデレイ同様手出しはしにくい。サンドラからマリヤーニの動きを報告させるとともに、マリヤーニを部下に尾行させた。

バーロス・バレット病院の警備などあってないのに等しい。しかし、あまりにも人が多すぎて廊下はサンパウロの地下鉄のような混雑ぶりで、犯行後の逃亡ルートの確保が難しくなる。ファベーラに戻ってしまうと、住民やバンデレイに感化された連中の反撃が予想され、犯行はさらに困難なものになるだろう。結局、エストラーダ・ノーバを出て病院に向かうときか、あるいは勤務を終えてファベーラに戻るときを狙うしかない。

マリヤーニが病院に向かうときは、ボディガードの若い連中がマリヤーニの車に乗り込むか、あるいはポンコツトラックやオートバイが併走している。しかし、帰宅はファベーラの連中に迷惑をかけることになるからと、一人で戻ることが多いようだ。襲撃は病院からエストラーダ・ノーバまでの間がチャンスだ。

襲撃は小野寺の送別会のときを選んで実行に移した。

パウラは港の広場前のバール（バー）でビールを飲んでいた。もうすぐ夜が明けるというのに蒸し暑い。パウラには客が付かなかったのかもしれない。サンドラが来たことがわかると力なく笑った。

「いい客は付いた？」パウラが聞いた。

「どの客もケチでだめよ。ゴルジェッタ（チップ）をくれって言ったら、ビール代しか出しゃしないよ」

サンドラはパウラの横に並び、ビールを注文した。パウラにいつもの元気さがない。

「体の調子が悪いんだったら、少し休んでから仕事に戻りなよ。なんだか顔色も悪いしさ」

「そんなこと言っていられない状況だっていうのは、あんただって知っているでしょ」

パウラは苛立った顔に変わった。

「いっぱいおごってよ」

「ええ、ビールくらいなら。でも、アドリアーナのこともあるし、少しは考えなよ」

「わかってるって。いちいち言わないでよ」

パウラはビールを頼むと、あっという間にジョッキを空にしてしまった。

「こんなこと言っていいのかどうかわからないけどさ……。あんたさえその気になれば金儲けの話があるんだよ」

「金儲け？」

パウラの顔にかすかに生気が蘇る。

「私の客にさあ、エイズ患者のデータがほしいっていう変なヤツがいて、どうもそのデータを製薬メーカーに持ち込んで、新薬製造の資料に使いたいらしいんだよね」

「そんなものバーロス・バレット病院へ行けば、いくらでも出てくるのに、ドジなヤツだね、そいつも」

「それがそうでもないらしいんだよ」

サンドラは客から聞いた話を伝えた。患者の血液検査から得られるＨＩＶヴィルスの数値を密かに製薬会社に持ち込めば、バックにはアメリカの会社がいて、数千ドル単位でデータを購入してくれるらしい。

エイズ患者が出入りしている病院にはもちろんデータは存在するが、患者のプライバシーや人権の問題で、それを入手することは到底不可能。

「それでエストラーダ・ノーバに出入りしている患者のデータでも、かなりの値段で買い取るっていう話なのさ」

「それ、本当の話なの？　信じられる客なの」

「私にとっては上玉の客だよ。金払いはいつもいいし、ゴルジェッタもそれなりにはずんでくれるんだ。それにもう一つ、あんたにこの話をする理由があるのさ」

「何なの」

パウラの表情に期待が滲み出ている。

「診療所とマリヤーニの家にはパソコンがあるでしょ、患者のデータもきっと保存されているはずよ。それを持ち出してくれたら、すぐにコピーして返すから、盗まれたことに本人も気がつかないよ」

サンドラは報酬についても伝えた。

「やってくれたら、一千ドルとあんたとアドリアーナにエイズの薬を半年分アメリカから取り寄せてくれるってさ」

アドリアーナを救うためなら、何でもするだろうと思っていた。パウラの返事は早かった。

「その客に言って。何でもやるからすぐに薬を取り寄せてくれって」


小野寺は負傷したマリヤーニに代わって、ファベーラの診療所に常に顔を出した。医師の国家試験に合格し、勤務医を始めたばかりの医師がボランティアでやってくる。患者は薬物依存、アルコール依存症患者からエイズ患者、そして暴行事件でケガをした者までと多岐にわたり、総合病院なみの忙しさだ。それをときには一人、多くても二人の医師で診療していかなければならない。

実際には診断はできても、治療をするには医薬品が決定的に不足している。ボランティアの医師たちは、必要な薬品を製薬会社に依頼し、寄付された医薬品で治療に当たっているというのが現実だった。医薬品がなければ、薬が手に入るまで待ってもらうしかない。

患者のカルテはパソコンに入力され、データはパソコン本体とフロッピーに保存されている。フロッピーは患者別に作成され、診療所の棚に整理されている。フロッピーの数はファベーラの住人全員のものがあるのではと思える数だ。フロッピーの色もモノトーンのものもあれば、七色の派手なものもある。その中に緑のものだけが棚の端にまとめて保存されていた。マリヤーニからエイズ感染者のデータが入力されていると聞かされていた。

若い医師たちもそのことは熟知しているのか、エイズ患者がくると、そのフロッピーを取り出してきて、データを入力していく。治療といっても薬が手渡されるわけでもなく、結局、現状を報告して帰っていく。

小野寺の出番は彼らの手に負えない患者や新患が来たときだ。ボランティア医師は手際よく診断していくが、外科の医師が内科の診断をしなければならないケースもあるし、内科医が判断を迷う子どもの患者もいる。小野寺は彼らから意見を求められるまでは、自分の診断を述べることは控えていた。意見を求められても、断定的な言い方をしないで、相手の診断を尊重しつつ、こうしたケースも考えられると、最終的な判断は医師資格のある彼らに委ねた。

アドリアーナとパウラの二人がやってきた。アドリアーナは小野寺の顔を見るなり、マリヤーニの容態を聞いてきた。

「大丈夫だよ。以前と同じようにこの診療所で君たちの治療ができるようになる」

アドリアーナの顔がほころぶ。対照的なのは母親のパウラだった。履き潰した靴のように疲れきった表情をしている。些細なことでマリヤーニに突っかかっていったのに、無気力と脱力感で歩くのもつらそうだ。

「調子が悪いんですか」

小野寺が声をかけても返事もしない。その日は若い男の医師だった。二人で顔を見合わせる。

〈エイズがさらに進行しているのかもしれない〉

ボランティア医師はパウラから体調を聞き、「無理をしないで、十分な睡眠と食事を摂るようにして」と助言して診察を終えた。

だるそうにしているのはアドリアーナも同様だった。声も張りがない。どこか気だるそうな顔をしている。小野寺はアドリアーナの額に手を当ててみた。少し熱があるようだ。腕にも湿疹らしい斑点が浮き上がっていた。

「風邪でもひいたのかな？」

「わからない」

「今日は早く帰ってゆっくり寝なさい」

アドリアーナは素直に小野寺の注意を聞き、二人はとぼとぼと帰って行った。

翌朝、いつものように診療所に行くと、すでにアドリアーナが来ていた。ボランティアは昨日と同じ男の医師だ。

「どうしてもケンに診てもらいたいときかないんです」

湿疹が顔にも出ていた。額に手をやると熱もある。

「だるいよ」

口をきくのもつらそうだ。

「夕べはよく眠れたの」

アドリアーナは首を横に振った。

「ママイ（お母さん）がアミーゴからいい薬をもらって、それを飲んでからだるいの」

「薬？」

小野寺の脳裏を嫌な予感がよぎる。ファベーラの住人はアマゾンの先住民に伝わる薬草をそのまま信じて飲む者も少なくないとマリヤーニから聞かされていた。パウラだったら妙な薬草を飲ませかねない。

「どんな薬なの？」小野寺が聞いた。

アドリアーナはポケットから空の包装シートを出した。薬草などではなく錠剤だった。小野寺はそれをボランティア医師に見せた。彼は首を振り、「私たちが処方した薬ではありません」と言った。

小野寺はその錠剤を包装しているアルミ箔に記されている文字を読んだ。

〈ＡＺＴ〉

小野寺は急に氷を胸に当てられたように、驚きの声さえも出せなかった。

〈アジトチミジン、抗レトロヴィルス薬だ〉

副作用が強すぎて結局たいした貢献もせずに生産を中止せざるを得なかった抗ガン剤だ。しかし、ＨＩＶの増殖プロセスを阻害することがわかり、にわかに注目を集めた抗レトロヴィルスの第一号として知られている。ただこの薬を飲んでいるとすぐに耐性ができて、たいした治療効果がないままに患者の一部は亡くなっていた。アドリアーナの倦怠感、微熱、湿疹はこの薬の副作用かもしれない。

小野寺は大きな深呼吸を一つしてからアドリアーナに聞いた。

「これ、いつ頃から飲んでいるの」

「四日前から」

「この診療所の他でも、お医者さんに診てもらったことあるの？」

アドリアーナは不思議そうな顔をして首を横に振った。

「お母さんもこの薬を飲んでいるのかなあ？」

「うん、ママイと一緒に飲んでる」

「この薬はすごく強い薬で、お医者さんの指示通りに飲まないといけない薬なの。だからアドリアーナは飲むのは止めなさい、いいね」

無言のままこくりと頷いた。

ＡＺＴを服用するなら、正確に決められた時間ごとに飲まなければならない。アドリアーナに出ている副作用の症状の他にも肥満や腎臓結石ができたり、抑鬱感を訴えたりするケースもしばしば見られる。服用にあたっては耐性ヴィルス管理をどうするかという問題があり、完全治癒は困難という報告も出ている。臨床現場では薬剤耐性が出るのを遅くするために、発症していない場合の服用は避けたり、投与を開始してもある程度の効果を上げた場合、途中で中断したりすることもある。素人の服用はまさに命取りになる。

「今度、ママイと一緒に来てくれるかな」

「タ・ボン（わかった）」

アドリアーナは納得した様子で帰って行った。

しかし、入手が簡単とも思えない抗レトロヴィルス薬をパウラはどうやって手に入れ、どのような説明を受けて服用しているのだろうか。

診療所で一日過ごすと、Ｓ医大付属病院で外来患者と入院患者の診療に当たるのと同じで、夕方には詰まった下水から夕立の雨があふれ出すように、疲労が体中から噴き出すようだ。エアコンもなく、汗がコールタールように体中にねっとりとまとわり付く。

冷たいシャワーを浴びたいが、マリヤーニの家に行くか、バンデレイの浴室を借りるしかない。そこへ行くまでの元気もない。小野寺もファベーラの住人同様におそらく汚染されている井戸水を体に浴びて汗を流し落とすしかない。後はマリヤーニのエンプレガーダが運んできてくれる食事を摂ってから、ヘッジに揺られ泥のように翌朝まで眠るのだ。

ファベーラの住人は暗くなったら眠りにつき、明るくなったら起き出すという生活のリズムで暮らしている。夜はあまり外出するなとマリヤーニから忠告されていた。薬物の取引きなどは深夜の寝静まった頃行なわれるらしい。最初は緊張して熟睡できなかったが、すぐに慣れ、一度寝たら朝まで起きることはなかった。

しかし、その夜は異様な物音で目を覚ました。ドアが開くような音だった。ファベーラの生活に慣れたようでも、心のどこかでは緊張しているのだろう。気になって少し開いた窓から外の様子を見た。診療所の前だけには、盗んだ電気だが街灯が灯されている。薄明かりに人影が見えた。見覚えのある女性だった。

〈パウラだ〉

パウラは客が取れずに引き返してきたのだろう。小野寺は再びヘッジに入った。何回か揺られるうちに眠りに落ちていた。

ベレンに来てから、最も眠りが深くなるのは明け方の三時から四時くらいだ。一度目を覚ましたせいなのか再び起きてしまった。やはり外から物音がする。窓の隙間から外を見ると、パウラが見えた。酔って診療所の前で眠ってしまい、帰宅するのだろうと小野寺は思った。エストラーダ・ノーバに来てから、そんな酔っ払いを何人も見てきたので、ことさら珍しいことのようには感じられなかった。そのままヘッジに揺られながら夜が明けるのを待った。

いつものように朝食後、診療所でボランティア医師に付き添い、診療の手伝いを始めた。すぐに看護師が聞いた。

「PHAのデータフロッピーを入れ替えましたか。順番がバラバラになっています」

医師にも小野寺にも覚えはなかった。

「誰かが棚から落としたのかしら」

その日の診療も大きな問題もなく終った。夕方、マルセロが運転する車でマリヤーニの見舞いに行った。彼女の回復は順調で、病院側が特別に用意した個室で治療に専念していた。

アルベルトとサンドラは思い通りに動いてくれる。フェルナンドは持ち込まれたフロッピーをすぐにコピーさせ、再びパウラに戻した。夜がまだ明けやらぬ頃の数時間の作業で、誰にも気づかれていない様子だ。データはすべて患者のカルテで、エイズ薬の分析データではなかったが、まったく無意味というわけではなかった。どの患者のカルテにも八月一日以降の治療計画が記されている。それまでは患者の経過観察しかしていないのに、何故か八月からは投薬が行なわれるような記述が見られる。

〈あと二、三ヵ月のうちには生産を開始するということか……〉

フェルナンドは心の中で呟いた。薬の分析はまだ完璧にできていないのかもしれない。すべてが終っていれば、生産を開始しているはずだ。分析中のデータはマリヤーニが持っているのか、バンデレイか。あるいはファルマブラでいまだに解析を進めているのか。

フェルナンドはデータの中から興味深い名前を発見した。その二人の名前はミゲルからもらったエイズ薬購入者リストにも名前を連ねていた。彼らはエストラーダ・ノーバの診療所で治療を受けているわけではないが、メディカル・サイエンス社のエイズ薬を服用していた。その副作用について、詳細にマリヤーニの質問に答えていた。

マリヤーニの暗殺は失敗した。しかし、重傷でしばらくは何もすることができない。エイズの進行したバンデレイも同じだ。殺す気になれば、いつでも可能だ。ファベーラでの襲撃は取り巻きがいててこずるだろうが、彼らには武器はない。フェルナンドは資金力を背景に大量の武器を購入している。麻薬の密売、売春ビジネスなど闇の世界で勢力を伸ばしていくには資金力と同時に有無を言わせぬ威圧感も必要になる。

マリヤーニの暗殺失敗にミゲルは慌てふためき、フェルナンドを叱責したが、まったく気にも留めなかった。マリヤーニ襲撃によって、ファベーラの連中はバンデレイの警備に集中する。マリヤーニの家は無防備で、フェルナンドは計画を進める絶好のチャンスだと思った。

診療所のフロッピーを持ち出せるくらいだから、夜誰もいないマリヤーニの家にしのび込むくらいは難なくできる。フェルナンドはアルベルトに指示を出した。

「サンドラに金を渡し、約束の報酬をパウラに渡せ。その上で次の仕事もうまくパウラにやらせろ」

「それに乗ってくるかどうか……。パウラもエストラーダ・ノーバの住人ですから、バレたらリンチに遭うくらいのことはわかっています」

「もしその気にならなかったら、ベレンの外れに家でも購入できるくらいの金を渡してもかまわない」

一万ドルくらいですむことなのだ。それくらいの金を投資する価値は十分にある。

数日後の深夜、人気のないマリヤーニの家から火の手があがった。家といってもファベーラの小屋だ。あっという間に全焼した。幸いにも火事に気づいた隣の住人によって火は消され、延焼は免《まぬが》れたようだ。

翌朝、毎日通ってくるエンプレガーダに火の始末をして帰宅したのか、隣人らによって確かめられた。エンプレガーダはドットール・ケンの夕食を作った後は、プロパンガスの元栓を閉めてから帰宅し、火の手があがるはずがないと答えた。焦げくさい臭いに気づいた隣人によると、外に飛び出してみると、マリヤーニの家の中が激しく燃えていたという。中から燃え出したことから、火の不始末が疑われたようだ。しかし、エンプレガーダは誰かが中に入ってガスコンロをいじらない限り、火災が起きることは考えられないと主張した。

マリヤーニ本人は襲撃され重傷を負い、仮の家にしても火事に遭い、災難が続いた。大切なものや家具などは自分の本当の家に置かれているので、それほどの損害ではないのが、不幸中の幸いだと小野寺は思った。

それよりも気になるのは、アドリアーナにパウラを診療所に連れてくるように言ったのに、パウラはいっこうに姿を見せない。心配になり、小野寺は診療所が開く前にパウラの家を訪ねた。

アドリアーナはすでに起きていて、小野寺が来たことを知ると、嬉しそうにドアを開けた。パウラはベッドに身を横たえて顔色も悪かった。枕元に白いブラウスがあった。襟にレースの刺繍が施されている。マリヤーニの誕生日に小野寺がプレゼントしたものだ。日本の刺繍は丁寧で、手が込んでいると喜んで受け取ってくれたものだ。

〈どうしてこれがここにあるんだ?〉

小さな疑惑がよぎる。パウラにAZTの入手経路を尋ねた。

「飲んでいる薬だけど、医師の指示に従って飲まないとかえって病気が治しにくくなる。専門医に診てもらったのかい?」

パウラはベッドから起きようともしないで壁の方を向いてしまった。その背中に向かって小野寺が言った。

「君たちの生命にかかわることだから、きちんと答えてほしい」

それでも返事はない。アドリアーナが気まずそうに、「起きて、ママイ」と促しても、「カンサーダ(疲れている)」と言ったきり何も言わない。

「近いうちに診療所に必ず来てほしい。いいね。それとアドリアーナにはあの薬は絶対に飲ませないでほしい。いざというときに効き目がなくなるから。これは絶対に守ってほしい」

小野寺はこう言う残して仕方なく診療所へ戻った。

マリヤーニの家は何者かによって放火されたというのが、マルセロたちの考えだった。襲撃そして放火と、メディカル・サイエンス社とバンデレイたちの死闘が小野寺の知らないところで展開されているのだろう。

重傷を負ったが、今は厳重な警戒態勢がとられた病院でマリヤーニは治療に専念している。敵もそのことを知っているはずだ。いったい何が目的で放火したのか。霧の中に閉じ込められた登山者のように、小野寺の思考は止まったままだ。

背後から銃で狙われているような恐怖感が常につきまとっている。小野寺は見舞いをかねて、バンデレイを訪ねた。容態は日に日に悪化している。心配そうにしている小野寺を見ると、力なく微笑みながら言った。

「そんな顔をしなくても平気さ。まだ死なないから」

すでに死期を悟っているのだろう。相変わらず眼光は鋭いが、慈愛に満ちた瞳で小野寺を見た。

「やり残していることがある。それを見届けるまでは死神を待たせてでも生きてやる」

バンデレイは冗談とも本気ともつかない口調で言った。常にバンデレイのそばにいるマルセロがパイプ椅子をベッドの枕元に置いた。

「そのやり残した件で話があるんだ」小野寺はパイプ椅子に座った。

「何かあったのか」

バンデレイは呼吸をするのも苦しそうだ。

「ブラジルではＡＺＴは簡単に手に入るのか」

「それは金さえあれば、できないことは何もないと言われるブラジルさ」

小野寺はパウラ、アドリアーナの母子がAZTを服用していることを告げた。バンデレイもマルセロも表情が強張《こわば》る。

「専門医の指示に従って服用しているとは思えないんだ。アドリアーナには服用を止めるように言った」

「専門医にかからず薬だけを服用しているということか」マルセロが確認を求めてきた。

「多分そうだと思う」小野寺は自分の考えを述べた。「金があれば、医薬分業のブラジルでならそんなことができるのか」

「金があるなら、そんな危ないことはしないで、アメリカかヨーロッパに行って、それなりの治療を受けるはずだよ」

バンデレイも表情を曇らせながら言った。

「ここだけの話として聞いてくれるか」

小野寺はバンデレイとマルセロに秘密を守るように求めた。二人はすぐに了解した。

小野寺は明け方、診療所の前で二度ほどパウラを見かけた事実、そして、彼女の家で小野寺がプレゼントしたブラウスを見たことを告げた。

「これだけのことでパウラが放火したなんて言えないが、何か胸騒ぎがするんだ」

「AZTについて、パウラは何か説明したのかね」バンデレイが聞いた。

「調子が悪かったのか、あるいは話したくなかったのか、背中を向けたままで何も話してくれなかった。一応、飲み方を間違えると、命取りになることは説明しておいた」

「あの薬はメディカル・サイエンス社が製造している薬で、ブラジルに輸入して、暴利を得ているのがサンパウロにあるブラジル代理店のセルソ社長さ」マルセロが言った。

バンデレイはベッドの上で、難解な微積分を解く学者のような顔つきをしている。

「あの薬を買う余裕がパウラにあるとは思えないが……」マルセロが誰に言うでもなく言った。

「ファベーラの家も、ただ焼かれただけではなく何か奪われたものがあるかもしれないな」バンデレイが不安を口にした。

「それに彼女のアパートも調べないと、盗難に遭っているかもしれない」マルセロはマリヤーニのアパートはすでに被害に遭っているような口ぶりだ。

「何が起きているのか、私にはよくわからないが、バンデレイも身の安全にはくれぐれも注意してくれ。それにマリヤーニの警戒態勢も不備のないように警察に強く要請してほしい」小野寺は心に沈殿しているものを吐き出すように言った。

「わかっています」バンデレイが振り絞るような声で答えた。

数時間後、診療所で診療の手伝いをしているところにマルセロがやってきた。目で合図を送ってくる。診療室を出ると、すぐに言った。

「やはり部屋は荒らされていた」

「何か盗まれたものは？」

「あそこにはあいつらの目的のものはない」

マルセロは侵入者が何を狙っているのか、すべてわかっている様子だ。

「パウラのことだが、今まで通りに接してくれ。彼女の背後に誰がいるのか、いずれはっきりさせる。もう一つ気になることがある」マルセロの表情がさらに曇った。

「何かあったのか」

「ああ、我々の運動の理解者でスポンサーの一人だったアントニオが凄惨な方法で殺された」

「アントニオって、牛肉を寄付してくれた牧場経営者か」

「そうだ。下腹部だけを狙い撃ちにされ、性器を吹き飛ばされた遺体が河岸に今朝流れ着いた」

マルセロはこう言い残して、ファベーラの奥にあるバンデレイの家に戻っていった。

第十章　孤立

　S地裁民事法廷の傍聴席には誰もいない。裁判官三人に書記官、瀬川夫婦と向き合うように被告席には弁護士一人だけだ。被告側の代理人は五十代半ばの木戸という弁護士だった。紫色の風呂敷から裁判資料を広げ、裁判官の入廷を待った。

「一同起立」という書記官の声に起立し、裁判官の着席と同時に椅子に座る。正面に座る木戸弁護士を射るような視線で睨みつけるが、視線を合わそうとしない。木戸弁護士に恨みなどないが、S医大付属病院から十分な着手金を得て、殺人医師の代理人を引き受けることなど、金だけが目的の弁護士に見えてしまう。

　法廷は原告と被告の激しい応酬が展開されると思っていたが、瀬川が拍子抜けするほど簡単に短い時間で終ってしまった。双方の主張は書面で取り交わすだけで、直接尋問したり、主張したりすることはなかった。書面を交換すると、次回法廷の期日を決めて閉廷となった。こんな簡単な法廷審議で亜佐美の死の真相が追及できるのか不安になってくる。

しかし、三回目の裁判だった。ようやく丸島医師の尋問が行なわれた。最初は木戸弁護士が丸島医師に聞いた。宣誓した後、木戸弁護士が丸島医師に質問をしていく。

「瀬川亜佐美さんの診断病名について答えてください」

「統合失調症です」

「この病気だと診断するに至った経緯を言ってください」

「昏迷状態にあること、また妄想や解体した会話が認められること、緊張病性の行動が確認されることから重篤な統合失調症と判断しました」

「医療保護入院をしていますね」

「はい」

「保護入院にはいわゆる保護者、亜佐美さんの両親の同意が必要ですね」

「はい」

「保護入院にした理由はなんだったのですか」

「水は汚いからといって自宅の水道の栓を止めたり、車から飛び降りたりする衝動行動があり、S医大付属病院の前にかかった病院の投薬もあったのですが、服用を拒否していました。本人には病識が欠如し、入院の必要性の判断が困難と考え、両親の同意の下に保護入院とさせていただきました」

「簡単に言ってしまえば、放っておくと生命の危険があったと理解してよろしいのですか」

「そう思います」

木戸弁護士と丸島医師の質疑の応答は淀みなく進んでいく。それが瀬川には不気味に感じられた。

「亜佐美さんが舌を噛まれて傷を負ったという事態もあったようですね」

「はい」

「これまでに舌を噛んで切ったという症例はあったのでしょうか」

「私の知る限りでは一例もありません。上司に尋ねても、噛むぞという言葉は患者から出てきますが、実際に激しく噛むというところまでいったケースはないようです」

「それではハロペリドールについて聞きます。亜佐美さんにはハロペリドール、つまりセレネースを処方しましたね。その理由を述べてください」

「統合失調症の重篤な症状、車から飛び降りるなどの衝動行動が、入院前に認められたことから、投与を開始しました」

「最初は五ミリグラムから始めていますよね」

「途中経過はありますが、次第に増量し、二十ミリグラム、最終的には減らして五ミリグラム、最後は中止という経緯になっています」

「セレネースを処方するにあたっては、副作用については配慮したのでしょうか」

「アキネトンを同時に投与し、頻繁に血液検査を行ない、身体所見を取り、副作用の早期発現を見落とさないように最善の注意を払いました」

「異議あり」瀬川は思わず立ち上がって叫んでしまった。「入院二日目から十七日目まで、亜佐美はセレネースを打たれ続けたんだ。その間、お前は何をしていたんだ」

「静粛にしてください。法廷です。原告の質問の時間は別に取ってありますので、そちらでしてください。いいですね」

裁判長が瀬川を諭すような口調で言った。それでも何かを言おうとした瀬川を春奈が背広の袖を引っ張って座らせた。

「続けたいと思います」視線を合わせたことのない木戸が瀬川を睨みつけて言った。「心電図モニターはどうしたんですか」

「入院四日目に、舌を噛む行為があり、その後から亜佐美さんに装着し、心臓の変化を見落とさないようにしてきました」

「循環器の専門医に診察を受けながら、セレネースを投与したことはありますか」

「頻脈、不整脈が見られました。咬舌によるものと考えました。専門医には一週間に一度診察してもらい、連携して治療を続けました」

「副作用のことも忘れてはいなかったのですね」

「はい。そうです」

「副作用のことをきちんと考慮し、血液検査、心電図のチェック、専門医と相談しながら注意を払ってきたということですね」

「その通りです」

「セレネースを五ミリグラムから四倍にして投与したことはあるのですか」

「はい。あります」

「セレネースを中止したのは何故ですか」

「レントゲン写真、CT映像、さらに聴診上、肺炎が認められました。これは咬舌による血液の肺への流入による誤嚥性肺炎が原因と診断しました。肺炎が原因で頻脈、不整脈が現れたというふうに解釈したので、漸次、漸減し、中止に至ったということです」

「セレネースによる悪性症候群が発現したので中止したのではありませんか」

「そうではありません」

瀬川は袖を引っ張る春奈の手を振り解《ほど》き叫んだ。「異議あり。死亡診断書には悪性症候群で死んだと書いてあります」

「静粛に」裁判長は怒りをあらわにした。

「セレネースを中止した後、ジアゼパムという抗不安薬を処方していますね」

「はい」

「ジアゼパムから始めてセレネースに移行した方がよかったのではないかと指摘する医師もいるようですが、どうなのでしょうか」

「統合失調症の症状が重篤だということを考えると、医師の立場からするとセレネースを用いるのが妥当と判断しました」

「それではセレネースの副作用があったのか、なかったのかについて聞いていきます。亜佐美さんに発熱、あるいは頻脈というのはあったのでしょうか」

「ありました」

「その原因について丸島先生はどう考えたのでしょうか」

「発熱、頻脈ともに入院当初は見られませんでしたが、咬舌を機会に両者とも出てきました。頻脈、発熱の継続に関しては、誤嚥性肺炎の影響と考え、セレネースの副作用だとは考えていません」

「咬舌と誤嚥性肺炎の因果関係をもう少し詳しく説明してください」

「血液が食道だけではなく気管支に入ってしまったと考えられます」

「誤嚥性肺炎というのは誤って気管支に血液が入り込み、肺炎を起こしたということですね」

「はい」

「咬舌について、重篤な統合失調症の病態から生じたものではなくて、医師、看護師の対応が悪いから起きた医療事故という意見もありますが、それについてはどう思われますか」

「患者との意思疎通はほとんどできない状態であり、自分は死ぬ必要があるという言動を繰り返していました。やはり統合失調症の一症状による衝動行為とみるべきだと思っています」

「病態の結果ということですね。それから亜佐美さんは肝機能障害を発症していますね」

「はい」

「これについては何が原因と思われますか」

「抗生物質あるいはセレネースなどの薬物による肝機能障害をまず考えました」

「肝機能障害を判断する要素として、血清ＧＯＴ、ＬＤＨ、ＣＫというものがあるようですが、亜佐美さんの場合はどうだったのでしょうか」

「血清ＧＯＴ、ＬＤＨ、ＣＫ、いずれも数値の上昇を確認しています」

「具体的にはどのような上昇、数値はどのくらいだったのでしょうか」

「血清ＧＯＴは正常値が四〇前後のところを、三桁、一二〇前後まで上昇していたと記憶しています」

「ＬＤＨは」

「それも正常値を超えていたと認識しています」

「CKはいかがでしたか」

「これは悪性症候群の場合に上昇することが多いので、検査目的は悪性症候群を疑ったときの検査です」

「いや、そういうことを聞いているのではなく、CKの上昇があったかどうかを聞いているのです」

法廷は蒸し暑い。スーツにネクタイを締めて証人席で陳述を続けている丸島医師はポケットからハンカチを取り出して、額を拭った。

「記憶がはっきりしませんが、上昇はあったと思います」

「肝機能障害の要素である血清GOT、LDH、CKの上昇により、セレネースの処方を減量したり中止したりしなければいけないという判断はしなかったのですか」

「さきほど述べたような病態、また急激なセレネースはかえって悪性症候群を起こす可能性があることから、慎重に全身状態を管理、観察していく方向で治療を進め、肝庇護剤を投与することで対応しました」

「その結果はどうなりましたか」

「数日後には肝機能は正常化したと思います」

「セレネースの副作用対策にアキネトンを使ったようですが」

「はい、使いました」
「アキネトンを使うと、セレネースの副作用である筋強剛を隠すのではないか、医学の世界ではマスクという言葉を用いるようですが、マスクされるということは実際にあるのですか」
「私はないと思っています」
「セレネースを中止した後、ジアゼパムを投与していますが、これはセレネースと同じように悪性症候群を引き起こす可能性はないのですか」
「ありません」
「それではいったい亜佐美さんの死因を丸島先生はどのようにお考えになっているのですか」
「多臓器不全と考えています」
「セレネースによる悪性症候群についてはどう考えていますか」
「亡くなられた当初は、症状をみて悪性症候群のことも考えましたが、今説明したような理由で、悪性症候群という判断には疑問を抱くし、私は否定的です」
「悪性症候群ではないという判断ですか」
「そうです」
「小児科の小野寺先生は、多臓器不全の原因は悪性症候群という診断で、死亡診断書にもそう記録されていますが、この点はどうでしょうか」
「後に小野寺先生にも確認したのですが、Ｌｅｖｅｎｓｏｎの基準を用いたようで、確定的ではないという返事をいただいております」
「それでは小児科の小野寺先生から多臓器不全の原因として、悪性症候群の他にどのような死因が考えられるか説明を受けたのでしょうか」
「敗血症、肺炎、出血を考えたようです」
「それを一つ一つ消去していって死亡診断書を書いたのではありませんか」
「小野寺先生が国際小児学会に出席されて日本にいないので、私の推察ですが、その通りだと思います」
「敗血症、肺炎は何故、消去されたと思いますか」
「ＣＲＰのデータ、白血球の上昇、感染を疑わせるデータが乏しいということが否定的な原因の一つかと思います」
「出血についてはどう思われますか」
「かなり病態が悪化した時点から出血が認められたと判断しています」
「小児科では、しかし、悪性症候群を死因と判断したわけですが、Ｌｅｖｅｎｓｏｎの基準について丸島先生はどのように考えているのですか」
「悪性症候群と診断するにはＬｅｖｅｎｓｏｎとＣａｒｏｆｆ、二つの基準があります。私は後者の診断基準を検討しましたが、これによると亜佐美さんは悪性症候群とは考えられません」

「代理人からの尋問は以上です」

裁判長が少し驚いた様子で聞いた。

「原告側の証拠として小野寺医師による死亡診断書が提出されていますが、これを否認されるという意味ですか」

「小野寺医師は小児科医としての経験も少なく、代理人としては被告の手を離れた患者ということもありますし、医師としての見解の相違という主張とご理解ください」

「わかりました。それでは次回は原告側の証人尋問ということで時間を取りたいと思います」

地裁の外に出ると、降るともなく降り続ける小糠雨《こぬかあめ》で路面がぬれていた。

「俺は許さん。あの丸島だけは絶対に許さん。死亡診断書を病院ぐるみで書き換えようとしている。そんな病院があっていいはずがない」

横にいると思って春奈に話しかけた。しかし、春奈は地裁の門の前にたたずみ下を向いたままだ。肩が小刻みに震えていた。瀬川は走り寄って、春奈の手を引いて小走りに駅に向かった。

瀬川は次の裁判で丸島医師に対して尋問を行なう。問い質し、追及したいことは山ほどある。しかし、その方法についてはまったくの無知だった。これまでに裁判の傍聴を何度か経験したくらいだ。瀬川は二通の手紙を持って今野弁護士を訪ねた。

「実はこの内部告発の手紙を見てほしいのですが」

瀬川夫婦が代理人を立てずに本人訴訟で医療過誤裁判を起こしたことで、マスコミに大きく取り上げられた。日本全国から激励の手紙とともに、S医大付属病院関係者と思われるスタッフから内部告発の手紙も届いた。手紙には名前は記されていなかったが、内部の人間にしか手に入らないS医大付属病院の専用箋に書かれていた。

今野弁護士はS医大付属病院の専用箋に書かれた手紙を丹念に読んでいた。

「普通は誰が書いたものかわからない手紙が証拠に採用されることはまずありません。それを基に相手を追及することもしません。しかし、これは逆に本人訴訟の強みかもしれません。これに書かれていることが事実かどうか確認するくらいはなさってもいいと思います」

瀬川はワープロで書かれた葉書を見せた。この葉書にも差出人は記されていない。「診療報酬、薬価の保険請求額の明細の調査をしたらいかがですか」と短い文章が記されているだけだ。

「カルテと請求明細を比較すれば、改ざんがあったのか、なかったのか、何か手がかりがつかめるかもしれませんね」

　瀬川は一時間ほど今野弁護士と入念な打ち合わせをして帰宅した。

　その日、瀬川夫婦はＳ地裁に向かった。それまでの書面の交換ではなく直接丸島医師を追及できるのだ。

「怒らないでくださいね。怒ったら負けですよ。裁判官の心証を悪くするようなことはしないでくださいね」

　春奈が諫《いさ》めるように言った。

　法廷に入ると、自分の気持ちを落ちつかせようと瀬川は目を閉じた。やがて傍聴席から聞き覚えのある声がした。

「そこで待っていてください」

　木戸弁護士の声だ。被告席に座る音がした。丸島医師が座って開廷するのを待っているのだろう。

〈亜佐美、お父さんとお母さんは精一杯頑張るからな〉

　瀬川は心の中で亜佐美に話しかけた。

「起立」書記官の声が法廷に響いた。

「では前回に引き続いて証人の尋問を行ないます。今日は原告側の尋問ですね」

瀬川が立ち上がった。

「まず丸島さん、亜佐美の主治医としてその経歴と資質を問いたいと思います。出身大学はどこですか」

「S医大です」

「何年の卒業で、何年に医師免許を取得しましたか」

「昭和▽▽年で、同年に医師免許を取得しました」

「医学部の方は順調に卒業されたのですか」

告発の手紙は医師免許が取れずに、丸島は留年を繰り返していたと記していた。冷めて苦いだけの茶を飲んだような表情を一瞬だが、丸島医師は浮かべた。

「卒業は三年ほど遅れました」

「つまり三年留年したということですね」

「はい」

「卒業後、勤務した病院と科目を答えてください」

「異議があります。陳述書にすべて書いてあります」木戸弁護士が瀬川の質問を遮った。

丸島医師は短期間に次々と担当科を替えている。外科から形成外科はまだしも、精神科への異動は奇異に感じる。医師としての能力が暴かれることを木戸は警戒しているのだろう。しかし、裁判長は何も言わない。

瀬川は木戸弁護士を無視して続けた。「どこにいましたか」

「外科に入局しました」

「その後、どこに移りましたか」

「陳述書の後の方に書いてありますが……」裁判長が瀬川に声をかけた。

「裁判長、これは丸島医師の医師としての資質にかかわる質問なので、このまま続けることをお許しください」

「わかりましたが、要領よくお願いします」

「あなたは外科から形成外科に移っていますね」

「はい」

「その理由を答えてください」

「外科よりも形成外科に医師としての興味を感じたからです」

「それ以外の理由はありますか」

「ありません」

「S医大付属病院からの内部情報ですが、あなたはご自分が運転していたベンツで事故を起こし、同乗の女性にケガを負わせてしまった。しかも飲酒運転だった。事故が公になるのを恐れたあなたは、夜勤の同僚に女性の治療を頼み、交通事故が表沙汰になるのを揉み消したという事実はありますか」

「ありません」

「あなたは否定されているが、実際にはその事実が外科の医局に流れ、病院側も困ってあなたを形成外科に回したというのが事実ではありませんか」

「違います。そんなことはありません」

丸島はズボンのポケットからハンカチを取り出して、額の汗を拭った。拭ったばかりだというのに、額には汗が噴き出している。

「形成外科では入れ墨の除去手術などもされるのですか」

「はい」

「たくさんあるんですか、そうした手術は」

「年に二、三回くらいと記憶しています」

「丸島先生自身、ヤクザと個人的なお付き合いはあるんですか」

「ありません」丸島は一際大きな声を張り上げたが、ハンカチで何度も汗を拭った。拭いた部分は汗でぬれ、丸島はハンカチを折り返して使った。

「暴力団のヤミ金融やサラ金から融資を受け、取立てにヤクザが来たということはあるのですか」

「ありません」

「ヤクザが病院に怒鳴り込んできたという事実はありませんか」

「まったくありません。以前、そのような怪文書が出回り、被害届けを警察に提出しています」

「暴力団組員が病院に来て返済を求めたり、クレームをつけに来たりしたことはないのですね」

「S医大付属病院の理事長と院長、私宛てに銃弾が送り付けられたことはありますが、被害届けを出しています」

「そういうことを聞いているのではありません。暴力団組員が病院に来たかと聞いているんです」

「異議があります。原告の質問は本件とはまったく関係ありません」木戸が声を荒げた。

「先ほども申し上げたように、丸島医師の資質を知る上で、どうしても必要な尋問です」瀬川が裁判長を見つめて言った。

丸島は汗を拭きながらすがるような目で木戸を見た。

「質問を続けてください」裁判長の声が響いた。

「暴力団組員が来たことはあるんですか」瀬川は一際大きい声で聞いた。

「まったくありません」声が震えている。

「では、暴力団組員に個室を無償で提供したことはありますか」

「ありません」

「そうですか。それでは形成外科から精神科に何故異動したのでしょうか」

「新たに精神科の勉強をしたいという気持ちがありました」

「何か契機があって丸島先生自ら希望されたんですか」

「別に契機と呼べるものはありませんが、精神科をやってみたいと思いました」

「医療ミスを犯して、それが異動するきっかけになったということはないのですか」

「異議あり」木戸が口を挟んだ。「原告は何の根拠もないことを挑発的に聞いているだけです」

「今の質問は記録から削除してください」裁判長が書記に伝えた。

「ところでさきほど出ました病院の丸島富太郎理事長ですが、縁戚関係になるのでしょうか」

「はい。理事長と私の母がいとこの関係になります」

「丸島理事長が度重なる不祥事で、もてあましたあなたを精神科へ異動させたというのが真実なんではありませんか」

「違います」

「それでは精神科に異動になったのはいつですか」

「去年の四月からです」
「すると亜佐美の主治医になってもらいましたが、先生は精神科での臨床経験は一年にも満たないわけですか」
「はい」
「精神科での地位はどういうことになるのでしょうか」
「助手です」
「教授、助教授、講師などと比べるとどうなりますか」
「講師の下になります」
「精神科の知識、実績などにおいても学内、病院内でもいちばん下のレベルということですか」
「知識においていちばん下かどうかはわかりませんが、地位的には下で間違いありません」
「そのあなたを主治医に任命したのは誰ですか」
「組織的なことで言えば熊谷院長です」
「治療の最終決定、判断は主治医であるあなたが下すわけですね」
「最終決定というところがわかりませんが、いろんな指示とか、治療方針は密にディスカッションをしてコミュニケーションを取って、決定して行なっています」

「ですから最終判断は現場責任者としてあなたが担うということですね」瀬川は声を荒げ、丸島を見据え確認を求めた。

「決定事項を実行するのは私です」

裁判長が間をおかずに言った。「最終的な判断権者はあなたかと、聞かれているんですが」

「最終的な決定権というのは、いろんな……」丸島は急に歯切れが悪くなった。

「薬を五ミリグラムにする、十五ミリに増量するというのは、最終的には誰が決めるんですか」裁判長が尋ねた。

「チームで決めた投与量を、私が指示簿に書くことが多いと思います」

「チーム全員が同じ意見だとは限らないでしょう」裁判長が続けて聞いた。

「はい」

「そういう場合はどうするんですか」

「ディスカッションをして投与量、治療方針を決めていきます」

「それでも意見が分かれたら？」

「検討を繰り返します」

「検討をして結論が出るまで待っていられない場合だってあるでしょ」裁判長は明らかに苛立っていた。声に怒気がこもっている。瀬川にはそう感じられた。

「投与量に関してカルテへの記載は私がやっているのが現実です」

丸島は治療の最終責任者としての自分の立場を認めたくないというのが明白だ。

「そういうことを聞いているのではありません」裁判長が丸島に質問の趣旨を再度説明しようとした。それを制して瀬川が聞いた。

「実質上の責任者は誰なんですか。誰が最終的な治療の決定者なんですか。丸島先生、あなたなんでしょ」

「はい。私がやっております」

「主治医のあなたに決定権があるんですね」裁判長が念を押した。

「はい」

丸島はようやく自分の立場を認めた。

「では説明義務についてお聞きします。入院当日、あなたはいきなり亜佐美をベッドに縛りつけ、治療を開始しましたね」瀬川が再び質問した。

「拒食も拒薬もあって、点滴の挿入がよぎなくされまして、ご両親の許可を得てやりました」

「何という薬剤を用いて、どういう副作用があるのかを私たちに説明しましたか」

「ハロペリドールという抗精神病薬を用いることをお話しして、副作用も説明しました」

　丸島医師には良心というものがないらしい。平然とウソをついている。込み上げる怒りを抑えて、瀬川は尋問を続けた。

「それではいつ、どういう形で、ハロペリドールについて説明したんですか」

「入院時に別室に来ていただいて、そこでしたと記憶しています」

「ハロペリドールあるいはセレネースという名前を出しましたか」

「出したと思います」

「あなたはドーパミンブロッカーを使うと言ったんです。ハロペリドールもセレネースの名前も出してはいません」

「ドーパミンブロッカーのハロペリドールを使うと申し上げたはずです」

　丸島は臆することなく言った。

　裁判の核心に触れる事実審議だと思ったのか、裁判長が「代わって質問します」と丸島に向かって言った。丸島の額に汗が噴き出した。

「今までに提出された書面によると、瀬川春奈さんから、どういう薬を使っているんですかと質問されたことになっていますが、実際にそういう事実はあったのですか」

「何回かありました」

「事前に説明しているのであれば、改めて瀬川春奈さんが質問するというのも変ではありませんか」

「薬を変更するときには、必ずこういう薬を使いますと説明していたと記憶しています」

「そういうことを聞いているのではなくて、春奈さんからどういう薬を使っているのか、質問されたことがあるのかと聞いているのです」

「はい、あります」

「あなたが言うように、その度ごとに説明しているのなら、春奈さんが質問してくるというのは不思議だと思いませんでしたか」

「ハロペリドールの説明はしてあります。抗生物質の追加投与などをしているので、そのときの質問だと理解しています」

「そうすると春奈さんから質問されたが、後で追加した抗生物質等のことについて聞かれたという認識なんですね」

「記憶が定かではありませんが、そう思います」

瀬川が質問しようとするが、裁判長はさらに質問を続けた。

「質問をする春奈さんを怒鳴りつけたというか、大声を出して、自分を信用できないのであれば、他の病院へ替わってもらっても結構だというような趣旨のことを言った事実がありますか」

「ありません」

瀬川も、春奈も怒りに燃えた目で丸島を睨んだ。丸島は一瞬、二人を見たが、視線を正面の裁判長に向けた。

「亜佐美さんの死亡直後に説明会が開かれましたが、金子医長、小野寺医師らとあなたも出席されていますね」

「はい」

「そのときに瀬川さんから、趣旨として薬物療法、抗精神薬の投与、悪性症候群という副作用があると、さらに内科では五人のうち四人が悪性症候群で死亡している事実を告げ、それでも治る可能性があると説明するのがインフォームド・コンセントではないのかと質問されたことはありませんか」

「記憶にありません」

「そのときのやりとりを記した反訳書では、インフォームド・コンセントについて落ち度がなかったかどうかを質問されて、あなたは落ち度だったと思っていますと答えたことになっているのですが」

「五例中四例死亡というのは、内科から書類が証拠として提出されていると思うのですが、事実関係は違うと思います」

「悪性症候群というかなり危険な副作用もあるが、それでも治る可能性があるから使用します、という説明をしなければならなかった。そういう質問を瀬川さんからされた記憶はないのですか」

「ありません」

「ではそういう質問を仮にされたとしたら、あなたはどう答えますか」

「悪性症候群という言葉を出さないまでも、症状や副作用の説明をする必要はありません。ただ私の認識としては、前の病院で抗うつ薬、抗精神病薬による副作用、体が硬くなるなどの悪性症候群の説明を受けていると思っていました。おっしゃるように繰り返して説明した方がよかったと思っています」

「あなたとしては説明会が行なわれた時点では、危険性について詳しく説明した方がいいと思ったということですか」

「はい」

「現実にはそういう説明を瀬川さんにしたのですか」

「はっきり悪性症候群という名前を出して、副作用の説明はしておりません」

「その点について、インフォームド・コンセントという観点からみたときに、どう思うわけですか」

「症状だけではなく、悪性症候群という名前を出して説明した方がよかったと思います」

「過失があったかどうかということは別にして、医師としては落ち度だったというふうに考えていますか」

「名前を出した方が良かったと思います」

「念のために聞きますが、悪性症候群という言葉自体も出さなかったわけですね」

「はい」

裁判長が丸島医師の行なったインフォームド・コンセントの実態を明らかにする結果となった。瀬川はそれを受けて尋問を続けた。丸島のハンカチは絞れるほどの汗が染み込み、どこを広げてもすべて汗でぬれていた。

「副作用については眠くなる、喉が渇く、あくびが出るという説明でしたね。私はそれで安心したんです。亜佐美を救えると思いました。あなたは激烈な、戦慄するような副作用について、具体的な致命率などについて説明しましたか」

「致命率等については詳しく説明していませんが、検査結果、治療方針、投与薬剤等を家族に詳しく、精一杯説明したつもりです」

「悪性症候群という名前も出さず、生命にかかわる副作用があることも話さないのがあなたのいう精一杯の説明なんですか」

「すでに前の医院で、抗精神病薬の副作用を聞いていると理解していました。当病院に転院しても悪性症候群について説明をした方が、よりよかったと思います」

「落ち度だった考えているわけですか」

「よりよかったと思っています」

　裁判長はここで尋問を止めた。

「そろそろ閉廷の時間なので、次回法廷の日程を決めたいと思いますが、どうでしょうか」裁判長が木戸弁護士と瀬川に確かめるように聞いた。二人とも頷いた。

「では証人は退廷してもらって結構です」というと、丸島医師は一礼すると、法廷の後ろにある傍聴席の出入り口から外に出た。廊下を走る音が法廷にまで響いてきた。

「では次回も今回に引き続き、証人尋問ということにします。今日はこれで閉廷とします」

　次回法廷は裁判所が夏休みに入る直前に決められた。

第十一章　聖なるダイミ

　バンデレイから仕事が終ったら顔を出してくれとメッセージが届いた。マリヤーニの回復も順調で間もなく退院できる見込みだ。その後の対応をどうするのか、その相談だと小野寺は思った。病院だから警察の警備も当てにできたが、エストラーダ・ノーバに戻ったマリヤーニを警察が守ってくれるはずがない。

　バンデレイの家に行くと、見知らぬ女性がいた。ブラジル保健省エイズ局のベレン代表のテルマ・デ・オリベイラと紹介された。

「テルマは来月バンクーバーで開かれる国際エイズ会議にブラジル代表として出席するんだ」

　今回の会議でエイズの画期的な治療法が発表されるという情報を彼らは握っていた。しかし、ブラジルにいる二十万人もの感染者がその恩恵に与《あずか》るとは思えない。

「ケンはもうわかっていると思うけど、ファベーラの子どもたちを救うためには、国際世論の洗礼を受けてでも少々強引なことをしないと救えないのよ」

テルマもバンデレイたちが画策している計画を知っているようだ。

「私にはあまりにも危険な賭けとしか思えないのですが……」

「そうね、でも、二十万人の命を救うためにはこれ以外の選択はないというところで、バンデレイたちは活動しているのよ。それにアメリカのメディカル・サイエンス社だって、独自に新薬を開発したとはいえない面もあるのよ」

「どういうことですか」

小野寺の問いにテルマが意外といった顔をして、バンデレイを見た。

「君から説明してやってくれ」バンデレイが答えた。

「アマゾンにはあの手、この手を使って薬品、化粧品などに役立つ植物、動物を海外に持ち出そうとするバイオハンターが暗躍しているの。何年か前に環境保護団体を名乗るアメリカのＮＰＯが環境調査という名目でアマゾンに入った。彼らの目的はまったく違っていたわ」

ＮＰＯは先住民にカネを渡して植物分布の調査をさせた。活動資金の提供元はアメリカの製薬会社、化粧品メーカーだった。

「スポンサーにメディカル・サイエンス社も入っていたんですか」

「表向きには出ていません。でも同社が大株主になっている化粧品メーカーが資金を提供していたことはわかっています」

「そのことと新型インディナビルと関係があるとでも……」

「NPOはすぐに追い出しました。しかし、先住民に制作させた植物分布地図を頼りに、その後、いくつかの植物が持ち出された形跡があります。その地域の先住民が信仰している宗教が『聖なるダイミ』です」

「殺されたリカルドが残したメッセージですね。その宗教と新型インディナビルとどう結びつくんですか」

「新薬がファルマブラに流出したのをメディカル・サイエンス社は把握しているにもかかわらず、彼らは公表もしなければ、告発もしてこない。まだ断定はできませんが、でも、私は確信を持っています、『聖なるダイミ』に新薬の秘密が隠されていると」

「植物を持ち出した犯人は逮捕されたんですか」

「もうすぐ逮捕されるし、持ち出した植物も特定されるはずです。私もできる限りバンデレイの計画に協力をするつもり」

国家ぐるみで特許権を侵害してでも、エイズ薬の生産を開始するつもりなのだろう。

「あなたはもう少しブラジルに滞在するんでしょ」

「ええ」と小野寺はあいまいな返事を返した。

「私が帰国してから面白いものが見られるから、見て帰りなさい。それを日本の医師に伝えてほしい」

テルマはこう言って、バンデレイと握手して帰って行った。小野寺は何で呼ばれたのか釈然としなかった。それを察したのかバンデレイが言った。

「疲れているのに悪かったな。バンクーバー会議が終った頃、マリヤーニも退院してくるし、しばらくはエイズ薬を巡って騒然とするはずだ。マリヤーニは君のことを信頼しきっている。どうか手助けしてやってほしい」

彼らの計画の全貌を知らされているわけではない。国際的ルールを破る手伝いなどはしたくないが、マリヤーニの代わりに診療の手伝いくらいは続けようと思った。


日々の忙しさから、国際エイズ会議が開かれたことさえも忘れていた。テレビはバンデレイの家でしか見ることができない。ニュースで会議の様子が放送されるからと、バンデレイが誘ってくれたが、新聞を読むからと小野寺はテレビを見ることなくいつもの生活を続けた。

新聞はバンクーバーで開催されたエイズ会議の内容を報道していた。世界から過去最高の一万四一三七人が集まり、基礎科学、疫学・公衆衛生、社会科学、予防啓発事業等の様々な分野にわたる約五千件を超える研究成果の発表が行なわれた。その中でも最も注目を浴びたのは、ハーバード大のスコット・ハマー博士らをはじめ複数の研究グループが従来の治療法ではなく、プロテアーゼ阻害剤と二つの逆転写酵素阻害剤を投与する三剤併用療法を受けている患者の方が生存率が高いことを発表していた。これによると、三剤併用療法は血液中のヴィルス量を九九・九％減少させるといわれ、会議でも最も注目を集めた。

アメリカのアーロン・エイズ・ダイヤモンドセンターのマーチン・マーコウィッツ博士らもＨＩＶ感染から三ヵ月以内の患者九人にプロテアーゼ阻害剤であるリトナビルと逆転写酵素阻害剤のＡＺＴ、３ＴＣを投与したところ活発なＨＩＶ増殖が消滅したと発表。マーコウィッツ博士らは「治癒」という言葉を使うことには慎重だが、限られた初期感染患者については、ＨＩＶを抑え込むことが可能かもしれないとしていた。

アメリカではすでにサキナビル、リトナビル、インディナビルという三種のプロテアーゼ阻害剤が承認され、さらにもう一つ副作用などを軽減し、従来のプロテアーゼ阻害剤より効果が期待できる新型インディナビルが承認され、発売される見込みだと報道されていた。

プロテアーゼ阻害剤の一つ、リトナビルは年間で八千ドルかかり、三剤併用では一万五千ドルにも達する。メディカル・サイエンス社が開発した新型インディナビルにいたっては、それだけでも一万ドルにも上る。開発途上国のエイズ感染者は治療を受けることができないと抗議の声が上がった。

新聞を読みながら、アドリアーナを取り巻く環境は何一つ変わらないのかもしれないと小野寺は思った。バンクーバーから戻ったテルマは、ブラジリアで記者会見を行ない、国際エイズ会議で明らかになった三剤併用療法を説明した。その記事が帰国翌日の新聞に大きく掲載された。

会議後、エストラーダ・ノーバには何ごとも起こらなかった。一週間が過ぎ、いつも通りの朝を迎えた。診療所前が騒がしくなった。ファベーラの奥から車椅子に乗ったバンデレイが現れた。

小野寺と視線が合った。バンデレイは体調がいいのか、笑みを浮かべた。

「どこに行くんですか」

「一緒に来ればわかるさ」

バンデレイを屈強な若者が幾重にも取り囲んでガードしている。「一緒に行こう」とマルセロも誘ってきた。

「仕事は一時間もあれば終る。診療所の仕事に差し支えることもないよ。心配するな」

バンデレイが強く誘った。

小野寺は診療所のボランティア医師に一時間で戻ると言い残して、バンデレイの後に続いた。ファベーラの入口には車が数台用意してあった。乗用車はバンデレイが乗る一台だけで、残りの三台はトラックだ。荷台にガードする連中やかり出されたのか、あるいは自発的に付いてきたのか、ファベーラの住人がトラックの荷台に立錐《りっすい》の余地もなく乗り込んだ。

車列はバンデレイの車を挟むようにして出発した。ゆっくりとしたスピードで進み、市内へと入った。何ごとが起きたのかと通行人が好奇な視線を向けてくる。二十分も走ると、車列はベレンの官庁街に入り、警察署を通り過ぎ、ベレン市の裁判所の前に来て止まった。荷台から一斉に全員が飛び降りて、春の日差しを浴びる田んぼのおたまじゃくしのようにバンデレイの乗る車を取り囲んだ。

裁判所の玄関の前まで来ると、バンデレイと数人だけが中へと入った。小野寺も誘われるがまま裁判所の中に入った。大理石で建てられた重厚な印象の建物で、中はひんやりとした空気が淀んでいた。

バンデレイが来たことがわかると、新聞記者やテレビ局の記者、カメラマンが後に続いた。マルセロに車椅子を押してもらいながら、民事局へ向かった。

民事局は一階の奥の部屋で、バンデレイはそこで分厚い書類を出し、裁判所職員にそれを渡した。そのシーンを撮影するためにストロボとテレビカメラ用のライトが照らされる。

「これは二十万人のエイズ感染者の運命を左右する裁判です。早急に対応してほしい」とバンデレイが要求した。

職員は「タ・ボン」とだけ答えた。

バンデレイたちは今来た廊下を通り、再び裁判所の玄関に戻った。一斉に拍手が湧き起こる。

「たった今、我々の闘いの一歩が記された」バンデレイが玄関前で待機していたファベーラの住人に大声で怒鳴った。仲間の一人が、予め用意していた拡声器のマイクをバンデレイの口元に差し出した。

「闘いが始まった」

「ヴィバ（万歳）」どよめくような歓声だ。

小野寺は何が起きているのかまったく理解できなかった。

「ブラジルの憲法は『健康は国民の権利であり、国家の義務である』と謳っている。現在二十万人ものエイズ患者がいる。その中には当然、子どももいる。この数字はブラジルの保健省が把握している数字で、実際には六十万人以上の患者、感染者がいるとみられている」

バンデレイはどこにエネルギーがあるのか、枯れ木のようにやせ細った体からほとばしるような熱気のこもったスピーチを続けた。

「すでに十万人が亡くなっていると言われている。諸君、十万人だ。治療法が見つからず、なす術がないのなら運命と諦めることもできるかもしれない。しかし、バンクーバーで開催された国際エイズ会議で、ＨＩＶは完全治癒は現段階では不可能にしても、コントロール可能な病気になった。三つの薬を服用すれば、エイズ患者といえども死なずにすむようになったのだ。我々が、夫が、妻が、子どもが生きられるのだ」

再び歓声が湧き起こる。バンデレイのスピーチはさらに熱気を帯びた。

「健康はブラジル国民の権利だ。それを保障するのが国家の義務なら、我々が生きるために、その薬を提供するのは国家の義務ではないのか」

「イッソ・メズモ（そうだ）」

裁判所前はいつのまにかバスで駆けつけたエストラーダ・ノーバや他のファベーラの住人で埋め尽くされていた。

「たった今、ブラジル保健相を告発する訴状を提出した。エイズ患者に、感染者に、すべてのＰＨＡに三剤併用療法の保障を求める裁判を起こした。我々の要求が通るまで裁判を闘い抜く」

裁判所前は歓声と拍手、どよめきがいつまでも消えそうにない。その熱気とは裏腹に小野寺の気持ちは冷めていた。

〈憲法で保障しているからと、裁判を起こしたところでどうなるというのだ。二十万人の命を国家の予算で救えと言っているようなものだ〉

日本でも特定疾患については医療負担を軽減する措置が取られている。しかし、生命が救われる可能性があるから、国家予算を投じて最先端の医薬品を無料で提供せよ、と厚労省を相手に裁判を起こした患者団体など小野寺は聞いたことがない。エイズ患者のマスコミ向けのスタンドプレーとしか思えなかった。

その日の夜のニュース番組も翌日の新聞もバンデレイたちの提訴を大きく取り上げていた。小野寺は新聞を持ってマリヤーニの病室を訪れた。回復は早く、ベッドで体を起こし、テレビを見ている最中だった。酸素吸入器も外れ、傷の治りもいいのだろう。

「ほとんどのマスコミが好意的な報道をしているわね」

マリヤーニは快癒期だからなのか、裁判に持ち込めたことが嬉しいのか、宙に浮いているような愉快な顔をしている。

「あの裁判がエイズ患者の救済に有効な手段になりうるのか、はなはだ疑問だ」

小野寺の表情はマリヤーニとは対照的で、これから手術を受けるガン患者のような沈鬱な顔をしている。

「これから何年も裁判に時間と経費をかけて闘っても、その間に患者がバタバタ死んでいく現実には変わりない。もっと別な方法があるのではないか」

「裁判は何年もかかりはしないわ」

「国家を相手にした裁判の判決が、自動販売機でジュースを買うみたいに簡単に下りるわけがないだろう」

小野寺は苛立ちを隠さなかった。しかし、マリヤーニはそんなことはいっこうに気にしないといった風で言い返してきた。

「日本人は長いものには巻かれろって、よく言うじゃない。でもブラジル人はそんなことはしないの。誤っていることは誤っている。正しいことは正しいのよ。間違っていることは改めればいいだけのこと」

マリヤーニにとっては国家相手の裁判も、子どものケンカも同じことらしい。小野寺は元気な様子を確認してファベーラへ戻った。

マリヤーニだけではなく、バンデレイもマルセロも、エストラーダ・ノーバの連中も裁判の第一回法廷の期日も決まっていないのに、勝利したようなうかれようだ。ブラジル人は悲観的に物事を考えることなどないのかもしれない。


ミゲル弁護士が朝オフィスに着くと、机の上に分厚いファックスが置かれていた。フェルナンドが深夜送信したようだ。ファックスには複雑な分子構造が記されていた。フェルナンドがマリヤーニから奪った資料らしい。

ミゲルはそれをすぐコピーしてセルソ社長に届けた。その一時間後にセルソは連絡してきた。

「あのプリントはあれですべてか」

「わからない」ミゲルが答え終らないうちに、

「すぐに調べてくれ」という返事が聞えた。

サンパウロも日中になると気温は高くなる。エアコンのスイッチを入れるほどではないが、スーツを着ていると少し汗ばむほどだ。ミゲルはフェルナンドに電話を入れた。相手は受話器を取ったが無言だ。「ミゲルだ」と名乗ると、「何の用だ」と返事があった。

「送ってもらった資料だが、あれですべてか」

「何故、そんなことを聞く」

フェルナンドはいつになく強い口調だ。

「いいから答えてくれ」

「二人を始末しろという命令の他に依頼されたことなどない」

フェルナンドは何も答えずに受話器を切った。すぐに電話はかけたがフェルナンドは出なかった。魂胆はわかっている。報酬を要求しているのだ。

深夜、ミゲルはもう一度電話した。

「昼間のデータの件だが……」

フェルナンドの気分をうかがうような声で聞いた。フェルナンドは何も答えなかった。

「残りのデータもみたい。あれば出してほしい」

フェルナンドはそれでも沈黙している。

「五万ドルを明日振り込む」

「十万だ」

ミゲルは黙り込んだ。フェルナンドの貪欲さには辟易とするが仕方ない。殺人の依頼を二つ返事で引き受け、しかも確実に実行可能な人間となればフェルナンドくらいしかいない。ミゲルは何も答えずに受話器を置いた。

翌朝、銀行が開くのと同時にミゲルは十万ドルをフェルナンドの口座に振り込んだ。残りのデータが手に入れば、セルソもアメリカのメディカル・サイエンス本社に核心に迫る報告ができるはずだ。分子構造を記したデータが何なのか、おそらくろくに小学校にも通っていないフェルナンドにわかるはずがない。フェルナンドにできるのは、人を何人殺したのか、その報酬がいくらなのか、せいぜい足し算くらいのものなのだ。

残りのファックスはその日の夕方にはオフィスに送信されてきた。ミゲルはセルソ社長に転送した。それを見て安心したのか、セルソは浮かれた声で電話してきた。

「ファベーラの連中の考えることだ。やれたとしても所詮はあそこまでだ。なるべく早く止《とど》めを刺すようにフェルナンドに指示しろ」

ミゲルはそのままフェルナンドにそれを伝えた。

メディカル・サイエンス社の本社があるニューヨークで記者会見が開かれた。新型インディナビルが承認され、世界で一斉に発売されるという記者発表が行なわれたのだ。それを受けてサンパウロでもメディアを集めて記者会見が開かれた。セルソは新型インディナビルがこれまでの副作用を軽減し、ＨＩＶが耐性を持ちにくくなるような改良が行なわれ、三剤併用療法の効果を格段と向上させるものだと胸を張った。

ミゲルも内心胸を撫で下ろしていた。バンデレイたちに新薬の解析を行なわれ、先に特許申請を出されようものなら、盗難を立証し、特許権はメディカル・サイエンス社に帰属するものだと裁判で立証するには多大な困難が伴う。事実が真実として必ずしも通る国ではないのだ。虚構が真実としてまかり通るところなのだ。ましてや莫大な利益が絡んだ訴訟になれば、裁判官にも裏で接近しなければならなくなる。記者発表はそうした煩わしさから、ミゲルが解放されたことを意味している。

ただ気になることもあった。バンデレイたちが保健相を相手に起こした訴訟が異例の速さで進んでいることだ。訴状が受理されると、裁判所は週に二回のペースで法廷を開くと、原告側、被告側に通知した。双方でどのような応酬がなされているのか、裁判記録を取り寄せている間にも、裁判は一ヵ月で結審してしまった。

ミゲルの予想は原告側の全面的な敗訴だった。一審判決が下る日も、ベレンにまで足を運ぶ気などまったくなかった。判決の翌日、オフィスでサンパウロ州の有力紙である「オ・エスタード」を開いて、ミゲルは絶句した。

〈エイズ感染者に早急に治療薬を〉

ミゲルの予想とはまったく反対の判決だった。一ヵ月の審理で原告勝訴の判決が下りたのだ。宙を彷徨《さまよ》っているようで、判決をどう受け止めていいのかわからなかった。「オ・エスタード」紙は、国際エイズ会議で三剤併用療法によってエイズ患者が死を免れることが明らかになった以上、憲法に則ってエイズ患者に健康を保障するのは国家の義務とするのは妥当な判決だとしていた。さらに判決は「エイズ患者へ三剤併用療法を速《すみ》やかに提供することが保健相の責務で、実行されない場合は、殺人未遂罪の適用も受ける」としていた。同紙は保健相、あるいは各州の保健局長クラスの身柄の拘束、逮捕もありうるのではないかと各界の識者のコメントを掲載していた。

しかし、その関連記事を読み進めていくうちにミゲルの手は震え始めた。ファルマブラ医薬品研究所の広報が記者発表をした。記事にはファルマブラ医薬品研究所は三剤併用療法に対応できるようにすでに生産態勢が整っていると報じていた。三剤の具体的な名前は記されていないし、メディカル・サイエンス社が開発した新型インディナビルはもちろんのこと、欧米の他の製薬会社の特許料についても、一切言及されていない。

フェルナンドから送られてきたファックスから新型インディナビルの解析はまだ不十分であることが判明した。しかし、もし新型インディナビルの解析がすでに行なわれていたらと思うと、背中にナイフを当てられたような戦慄が走る。

電話が鳴った。おそらくセルソだろう。連絡の内容はわかっている。あの二人の始末を早くしないと身の破滅につながりかねない。

電話のベルはもう十回以上も鳴り続けている。仕方なく受話器を取った。

「お待たせしました。弁護士のミゲルです」

「いるのはわかっているんだ、早く出ろ」

セルソが低く重い声で言った。

「ご用件は」事務的な口調で聞き返した。

「一刻も早く始末させろ。いいな」

こう言って電話は一方的に切られた。

ミゲルはベレンのフェルナンドに連絡を入れ、依頼した件を速やかに遂行するように要請した。フェルナンドは「了解した」とだけ答えてすぐに電話を切ってしまった。

ベレンの裁判所で提起された訴訟だ。フェルナンドの方が詳細な情報を把握しているのだろう。バンデレイ、マリヤーニにこれ以上余計な動きをされて、三剤併用療法の薬を実際に生産でもされたら、ブラジルの一部富裕層から得られる利益が無に帰する。ましてや新型インディナビルを生産されたときの損害は想像もできないほど大きなものになる。ミゲルはフェルナンドに二人の暗殺を再度指示した。

第十二章　厚い岩盤

梅雨はまだ明けてはいなかった。引き続き丸山に対する尋問が行なわれた。

「亜佐美が危篤状態に陥り、もう助かる見込みはないと小野寺先生から宣告されたときです。小野寺先生、そして金子医長が、十分に納得のいくものではありませんでしたが、説明をしてくれました。しかし、あなたは欠席しています。何故、出席しなかったんですか」

「危篤になった日は、昼間病棟を訪れています。亡くなられた日には外勤で他の病院へ行っていました」

「患者が危篤状態なのに、転科したとはいえ何故主治医がその場にいて、病状を説明しないいんですか」

「主治医と申しましても上司が対応しているし、亡くなったときも連絡が入りました」

「連絡を受けるのは当たり前でしょ。何故、説明にも来なかったんですか」

「ちょっと遠方にいたので、上司に対応してもらうことにしました」

「主治医であるあなたは対応しなくてもいいと判断したわけですか」

「そんなことはありません」

「医療法第一条の四の二、医師の説明義務に関する法律ですが、危篤のときも亡くなったときにもあなたはその義務を果たしていない。医療法違反を犯したとお考えですか」

「考えていません」

「患者が死ぬか生きるかの瀬戸際にいるのに、説明の場に来るのを拒否したことは説明義務違反にならないと考えているわけですね」

「異議があります」木戸弁護士が声を荒げた。「説明を拒否したなどとは言っていません」

「そのように聞いておきますから」裁判長が答え、反論しようとする瀬川を制して言った。「裁判所の方からも、その点についてお聞きしたいと思います」

丸島は眼鏡を外し、汗を拭くというより顔を拭いた。かけ直した眼鏡が汗で曇っている。

「亜佐美さんが危篤状態になったとき、あなたはどこにいたのですか」

「何度もお話ししている通りチームで患者を診療しているわけで……」

丸島医師の言い逃れが始まった。

「そんなことを聞いているのではなくて、どこにいたんですか」

「病院です」

「その日の午前十時から夜中の十二時までの間に、亜佐美さんの容態が悪化したという事実はあるのですか」

「危篤状態に陥ったのは午後四時頃だと思います。小児科の小野寺先生と病状、治療方針についてディスカッションをした記憶があります」

「それを家族に説明したということは、S医大付属病院としてあるのですか」

「主治医は小児科の小野寺先生に替わったので、小野寺先生がしていると思います」

「そのときにあなたはいなかったのですか」

「同席していません」

「小野寺先生が家族に説明をされている時点で、あなたはどこにいたんですか」

「何時に説明したのか……。夜中の十二時頃ですか……」

「異議があります。事実関係がまったく違っています。危篤状態に陥り、私が病院に駆けつけたのがお昼ちょっと前でした。そこで小野寺先生、金子医長から、午後一時か二時くらいに説明を受けたんです」瀬川は叩きつけるような口調で述べた。

「午後一時か二時頃、どこにいましたか」裁判長が改めて聞いた。

「病棟にいた可能性がございます」

「病棟というのは？」

「小児科の小野寺先生から連絡が入り、上司の金子医長が亜佐美さんの病室に行かれたというのが……」

「聞かれたことに答えてください」裁判長ははねつけるように言った。

「精神科の病棟にいました」

「入院病棟ですか」

「はい」

「他の患者さんの診療行為を行なっていたということですか」

「そう思います」

堪らず瀬川が質問した。「主治医で、一番経過を認識しているあなたが、危篤状態の亜佐美の説明に何故行かなかったんですか」

「精神科の病棟で診察をしていました」

「あなたは診察していたんですね」確かめるように裁判長が聞いた。

「そうです」

瀬川は丸島の答えが終らないうちに聞いた。「行く必要を感じなかったということですか」

「そうではありません」

「では、何故、説明に来なかったんですか」

「金子医長と小野寺先生が連絡を取り合い、説明に行かれたんだと思います」

「ですから、あなた自身はどうして行かなかったのかというのが、瀬川さんの質問の趣旨で、それに答えてください。金子医長、小野寺医師が行ったのだから、行く必要はないと考えたのですか」

「行く必要はあったと思います」

「実際には行かれなかったんでしょう」裁判長が疑問をぶつける。

「その後、遅れましたが金子医長に症状を聞きに行きました」

「いや、ご家族に対する説明に何故行かなかったのかという話をしているんです。上司、新たな主治医になった小野寺先生がいるから行かなくていいと判断したということなんですか」

「そうとられると困ります」

「そうすると説明に行かなかったのはどうしてですか」

「診療していたからです」

「そちらの方が急を要したんですか」

「そうではございません。説明に来てくれと私には声がかからなかったという記憶がありますす」

「端的に言えば、家族に対する説明が始まったのを知らなかったということですか」

「私の記憶ではわかりません」

「声がかからなかったというのは、そういう意味ではないのですか」

「確認してみないとわかりません」

「答えは、今のあなたの記憶でかまいません。知らなかったから説明に行かなかったというのは理屈が通るのでわかりますが、知っていたけど行かなかったという答えだとすると、その理由はどうしてですかと、それを聞きたいわけです」

「知っていて行かなかったということはまったくありえません」

「やはり知らなかったんですか」

「そういうふうに考えるしかありません」

「すると危篤になった日の説明に行かなかったのは、知らなかったということになるんですね。では、亡くなった日のことについてお聞きします。この日はどうされていたんですか」

「他県の病院にいました」

「それはアルバイトですか」

「病院の必要性があって、仕事で行っていました」

「聞いているのは、アルバイトという表現が適切かどうかはわかりませんが、他県の病院で、契約に従って診療行為をしていたのですかという意味です」

「はい」

「そちらの仕事があるから、説明会には出られなかったということですか」

「そうではございません。解剖の説明をするけどという電話が入りまして、私もと言ったのですが、これからご家族に話をするんですということで、結局、解剖に関しては承諾を得られませんでした」

丸島医師は答えたくない質問を突きつけられると、質問の趣旨とは違う返事を返すのが癖のようだ。あるいは本能的に防衛本能が働いてそうしているのかもしれない。

裁判長の追及は続いた。

「そんなことは聞いていません。他の病院の仕事があるから戻れなかったのか、あるいは本来は戻るけれども、距離的に離れているから、結局間に合わなかったのか、どちらなんですか」

「時間的に間に合わなかったのが現実でございます」

「そうですか」裁判長が答えた。

白々しいウソをよくつけるものだと瀬川は思った。

「ところでハロペリドールの投与以外に、統合失調症の治療方法があるのか、あなたは知っていますか」再び瀬川が尋問を始めた。

「はい、知っております」

「知っている療法を挙げてください」

「薬物療法以外に、行動療法などがあります」

「知っている療法を全部挙げてください」

「ちょっと緊張して……」

「あなた、現場の医師が緊張して治療方法が浮かばなかったら、治療なんてできないじゃないですか。答えてください」

「すみません……」

「亜佐美は入院する前に、近くの寺の住職に三時間ほど懇切丁寧に語りかけてもらいました。そのときは、普段の亜佐美に戻りました。この話は入院しているときに話しました。丸島先生はカウンセリング療法というのをご存知ですか」

「もちろん知っています」

「カウンセリング療法を選ぼうという意識はなかったのですか」

「入院前から車から飛び降りるという衝動行為があったので、重篤な統合失調症と判断し、薬物療法を開始しました」

「今、問題になっているので、裁判所もその点についてお聞きします。車から飛び降りるというのは、家族から聞いて認識していたわけですね」

「はい」

「飛び降りるというのは、具体的にどういう状況だとお考えですか」

「ドアを開けて飛び降りようとしたというふうにお聞きしました」

「どのくらいの速度で走っている車からと考えたのですか」

「速度に関しては聞いていません」

「走っている車のドアを開けて飛び降りようとしたという認識なんですね」

「はい」

　裁判長は瀬川に質問を続けるように促した。

「予見義務と回避義務についておうかがいします。ハロペリドールつまりセレネース、さらには他の抗精神病薬ですが、亜佐美に投与された薬剤について、医薬品添付文書、厚労省医薬品副作用情報には、準備書面の求釈明に対して全部熟読していると回答してきています。それを踏まえて質問します。セレネースの適応、用法、薬効、副作用について答えてください」

「適応は統合失調症をはじめとする精神病、副作用に関しては最初に悪性症候群が挙げられています。あとは頻脈、発熱、自律神経症状などです」

「セレネースの添付文書にはこう記されています。『栄養不良状態等伴う身体的疲労のある患者は、悪性症候群が起こりやすい』と。これは使用上の注意として書かれています。また肝障害、心血疾患、低血圧、これらの疑いのある患者には使用にあたって十分に注意して使ってくれと書いてあります。副作用として悪性症候群が生じた場合、『頻脈、発汗などが発現し、それに引き続き発熱が見られるような場合は、投薬を中止し、体を冷却、水分補給等の全身管理とともに、適切な処置を行なう』となっています。このことは知っていますね」

「はい」

「セレネースを投与された直後に亜佐美はシーツを換えなければならないほどの汗をかいている。看護記録にもそのことは明確に記録されている。いいですか、寝苦しい夏のことではなく、冬のことですよ。添付文書、厚労省医薬品副作用情報を熟読しているあなたなら当然悪性症候群と結びついたでしょう」

「はい」

「これだけの発汗が見られるのに悪性症候群は予見しなかったんですか」

「当初から悪性症候群のことは念頭に入れて治療をしておりました。発汗に関しては、緊張病性の病態であれば、そのときも拘束が始まっていたわけですので、体を激しく動かした場合は十分起こりうる発汗だと思います」

「発汗はいろんな病気で起こりますよ。あなたは勝手に体を激しく動かしたためだろうと判断したということですか」

「はい」

「悪性症候群とは結びつけなかった。予見しなかったということですね」

「はい」

「それでは悪性症候群について改めてお聞きします。この名前を知ったのはいつですか」

「学生時代の精神科の講義のときです」

「それでは厚労省医薬品副作用情報というのはご存知ですね」

「はい」

「これについて説明してください」

「先ほど申しましたように、副作用の項目に関しては、悪性症候群が最初に挙げられています。他には頻脈、発熱、後は錐体路《すいたいろ》症状とか、自律神経症状等が挙げられております」

「そういうことではなくて、厚労省医薬品副作用情報はどういう性格のものか、どういう意義があるのかを尋ねているんです」

「厚労省から提供される副作用情報に十分注意して、治療を続けるということだと思います」

「危険重大な副作用が多発しているので、医療関係者は十分に注意してこれを回避しろという厚労省の指導ですね。この指導にあなたは従う義務があると思いますか」

「はい」

「では医薬品添付文書の指示も同様だとお考えですか」

「はい」

「それならば頻脈、発熱について聞きます。亜佐美には何度も頻脈が見られた。それに常に三八度以上の高熱が出ていた。ときには三九度、四〇度というケースもありました。セレネースを投与して以降は高熱状態が続いています。厚労省医薬品副作用情報によれば、『元気がなくなり、無口、動きが乏しくなる。ときに拒食などが起こる』と書かれていて、亜佐美の症状そのものです。『栄養状態の不良な患者に起こる』とあるように、入院前は食事も摂らないで決して十分な栄養が摂取できていたとはいえません。これだけ適応状況があるにもかかわらず、あなたはセレネースを増量し継続投与をしている。『急激な増量は危険である』さらに『非経口投与も誘引となる』とあるのに、点滴で投与している。頻脈、発熱から予見せずに、悪性症候群を疑いもせずに、添付文書、厚労省医薬品副作用情報などもまったく無視している。何故ですか。本当に添付文書、厚労省医薬品副作用情報を熟知していたんですか」

「前回も申し上げた通り悪性症候群のことは常に念頭に置いて治療を続けてきました。入院四日目に咬舌を起こして、そのことによる発熱、頻脈と考えられましたが、悪性症候群も考慮し、身体症状のチェック、血液検査のデータチェックをしています。舌の傷は間もなく抜糸しましたが、頻脈、発熱も継続して見られましたが、それは肺炎によるものと判断しました」

「あなたは重大な勘違いをしている。厚労省医薬品副作用情報には発熱しているときには、いっさい使用するなと書いてある。重大な判断ミスを犯している。そう思いませんか」

「頻脈、発熱は悪性症候群によるものではなく、咬舌によるものと認識しています」

「厚労省医薬品副作用情報は、発熱状態のときは、とにかく中止せよと書いてあるのにあなたは投与を続けた。何故ですか」

「身体症状のチェック、筋肉の硬直がないこと、血液検査では指標になるクレアチニンキナーゼ、あるいは尿中のミオグロビンも検査しましたが、悪性症候群を決定付ける値ではありませんでした」

「発熱、頻脈、異常な発汗、これだけの症状が出ているのに悪性症候群ではないと言い張るのですか」

「悪性症候群と一切関係ないと考えております」

「それでは死亡診断書には何故悪性症候群と書いてあるんだ？」瀬川はたまらず怒鳴った。

裁判長が間髪を容れずに尋ねた。「悪性症候群とは考えていないということですね」

「はい」

「それでは瀬川さんの質問にはどう答えられますか」

「前回もご説明した通り、チーム医療であり、また亜佐美さんは小児科に転科し、主治医は若い小野寺先生に替わってもらいました。最終的には彼の診断を尊重したということだと、私は認識しています」

「それではあなたが死亡診断書を任されていたら、どうお書きになったのでしょうか」

「多臓器不全と書いたと思います」

いつもおどおどして証言する丸島だが、ふてぶてしい声に変わった。

第十三章　罠

ベレン地方裁判所が原告勝訴の判決を下したが、保健相側が控訴すると誰もが考えていた。ベレン地方裁判所の裁判長は連邦議員への出馬をかねてから狙っていたと囁《ささや》かれている人物だ。票集め、人気取りの判決と、保守派の州議員、あるいは一部のマスコミは厳しく批判していた。

控訴期間はまだ残されているが、控訴すればブラジル全国民から非難を浴びそうな雰囲気になっていた。その矢先にさらに国中を驚かせることが起きた。

八〇年代後半、大統領として活躍したジョゼー・サルネイ上院議員が、ベレン地方裁判所の判決を受け、ある法案を上院に提出したのだ。その法案はすべてのエイズ患者に三剤併用療法を保障するために薬を無料で提供しろというものだった。単純に計算すれば年間に二十億ドルから三十億ドルの薬代がかかる計算になる。国家経済を圧迫するこんな法案を人気取りのために平然と提出するのがブラジルだ。

バンデレイの提訴、短期間での審議から判決、そしてエイズ薬無料配布法案とまるで決められたスケジュールでことが運ばれているような印象を受ける。

　メディカル・サイエンス社の連中は心中穏やかではないだろう。ファルマブラ医薬品研究所が記者会見で明らかにした生産態勢の準備ができているというのは、どういう意味なのだろうか。

　しかし、フェルナンドにとってはそんなことはどうでもいいことだった。二人を暗殺して、その報酬の残りを手に入れることだけが関心事だった。マリヤーニはベレン警察によって厳重に守られている。エストラーダ・ノーバに侵入し、銃を乱射してバンデレイを殺すのもそう簡単ではない。バンデレイは以前にも増してマスコミから注目されるようになった。うかつに手を出せば、自らが警察から追われる身になる。それだけは避けなければならない。フェルナンドは慎重に計画を練り直していた。

　バンデレイを取り巻く状況はサンドラを通じて詳細に耳に入っていた。家一軒を買える金を手に入れても、パウラは家など買わなかった。生まれたときからファベーラの小屋同然の家に住み、その日暮らしで今まで生きてきたのだ。家を手に入れ、いい生活をしようなどと考えようにも考えられないのだ。

　百ドル紙幣百枚をサンドラを通じて与えた。サンドラの情報によれば、中古車を買い、男と乗り回し、一枚一枚ブラジル通貨のレアル紙幣に両替し、ドラッグと酒に溺れて、客も取らなくなってしまったらしい。一万ドルなどすぐに底を突いてしまう。

フェルナンドは自宅のプールで泳ぎながら思考をめぐらせた。

マリヤーニは周囲の反対も聞かずに、退院の日を勝手に決めてしまった。エストラーダ・ノーバの患者が気になるのだろう。毎日見舞いに訪れる小野寺にさかんに今の様子を聞いてくる。

「若い医師たちが頑張っているから、完全に治るまで治療に専念してほしい」

小野寺は早期退院を諫めた。入院していてほしいと思うのは、彼女を襲撃した犯人が逮捕されていないことが最大の理由だった。

「今がいちばん大変なときだから、のんびりと休んでいるわけにはいかないのよ」マリヤーニは小野寺の言うことなど耳に入らないといった調子だ。

小野寺はマリヤーニに隠して伝えていないが、心配なことがあった。アドリアーナがファベーラから姿を消してしまったことだ。二、三日姿を見ないので、昼過ぎに家を訪ねた。小野寺の声を聞けばすぐに返事がある。しかし、何度呼んでも返事はなかった。しばらくしてパウラが出てきた。ベッドで寝ていたらしく、大きなあくびをしながらドアを開けた。

「ドットールかい、何の用事」

相手をするのも煩わしいといった顔をしている。

「アドリアーナの診察をしたいので、会わせてほしい」

「心配してくれるのはありがたいけどさ、アドリアーナはベテランの医師に診てもらい、薬ももらっているんで、ドットールが心配する必要はないさ」

「あの薬を飲ませてはいけない。いざというときに効かなくなってしまう。どこの医師に治療してもらったのか教えてほしい」

「そんなことまで話す必要はないさ。それにあの子は、いま私の実家の方で楽しく過ごしているよ」

「実家っていうのはどこなの……」

「それを知ってどうする気なのさ」

パウラは家の中に入ってしまった。

それ以来、一週間アドリアーナの顔を見ていない。子どもがファベーラから姿を消すのが珍しくないのか、他の大人も誰も捜そうとはしない。近所の人にアドリアーナの消息を聞いても、「あんな母親じゃ、ストリートチルドレンになった方があの子のためだよ」という返事が返ってくるだけだった。アドリアーナの落ち着き先は誰に聞いてもわからなかった。

小野寺の食事はマリヤーニの家が焼かれてしまってからは、近所のバールから毎回運ばれてくるようになった。バンデレイのところにも同じ店から食事が運ばれてきていた。運んできてくれるのはファベーラ出身のクラウジオで、今はファベーラの近くに住んでいるが、彼なら自由に出入りできるのでうってつけだった。

クラウジオは最初に小野寺に朝食を届け、さらに奥に住むバンデレイに食事を運ぶ。小野寺は朝食をアドリアーナと一緒に摂るのが日課になっていたが、もう何日も一人で食べている。朝になると、アドリアーナがかわいがっていた野良猫のフレディーが、どこからともなくエサを求めてやってくる。

小野寺はクラウジオが運んできたパンを少し引き千切り、空き缶の中に入れて、そこにミルクを流し込む。フレディーはそれを食べると、再びどこへともなく去っていく。

「フレディーもアドリアーナがいなくて寂しいなあ」と話しかけながらエサを与えた。フレディーの様子がおかしくなったのは、パンを呑み込んだ瞬間だった。妙な呻き声を上げたかと思ったら、食ったものを吐き出そうとした。それも長くは続かなかった。倒れ込むと足を何度かばたつかせ、口から泡を噴き出して絶命してしまった。

小野寺はミルクとコーヒーを流し台にぶちまけ、パンをゴミ箱に放り込むと、そのままバンデレイの家に向かって走り出した。

〈間に合ってくれ〉

小野寺は警察に追われる脱走犯のようにひたすら走った。バンデレイの家が見えてくると、大声で怒鳴った。

「ノン・トマ・ナーダ（何も食べるな）」

バンデレイの食事の量は極めて少量だが、それでも朝食には、ミルクやコーヒーを飲み、調子のいいときには果物も口にする。

家に飛び込むと、ボランティアが朝食の準備を進めていた。ベッドの上で上半身を起こし、小さなトレイの上にミルクコーヒーが置かれ、その横にフルーツの盛り合わせがあった。

「そんなに慌ててどうしたんだ？」

バンデレイの質問には答えず、小野寺はトレイをベッドから下ろすと「食べてはいけない。毒が入っている」と叫んだ。

バンデレイもボランティアも小野寺の言っている意味がわからずにポカンとしている。トレイを台所に運び、ミルク、コーヒーをすべて流し、フルーツをゴミ箱に放り投げた。小野寺はたった今起きたことをバンデレイに説明した。

マルセロは真っ青な顔をして、「クラウジオを呼べ」と怒鳴った。バンデレイの家の周囲の警備に当たっているものがすぐにクラウジオを連れて来た。クラウジオは物々しい雰囲気に脅えた顔つきに変わった。

「お前が運んできた朝食に毒が入っていた。どういうことか説明してくれ」マルセロが詰め寄るように聞いた。

「毒が……。俺はそんなことはしていない。冗談は止めてくれ」クラウジオも自分が疑われていることがわかり、言葉の端ばしに怒りがこもっている。

「いつも食事を運んでくれる君がそんなことをするとは私も思っていない。でも、今朝のミルクを野良猫のフレディーにやったら苦しみながらすぐに死んでしまったんだ。ミルクに毒物が混入していたのは間違いない」

小野寺が穏やかな口調で事実を説明した。

「俺はいつも通り店から食事を運べと言われて、運んできただけだ」

小野寺が静かに話したことによってクラウジオも少しは落ち着いたようだ。

「途中でどこかに立ち寄らなかったのかい」小野寺が聞いた。

「パウラのところに寄ったけど、三分もいやしなかった。カフェだってレイチだって冷めちゃいなかったろう。なあケン、そうだろう」

クラウジオは寄り道したことを咎められていると思っているようだ。

「何故、パウラの家に立ち寄ったんだい」ベッドの上からバンデレイが悪戯をした孫でも諭すような調子で聞いた。

「今朝早く開店準備をしている頃、パウラがやってきてコーヒーをくれっていうからサービスで出してやったんだ」

「それで……」バンデレイは常に冷静だ。

「このところいい客がついたらしく、ドル紙幣でゴルジェッタ（チップ）をくれるって喜んでいた。銀行より少し高いレートで両替を店のドーノ（経営者）にしてもらっていたのさ」

「パウラは景気がいいんだ。うらやましいね。ところでいつもどのくらい換金するのかね」バンデレイは冗談交じりに聞いた。

「いつもは百ドル札一枚なんだが、夕べはよほどサービスがよかったらしく二百ドルもらったようで、ドーノから昨晩の売上金の中から二百ドル分のレアル紙幣を預かったのさ。大金なんで朝食を届ける前にパウラのところに立ち寄って二百ドルをもらい、それから二人に朝食を届けてすぐに店に戻ったよ。ファベーラで俺がラドロン（泥棒）にあって、金を盗まれたって言っても誰も信じちゃくれないからな」皮肉交じりにクラウジオが答えた。

「百ドル紙幣二枚をもらってすぐに店に戻ったわけか」マルセロが確かめるように聞いた。

「いや、それが今朝は五十ドル紙幣や二十ドル紙幣もあり、おまけに一ドル紙幣まであって、それで計算に戸惑ったのさ」

一般的にブラジル人は暗算が苦手で、計算に戸惑っているレジ係に釣銭の額を告げると、「待っていろ、慌てるなよ」と言い返されることがよくあった。ファベーラから学校に通って義務教育を終える人間など、皆無に等しいとマリヤーニが口癖のように言っていた。

「計算しているとき、コーヒーやレイチ、フルーツはどうしたんだ」マルセロが何気なく尋ねた。

「そりゃ地べたに置くわけにはいかないから、パウラの家のテーブルに置かせてもらったよ」

クラウジオの話が終る前に、マルセロはバンデレイの警護に当たっている若い連中に目配せした。二人がパウラの家の方向に向かって走り出した。クラウジオが計算に集中している間に、パウラによって毒物が混入された可能性が高い。

「驚かせてすまなかった。こちらも突然のことで慌ててしまったのさ。気を悪くしないで、明日からまた配達を頼むよ」マルセロが言った。

疑いが晴れたのがわかったのか、クラウジオは「わかってくれりゃいいのさ」と言い残して店に戻って行った。

入れ替わりに両脇から押さえられたパウラがやってきた。

「何をするんだよ。私が何をしたっていうのさ」

パウラは檻に入れられた獣のように苛立ち、今にも噛みつきそうな様子だ。両脇から押さえられたままバンデレイのベッドの前に立たされた。

「落ち着きなさい」バンデレイが険しい表情でパウラを叱責し、小野寺に目で合図を送ってきた。小野寺はクラウジオに説明したことを繰り返した。パウラの表情が一瞬にして変わり、おとなしくなった。

「やはり君なんだね」バンデレイが労わるように聞いた。

パウラは無言のまま何も答えない。

「アドリアーナが知ったら悲しむと思うが、幸いにも被害にあったのは野良猫のフレディーだけですんだ。いったい何故こんなことを君がしたんだね」

バンデレイの声にはパウラに対する怒りよりも憐れむような思いがこめられている。沈黙を続けるパウラにマルセロが熾《おこ》したばかりの炭火が弾けるように尖った声で怒鳴った。

「バンデレイはエストラーダ・ノーバにとっても、いやブラジルの貧しい連中にとって大切な人間だというのはお前も知っているだろう。そのバンデレイを殺そうとしたんだ。どうなるか覚悟はできているんだろうな」

マルセロの顔はそれまで小野寺が見たこともないほど荒々しく、憎悪に燃えたぎっている。

「しゃべりたくなかったらしゃべらなくてもいい」マルセロは仲間に目で合図を送る

と、両脇にいた二人の男はパウラを外に連れ出そうとした。

「ヴォウ・モヘール（殺される）」パウラは周囲に聞えるように叫んだ。

「誰もお前を助けてはくれない。お前は仲間を裏切ったんだ」マルセロが重くくぐもった声で言った。

「止めなさい。そんなことをしても真実は何もわからない」バンデレイの表情は一瞬にして険しくなった。

「しかし、こんなクズみたいな女は何をするかわかったものではない。始末してしまう方がみんなのためになる」マルセロは怒りを抑えきれない様子だ。

「止めなさい」バンデレイは一際大きな声で言った。

険悪な二人の会話に割って入るように小野寺が言った。

「君がアドリアーナの健康のことを思って必死になっているのはわかる。バンデレイだってアドリアーナの命を救おうと思って頑張っているのは君だって知っているはずだ。君のしたことは許されないと私も思う。何故こんなことをしたのか、皆にわかるように説明してほしい」

パウラはしまいには泣き出してしまった。ブラジル人女性が泣き叫ぶのを小野寺は初めて見た。何かを激しく叫んでいるが、小野寺の語学力では到底理解はできなかった。しばらく落ち着くまで誰も手が出せるような状態ではなかった。

「泣いていても仕方のないことだろう。事実を語ってくれないか」バンデレイが頃合を見計らって言った。

　パウラは泣くだけ泣くと、ようやく決心がついたのか話を始めた。

「私を殺したければ殺すがいいさ。その代わり娘のアドリアーナだけは助けてやってほしい。それを約束してほしい」パウラは目を真っ赤にし、目の下には隈ができていた。

「私たちは誰も殺しはしない。アドリアーナだけではなく、すべてのエイズ患者を救うために闘っているんだよ」バンデレイがやさしく言った。

「娘は助けてくれるんだね」マルセロの顔を覗きこむように言った。

「約束しよう」マルセロが答えた。

「サンドラがいい金蔓《かねづる》を紹介してくれたんだよ」

　サンドラもファベーラ出身の街娼だとマルセロが教えてくれた。

「なんでもエイズ患者のデータを欲しがっているという話でさ、エストラーダ・ノーバの患者のデータを盗めば、一千ドルとアメリカのエイズ薬を半年分くれるっていう話だった」

「それで君はそれを盗んだのかね」

「ああ。診療所の棚に保存してあるフロッピーをサンドラに渡したよ。でも二時間後にはコピーして戻しておいた」

深夜、診療所の前でふらついていたパウラを目撃したことを小野寺は思い出していた。

「アドリアーナに飲ませていたのはその薬だったんだね」小野寺が聞くと、パウラは頷いた。

「マリヤーニの家に火を放ったのも君なのか」バンデレイが聞くと否定もせずにすぐに認めた。

「家からは何か盗んだのか」マルセロの口調は取り調べの刑事のようになっている。

「同じようにフロッピーを盗んだ」

「それでいくらもらったんだ」

「一万ドルだよ」

パウラが近くのバールにドル紙幣の換金を頻繁に頼んでいる理由がよくわかった。

「バンデレイを殺していくらもらうつもりだったんだ」

「殺すなんて……。いくらなんでも毒薬とわかっていれば、そんなことはしなかった」

「ウソを言うな」マルセロの言葉に激しい怒気がこもる。

「すべてを話してくれないか」バンデレイが促した。

「強い睡眠薬だって言われたんだよ。バンデレイを眠らせるように薬をカフェとレイチに入れて、バンデレイとできればケンの部屋からすべてのフロッピーを持ち出すように言われたんだ。そうすればアドリアーナを返すって」

パウラは再び泣き出した。パウラを取り囲んでいた連中も予想もしていなかった言葉に息を呑んだ。

「誘拐されたのか」マルセロがいきり立った。

アドリアーナを何日も見かけない理由が小野寺にもわかった。「誰が誘拐したんだ」

「家を焼くなんていうことはしたくないって断ったら、アドリアーナを連れて行かれてしまった。一万ドルは返すって言っても、言われた通りにしなければアドリアーナはどうなるかわからないってあいつらに脅された」

「それで今朝薬を入れるというのは、君を脅している連中は知っているのか」

「もう何日も前からやるように言われたけど、怖くてなかなかできなかった。あいつらも今日のことはまだ知らないと思う」

バンデレイはそれを聞くと、余命を宣告されたガン患者のようにしばらく沈黙し、一点を見つめたまま考え込んでいた。

「マルセロ、ちょっと」

バンデレイがマルセロに小声で囁いた。マルセロはそれを黙って聞き、話が終ると、隣の部屋に行き、電話をかけて戻ってきた。手には数枚のフロッピーが握られていた。

「これは連中が欲しがっているエイズ薬関連のフロッピーだ。これを渡せばアドリアーナは返してもらえるだろう」バンデレイがパウラにフロッピーを手渡した。

「それであなたはどうする気ですか」小野寺が疑問をぶつけた。

「毒薬を飲んで病院に運ばれたというのもいいだろう」

小野寺にはバンデレイの真意が理解できなかった。

「私は毒入りのカフェを飲んで危篤状態に陥り、病院に運び込まれた。そういうことにしよう」バンデレイは落とし穴をしかけた子どものような笑みを浮べた。「パウラもわかったね。君は私に毒を盛った。そのために私は瀕死の状態になって、これから病院に搬送される」

間もなく救急車のサイレンの音が聞えてきた。救急隊員はストレッチャーをバンデレイの家に入れ、それにバンデレイを寝かせると、その上から真っ白なシーツを被せて全体を覆ってしまった。

「さあ、行こうか」

救急隊員は手馴れた手つきでストレッチャーを待機している救急車のところまで運び、車の後部に搬入すると、そのまま病院に向かって走り去って行った。

フェルナンドはパウラが持ち出したフロッピーを分析させた。マリヤーニの部屋から持ち出したものと同じような化学式が並んでいるが、印刷してみるとその枚数は多く、薬の分析が進んでいることをうかがわせた。フェルナンドはそれをミゲルにファックスで送信した。

一時間もしないで電話が入った。

「バンデレイは殺したのか」

「わからん。救急車で病院に運ばれたところまでは確認している。二人ともバーロス・バレット病院で仲良く枕を並べているさ」フェルナンドは突き放した言い方をした。

「すぐ行って止めを刺してきてやろうか」

ミゲルは黙ってしまった。ファックスについては何も詮索してこなかった。彼らもバンデレイというよりも、今後ブラジル政府がどう出るかに関心が移っている。ジョゼー・サルネイ上院議員の法案は提出され、審議に入っていた。

大統領時代には評判の悪かったサルネイ上院議員の提出した法案だが、紛糾することもなく簡単に可決してしまった。下院でも異議を唱える議員はいなかった。有名無実なこんな法案を通して、これからどうするのかとフェルナンドは面白半分に成り行きを見守っていた。

極めつけはエンリケ・カルドーゾ大統領の可決法案への署名と演説だった。

「ブラジル政府は特許のあるエイズ薬剤を分析して、独自のノーブランド抗レトロウィルス薬を開発することにした。二十万人の患者を抱えるブラジル政府がその薬剤に対して支払えるのは製造費用がやっとだ。欧米市場と同等の価格を支出し、すべての患者に薬を提供することは事実上不可能だ。

しかし、だからといって患者の生命と健康を見放すような政策は憲法を踏みにじることに等しい。ファルマブラ医薬品研究所によれば、ブラジルで製造される独自の薬は市価の二〇パーセントで患者に提供できるという。

ブラジルにも特許法は存在する。しかし、我々は国の緊急事態とみなされる場合には、特許よりも強制実施権を優先することを認めている。エイズはまさに緊急事態の範疇に入る、と認識している。

欧米の製薬会社は、我々の計画を頓挫させようと様々な圧力をかけてくることが予想される。なぜなら、一部の薬品については欧米の製薬会社に特許権が存在し、ブラジルのメーカーは特許権使用料を払っていない。

しかし、ブラジル政府は企業の利益よりも倫理を優先する。我々は誰かと争おうとしているわけでもなければ、特許を侵害しようとしているわけでもない。ただ国民の生命と健康を守るためならいっさいの躊躇はしない」

この大統領演説を受けて、ファルマブラ医薬品研究所も記者会見を開いた。

「私たちがやろうとしていることは、利益追求ではない。純粋に社会的なもので、第三世界と呼ばれる国々のモデルとなるべきシステムだ。私たちはバンクーバーで発表された三剤併用療法について、欧米で受けるのと同等の治療を受けられるように準備を整えている」

このニュースは世界に流れた。

アメリカ通商代表はすぐに談話を発表した。

「特許権の問題をエイズ危機と関連付けて、保護主義的手段を正当化しようとしている国々がある。アメリカは、この状況を正すためには、国家として総力をあげ、あらゆる国際法を駆使し、阻止するだろう」

ブラジルとアメリカの製薬会社だけではなく、国家間の紛争の様相を呈してきた。ファルマブラ医薬品研究所は新薬の分析をとっくに済ませ、生産態勢を整えているのだろう。もはやバンデレイやマリヤーニを殺したところで何の意味もない。それよりもメディカル・サイエンス社はフロッピーに保存されているデータが、自社が開発したエイズ薬の分析データであり、それが被験者によって盗まれたものだと世界に公表し、訴訟を起こして特許権を保全することに全力を傾けるはずだ。メディカル・サイエンス社の新型インディナビルはまだ発売前なのだ。

大統領演説の全内容とファルマブラ医薬品研究所の記事を読み終え、新聞を閉じたときに電話のベルが鳴った。ミゲルに間違いないだろう。受話器を取った。

「二人の始末はもういい。それよりも」

途中で言葉を遮りフェルナンドが言った。

「一度引き受けた仕事は最後までやるのが俺のやり方だ。バンデレイの死はまだ確認していないが、毒薬を飲んでいれば生きていたとしても廃人同様だ。マリヤーニは間もなく退院するから、出た直後を狙う」

「無駄な殺しはもういい」

「そちらの事情で契約を取りやめるのなら約束の金を振り込んでくれ」フェルナンドは殴りつけるように言い放った。

「わかっている」ミゲルも最初からそのつもりだったのだろう。「そのかわり頼まれてほしいことがある」

「もらったデータは盗まれた新薬に関するデータのすべてではない。残りを取り戻してほしい」

「ファルマブラ医薬品研究所でも襲撃しろとでも言うのか」

ミゲルは黙り込んでしまった。受話器の向こうで苦りきった顔をしているミゲルの顔が浮かんだ。

「残りのデータとマリヤーニを誘拐してほしい。やり方は君に任せる」ミゲルがようやく口を開いた。

「条件は？」

「前回と同じだ」

「断る」フェルナンドは叩きつけるように言った。

「いくらならやってくれる」

「残金十五万ドルに着手金として新たに二十万ドル、成功報酬二十万ドル」フェルナンドはバールの店員が飲食費を告げるような口調で要求した。ミゲルからは返答がない。「いやなら他へ頼むんだな」

すぐに返事が返ってきた。「わかった。その条件でいい」

「しかし、殺せと言ってみたり、今度は誘拐しろと言ってみたり、何でそんなに仕事内容が変わるんだ」

「こちらにも事情というものがある」ミゲルの声は掠れている。

「ま、こちらは報酬を支払ってくれれば、どんな理由でもかまわんさ。それが俺たちのビジネスさ」フェルナンドはおどけて言ってみた。

「バンデレイが死んだ以上、マリヤーニにはどうしても生きていてもらわなければならない理由ができたのさ。だからどんなことがあっても殺さずに誘拐してほしい。いいな」

ミゲルはこのときばかりは深刻な声で言った。

暗殺から生かして誘拐してくれという依頼に変わったのは何故なのか。新薬の完全なデータはファルマブラ医薬品研究所にあるのは間違いない。それを奪えという依頼ではない。メディカル・サイエンス社は盗まれた新薬がブラジルで生産される現実は認識しているはずだ。

彼らはあくまでもバンデレイやマリヤーニの所持するデータにこだわりを見せている。メディカル・サイエンス社の思惑は霧にかかったようではっきりと見えたわけではない。しかし、ミゲルの依頼は、闇の世界を手探りで生きるフェルナンドの指先に、一瞬だが何かが触れたような気がした。

第十四章　偽りのカルテ

「お父さん、どうしてもオーツカMVが気になるの」

　春奈は応接間のエアコンの温度を少し下げながら言った。七月に入ったが梅雨明け宣言はまだ出ていなかった。もう一度証人尋問が行なわれ、裁判所は夏休みに入る。春奈は朝からずっとカルテを穴でも空きそうなほど見つめている。

　春奈は証拠保全手続きによってカルテが手元に届いてからというもの、オーツカMVが毎日投与されていたという記述に疑問を抱いている。

「私はほとんど毎日のように病院へ通っていたのよ。ずっと付き添っていたわけではないけど、毎日投与されているというのに一回しか見ていないのは変よ」

　春奈はカルテの改ざんを疑っていた。瀬川もオーツカMVについて調べた。

　ビタミンB1の栄養液で、取り立てて問題があるようには思えなかった。ビタミンB1は神経系と精神状態に良い影響をもたらすために「神経のビタミン」とも呼ばれている。糖質代謝に関与するビタミンB1が不足すると、糖を主要なエネルギー源としている脳や神経系に影響があらわれ、脚気、記憶力の低下、注意散漫などがみられることがある。また、全身のエネルギー不足に加え疲労物質（乳酸）が体内に蓄積されることにより、疲労倦怠感、肩こり、腰痛、食欲不振などを引き起こす。

このために亜佐美にもオーツカMVが点滴され、栄養補給が行なわれていたのだろうと、瀬川は考えた。

カルテを注意深く見ると、PNツイン二号も毎日投与されている。

「これはカルテの通り投与されていたのか」

「こっちの薬は私も見ている。丸島先生はこれで亜佐美に栄養を摂らせているって説明していた」

オーツカMVもPNツイン二号も栄養液である。確かに春奈がオーツカMVを話題にしたとき、丸島の顔色は変わった。カルテも素人目にも書き込み方は不自然さがつきまとう。テーブルの上には医学辞典や医学関係の書籍が山のように積まれている。

もし、カルテのように毎日オーツカMVが投与されなかったら、B1が欠乏したらどうなるのか、それを調べてみようと思いついた。B1が欠乏すれば脚気になるくらいの知識はあったが、それ以上のことは見当もつかない。しかも、その知識も膝を叩いて腱反射を確認する脚気の検査で、それほど重要な障害を引き起こすなどとは考えたこともなかった。

初期症状は、疲労、過敏、記憶障害、食欲減退、睡眠障害、腹部不快感、体重減少などで、重度になると脚気や、神経、心臓、脳の異常が起きてくる。反射神経が鈍くなるどころではなく、神経や脳にも影響が出てくるらしい。医学辞典を読む表情が厳しくなる。

脚気には二種類あった。乾性脚気と呼ばれるものは、神経と筋肉の異常を引き起こし、つま先にピンや針で刺されているようなチクチクする痛みがあり、足に焼けるような感覚が生じて夜間に特に激しくなり、脚の筋肉に痛み、脱力感、萎縮がみられる。湿性脚気は心臓の異常を引き起こす。心拍出力が増え、心拍数が増加し、血管が拡張して皮膚が温かく湿った感じになる。心臓は高い拍出量を維持できないため、やがて心不全に至り、脚や肺に水が溜まる。その結果、血圧が下がり、ショックから死に至ることもある。

「高い心拍数や血圧の降下はＢ１欠乏症にあてはまる」

瀬川は思わず呟いた。

「どういうことなの。悪性症候群ではないの？」

春奈が聞いてくるが、瀬川に答えられるはずもない。

説明の記述は一度読んだだけでは理解できない。何度も反芻するように読み返した。

〈ビタミンＢ１不足による脳の異常は、主にアルコール依存症の人に起こる。脳の異常は、アルコールの飲みすぎによって引き起こされるようなビタミンＢ１濃度の急激な低下、あるいは栄養不良のアルコール依存症患者に点滴で栄養を補給したときに起こるようなビタミンＢ１必要量の急激な増加によって、慢性的なビタミンＢ１欠乏症が突然悪化したときに生じる〉

瀬川は「点滴で栄養を補給したときに起こるようなビタミンＢ１必要量の急激な増加」という解説から先が読めなくなった。

「何かわかったんですか」

黙りこくっている瀬川に春奈が話しかけた。その声に我に返り先を読み進めた。

〈脳の異常は二段階で生じる。初期の段階はコルサコフ症候群、後期の段階はウェルニッケ脳症と呼ばれる。両方を合わせて、ウェルニッケ―コルサコフ症候群と呼ばれ、コルサコフ症候群は記憶喪失を引き起こし、ウェルニッケ脳症は精神錯乱、歩行困難、眼の障害を引き起こす。ウェルニッケ脳症はただちに治療しないと、症状が悪化し、昏睡から死に至ることもある〉

瀬川が欠乏症の解説を簡単にした。

「それでは亜佐美は悪性症候群で殺されたのではなくてビタミンＢ１の欠乏症で殺されたとでもおっしゃるんですか」

春奈が尖った声で聞く。

「わからん。だから調べているんだ」瀬川の声にも苛立ちが混じり込む。

瀬川は医薬品辞典を広げた。ＰＮツイン二号についてもっと知りたいと思った。食事を摂ることのできない患者、栄養不良を補う場合などに高カロリー液ＰＮツイン二号の投与は有効であると説明されている。

そして次の一行に瀬川は絶句した。

〈高カロリー輸液療法によるアシドーシス予防のため、一日三ミリグラム以上のビタミンＢ１を必ず併用すること〉

高カロリー輸液を点滴するときは、一日三ミリグラム以上のビタミンＢ１を投与する必要があるのだ。投与しなければ欠乏症を引き起こす。

「お前の言うようにカルテに改ざんが加えられたと仮定すると、亜佐美の体は急激にビタミンＢ１を必要としているにもかかわらず、投与されたのはたった一回、しかも転科する直前にだけだ」

「あの子の疲労倦怠感、食欲不振、それに精神錯乱は欠乏症が原因なの」

「体力的にも衰弱しきった亜佐美に、強引にハロペリドールが投与され、激越な悪性症候群を引き起こしたのかもしれない。いや、絶対そうだろう。俺の想像だが、高カロリー輸液を点滴するときには、ビタミンＢ１を併用するというのは、医者として常識なのだろう。あいつはそれを隠蔽するために改ざんを加えた。そう考える方が自然だ」

　春奈は仏壇の前に走っていき、手を合わせた。

　丸島医師に対する二回目の原告側の尋問が行なわれた。法廷の中はエアコンがきいているはずだが、蒸し暑く、そして息苦しく感じられる。瀬川と春奈はいつものように原告席に座った。間もなく木戸弁護士とともに丸島医師が入ってきて、二人が席に着く。瀬川が丸島をにらみつけるが、意識的に視線をそらしているのか、木戸と打ち合わせをしている。やがて裁判官が入廷した。

「前回に引き続いて、原告側の証人尋問ですね」裁判長が言った。「それでは証人は前に出てきてください」

　瀬川はメモを握り締めて立った。

「落ち着いてお願いしますね」春奈が小さな声で言った。

「今回はハロペリドール以外の薬についてお聞きします」瀬川は自分を落ち着かせるために、相手にわからないように深呼吸を一つした。「ＰＮツイン二号が入院した日から投与されていますが、この薬の効能について説明してください」

「亜佐美さんは入院当初から栄養状態にも問題があり、その後も拒食、咬舌も見られたことから、栄養は点滴に頼らざるを得ませんでした。ＰＮツイン二号一一〇〇ｃｃ

を一日二本、それに生理食塩水一日四〇〇cc一本を投与し、栄養補給をしていました」

「必要なカロリーはPNツイン二号で摂るという考えだったのですか」

「今説明したように咬舌当初は、経口摂取がほとんど期待できませんでした」

「PNツイン二号二本という処置は亡くなる日まで続いていますが、経口摂取はずっと期待していなかったということですか」

「症状に改善が見られれば、当然経口摂取は考えますが、妄想による拒食が認められ、水とかジュース以外は無理でした」

「栄養は高カロリー輸液に依存したということですね」

「そうです」

「では、次にオーツカMVについてお聞きします。カルテによるとこれも毎日投与されていることになっていますが、間違いありませんか」

「カルテに記載されていれば、その通りだと思います」

「家内は毎日病院に通っていましたが、オーツカMVを確認したのは一回しかありませんが、本当に間違いありませんか」

　丸島はズボンのポケットからハンカチを取り出して、汗を拭った。法廷は蒸し暑いが、玉のような汗をかくほど暑くはない。

いている。

「カルテがここにあります。裁判長、カルテを被告に示したいと思います」

瀬川はカルテのコピーを持って、丸島のところに歩み寄った。丸島はさらに汗をかいている。

「オーツカMVの記入ですが、他の記述はまったく同じ間隔、同じ大きさの文字で記されているのに、このオーツカMVに関しては小さなスペースに無理やり書き込んだと思われる箇所がいくつも見られますが、これはどうしてですか」

「どうしてと聞かれても、このスペースしかないから、ここに書いたということだと思いますが……」

「×月〇〇日を見てください。二文字分くらいのスペースに明らかに無理して書いたということが明らかです。こうした箇所が多々見られますが、その日のうちに書くべきことを後になり、思い出して記入するということはあるのでしょうか」

「基本的には、その場その場で記入していきますが、急な呼び出しがあったり、緊急の処置があったりして、記入漏れを後から書くということも起こりえます」

「亜佐美に関してはいかがですか。そういうことはあったのでしょうか」

「一つ、一つ記憶しているわけではありませんが、あったかもしれません」

「その場で書かずに後から書くということはありうるのですね」瀬川は丸島の心を覗

き込むように聞いた。

「はい」

「実際に使用していない薬を投与したように書くことはありますか」

「そんなことはありません」

「異議があります」木戸弁護士が声を荒げた。「質問はカルテに即してやっていただきたい」

「カルテ改ざんの疑いがあるのでそれを質したいと思います」裁判長に視線をやり、瀬川は言った。裁判長からは何の返事もなかった。瀬川は質問を続けた。

「狭いスペースに書き込んだオーツカMVは実際には投与していないのにもかかわらず、死亡後、あなたが書き込んだのではありませんか」

「異議あり」木戸は傍聴人が誰もいない法廷に響き渡る声で叫んだ。「原告の質問は憶測にもとづくものです」

「原告はカルテにそって質問してください」

「裁判長、ここで昨日入手した証拠を提出したいと思います」

瀬川は裁判長の下に歩み寄り、新証拠を差し出した。裁判長、二人の裁判官は瀬川の差し出した証拠に目を通し始めた。

「代理人、来ていただけますか」裁判官が被告席に目をやった。

丸島はサウナ風呂に入ったように汗を流していた。木戸が足早に裁判席にやってきた。

「異議がなければ、証拠として採用したいと思いますが、いかがでしょうか」

瀬川が提出したのは、S医大付属病院が健康保険組合に請求した診療報酬、医薬品の請求明細だった。木戸弁護士は裁判長の心証を考慮したのか証拠採用に同意した。

「ただ、この場での証拠なので被告がすべて答弁できないこともありえることはご配慮いただきたいと思います」

「わかりました」裁判長が答えた。「では原告は質問を続けてください」

「ありがとうございます。ではお聞きします。病院から出された診療報酬、医薬品の明細には、オーツカMVは一回だけで、つまり一日分だけしか出されていません。何故ですか」

丸島は滝のような汗を流している。ウソが露見したと怯えているからなのだろうと瀬川は思った。丸島は汗を拭くだけで何も答えようとしない。

「答えてください」瀬川は回答を求めた。

「何故、そんなことが起きたのか、今、ここで急に聞かれても答えようがありません」

震える声で答えた。

「今、ここで答えられる範囲で結構ですよ」裁判長が促した。

「考えられるのは、事務局の単純ミスの可能性が高いかと……」丸島は今にも消えそうなロウソクのような口調だ。

「ＰＮツイン二号ですが、この高カロリー輸液にもハロペリドールのように添付文書はあるのでしょうか」

「あります」

「教えて下さい」瀬川は丸島を凝視した。

「ビタミンＢ１を一日三ミリグラム必ず併用投与するように書かれています」

「その理由を教えてください」

「代謝性アシドーシスを引き起こす可能性があるからです」

「亜佐美は代謝性アシドーシスを起こしていましたか」

「検査によると呼吸性アシドーシスがメインです。軽度ですが代謝性アシドーシスも認められ、混合性アシドーシスと判断しました」

「呼吸性アシドーシスの原因は何だと思っていますか」

「誤嚥性の肺炎によるものだと理解しています」

「では代謝性アシドーシスの原因は何ですか」

「多臓器不全、腎不全と考えています」

「腎不全が悪性症候群による筋肉破壊によって引き起こされたかどうかは、ひとまず置いておくにしても、代謝性アシドーシスの原因がビタミンＢ１の不足によるものだとは考えられませんか」

「筋肉破壊による腎不全だとも考えていません。またビタミンＢ１不足だとも考えていません」

「何故ですか」

「代謝性アシドーシスに関していえば、血液ガスのデータにその傾向が認められないからです」

「臨床的な症状はどうなんですか」

「特に症状は出ていません」

丸島はウソをついていると瀬川は思った。グレーの背広の襟が汗を吸って黒くなっている。

「質問を少し変えたいと思います。あなたは説明会のとき、妻がオーツカＭＶについて尋ねると、急に怒り始めましたが、何故ですか」

「すみません。よく覚えていないのですが」

「オーツカＭＶの投与は一回しか見ていないのに、毎日投与したことになっていることに疑問を感じて、あなたにその点を尋ねると、あなたは顔色を変えて怒り出したんです。これでも覚えていませんか」

「そんなことがあったのなら、ここでお詫びしますす」

「そんなことを聞いているのではありません。何故、怒ったのかを聞いているんです」

「わかりません」

「本当は一回しかオーツカMVを投与していないことを、妻に見破られたから怒ったのではありませんか」

「異議があります。原告の質問は憶測にもとづくものです」木戸弁護士が瀬川の質問を遮った。

「裁判所からもその点について質問があります」

木戸弁護士も丸島も一瞬、体が凍りついたように身動き一つしない。

「オーツカMVのカルテ記載と請求漏れですが、カルテに書き忘れ、後で書き込んだということは実際にあるのですか」

「その可能性はあると思います」

「請求漏れですが、ビタミンB１は保険で点数にならないと思ったということはありませんか」

「それはありません」

「わかりました」裁判長は一呼吸おいてから言った。

「もう一点質問します」瀬川の声が法廷に響き渡った。「亜佐美は悪性症候群とビタミンB1の欠乏症で、あなたが予想もしていない重篤な症状に陥っていた。最後になってビタミンB1を投与していないことに気づいて慌てて、転科前日に投与したというのが現実ではないのですか」

すかさず木戸弁護士が反論する。「異議あり。先ほどから注意しているように原告の質問は憶測によるものです」

丸島は汗を拭くばかりで何も答えなかった。

「今回の法廷はそろそろ時間です。次の法廷で結審したいと考えているのですが、いかかでしょうか」

「原告側から新証拠が提出されたので、それについて次回弁護側で尋問したいと思います」

「原告側はいかがですか」裁判長が瀬川の意向を尋ねた。

「現在、新たな証拠を提出すべく調査をしています。今回、まだ十分な証人尋問ができたと思えないので、次回は今回質問できなかったところを聞きたいと考えています」

「わかりました。次回は原告側、被告側双方それぞれ一時間の尋問を用意します。なお原告側から新たな証拠が提出されない場合は、次回で結審の予定でいます」裁判長はいっさいの要求をはねつけるような口調で言い切った。「それでは今日はこれで閉廷します」

「起立」書記官の声が法廷に流れた。

第十五章　銃撃戦

マリヤーニの回復は想像していたよりも順調に進んだ。エイズ薬無料配布法案が可決し、ファルマブラ医薬品研究所が三剤併用療法の薬を生産できる態勢にあることを表明してからは、マルセロはピラニアが生息する川を渡るような緊張感からは解放された。

〈国家がジェネリック薬を生産すると表明した以上、マリヤーニを殺す理由などもはやない〉

バンデレイもバーロス・バレット病院に搬送され、そこで死亡したという情報を流しているが、実際はかつての仲間の家で静養している。バンデレイがファベーラに戻ってくる日もそれほど遠くないとも思った。

しかし、アドリアーナはフロッピーを渡したにもかかわらず、身柄は解放されなかった。彼らの魂胆がどこにあるのか、まったく見当も付かなかった。パウラはもはや半狂乱で、毎日泣き暮らしていた。

「私がバカだった。薬と金につられたばかりに大切な娘を殺されてしまった」

すでにアドリアーナは殺されてしまったかのような狼狽ぶりだ。誘拐を知ったマリヤーニは、仲間の医師が制止するのを振り切って退院した。

マルセロは友人の家に匿われているバンデレイと連絡を取りながら、アドリアーナの奪還に向けて動き始めていた。金やエイズ薬をパウラに渡していたのは、フェルナンドだということを突き止めていたマルセロは、サンドラを通じてアドリアーナを解放するように求めていた。サンドラは悪気があったわけではないが、母と娘を引き裂く結果になってしまったことを悔いていた。

フェルナンドは意外にもマルセロと自宅で会うと言ってきた。条件は一人で来ることだった。

小野寺もマリヤーニも、そしてバンデレイもあまりにも危険すぎると、フェルナンドとの直接交渉には反対をした。

「あんな高級住宅街に住んでいるフェルナンドが、俺を殺したところで一銭の得にもならない。アドリアーナを解放するように言ってみる。フェルナンドの正体もわかるし、背後関係も少しは見えてくると思う」

マルセロはベルトの後ろに拳銃を挟み、指定の高級住宅街に向かった。フェルナンドと会いたいと思ったのは、エストラーダ・ノーバから飛び出したフェルナンドという少年が、いまやベレンの闇社会を牛耳るだけの権力を手中にしたと噂で聞いていた。そのフェルナンドの正体を自分でも確かめたいという思いがあった。

バンデレイの車で指定された高級住宅地に向かった。広大な敷地は高い壁とさらに高電圧の電線が張られ、外部からの侵入を防いでいる。出入口は三ヵ所あり、すべて二十四時間体制で軽機関銃を装備したグァルダによって厳重に警備されている。

出入口で車を止めると、グァルダが訪問先を聞いてきた。「フェルナンドに呼ばれている」

グァルダは詰め所からフェルナンドに電話をかけているようだ。確認が取れると、「二つ目の交差点を右折し、左側三軒目の家だ」と教えてくれた。高さ二メートルはある鉄製の門扉がゆっくりと開いた。

真っ直ぐに広い道が伸びていて両側には瀟洒《しょうしゃ》な家が建ち並んでいる。マルセロにとってはまるでメルヘンの世界が目の前に広がった。両側の家には塀などはなく、庭は一面緑の芝生で、道路から家までのアプローチには色とりどりの花が咲いていた。大きな椰子の木がそそり立っている家もあった。庭にプールを作り、その家に住む子どもが何の屈託もなく泳いでいる。

フェルナンドの家の壁は淡いブルーで塗られていた。道路から家の横に建てられたガレージにアプローチが伸びていた。そのアプローチにマルセロは車を入れた。庭は緑の芝生におおわれているが、観葉植物などは何も植えられていなかった。インターホンのベルを鳴らした。「エントラ（入ってくれ）」という声と同時にドアのロックを開錠する音が聞こえた。

　ドアを開けて入ると、応接間になっていて、部屋の隅にカウンターが設けられて、その前には椅子が五脚ほどあった。棚には世界の銘酒が並べられていた。部屋の真ん中に半円形の白いソファーが向き合うように置かれ、中庭のプールは陽射しを反射して鏡のように輝いていた。

「よく来てくれた」フェルナンドは背中をマルセロに向けたまま言った。「そんなところに突っ立っていないで、こっちへきて来て「遠慮しておく。それよりもアドリアーナを返してほしい」

「まあ、そう堅いことを言わずに顔でも見せてくれ、マルセロ」

　声と後ろ姿だけで正体はすぐにわかった。「やはりお前か。俺の顔を見たからといって、状況が変わるわけでもないだろう。フェルナンド」

「わかっていたのか」

　フェルナンドは立ち上がり、マルセロの方に歩み寄ってくる。どちらからともなく握手を交わした。

「お前があのオカマ議員の片腕として活躍しているというのは、時々新聞で読んで知っていたよ」

「十数年ぶりに会ったというのに、そんな言い方はやめろ」

マルセロはソファーに座った。フェルナンドは冷蔵庫からビールの缶を二つ持ってきて、一つをマルセロに渡した。マルセロはそのビールで喉を潤すと言った。

「何が目的なのかは知らないが、アドリアーナには何の罪もない。返してもらおうか」

「条件がある。メディカル・サイエンス社から盗んだ新型エイズ薬の分析データを返してもらいたい」

「パウラからお前の手に渡っているはずだが」

「一部が欠落しているとメディカル・サイエンス社が言っている」

新薬の最も重要なデータは、バンデレイとマリヤーニの二人で分割して所持していた。そのデータにこそリカルドが命がけで分析しようとしていた「聖なるダイミ」の秘密が保存されていたのだ。すでにバンデレイのデータはメディカル・サイエンス社の手に渡っている。マリヤーニが隠し持っていたデータを与えれば、新型インディナビルのすべての分析結果が揃う。

「わかった。それと引き換えにアドリアーナを返してもらおう。しかし、あのデータはすでにファルマブラが解析し、企業秘密としての価値などまったくないぞ」

「そんなことは俺には関係ない。クライアントの要望に応えるのが俺の仕事さ」

「誘拐も殺人もお前の仕事か」

「まあな」

「立派な家だが、何人殺して手に入れたんだ」

「勘定したことなどないさ」フェルナンドはビールを一気に飲み干してから答えた。「それに俺はお前のように人のために生きるなんていうことはいっさいしない。長生きしたいとも思わないし、いずれ野垂れ死にする運命だと諦めもついている。その代わり死ぬまでは好きなことをするつもりだ」

「アドリアーナは元気なのか」

「心配する必要はない」

「では、明日にでもフロッピーをここへ持ってくる。アドリアーナを返してもらおう」

「この家に入ったのはお前が最初だ。部下にも俺がここに住んでいることは知らせていない。明日の夕方、ファベーラに子どもは届ける。それまでに準備をしておけ」

「わかった」

　マルセロは帰る支度を始めた。

「お前、本気でファベーラの人間が救えるとでも思っているのか」

「俺がどうしようと余計なお世話だ。劣悪な環境に育ったからこそ見える希望だってあるんだ」

「そうか。俺は闇の中にしか安息はないと思っている。昔のよしみで教えておく。正義なんていうものは実際には存在しないものさ。正義面してバンデレイを支援しているヤツの中にも悪人が多い。河に浮いたアントニオがそのいい例だ」

アントニオは下半身を銃で吹き飛ばされていた。

「彼を殺したのもお前なのか。何故だ」

「いずれお前にもわかるときが来るさ。安っぽい希望よりもどす黒い欲望の方が人間を強くするっていうことが。楽しみにしていればいい。さあ、帰ってくれ、話はここまでだ」


マルセロはファベーラの連中に警戒するように呼びかけた。しかし、相手が発砲しない限り、絶対に銃を撃つなとも付け加えた。夕方、ようやくその日の暑さも峠を越え、灼熱の太陽が沈みかけた頃だった。ファベーラの入り口前にタクシーが止まった。

夕方から深夜にかけて、ファベーラの子どもたちは家から出てきて、小遣い稼ぎを始める。交差点の信号待ちで止まった車の窓を勝手に拭いて、小銭をもらうのだ。窓拭きに小銭を与えなければ、釘でボディに傷をつけられる。そんなのはまだいい方で、夜は窓拭きもせずに、時計やネックレス、ピアスが奪われる。ファベーラ近辺の深夜の交差点は、信号無視が常識だ。信号無視して事故に遭遇する確率より、停車して強盗に出くわす確率の方がはるかに高いことを皆知っているからだ。

止まったタクシーに、車の窓拭きの子どもや、することもなく道路端に座り込んでいる老人らが一斉に目をやった。最初に降りてきたのはフェルナンドだった。その後にアドリアーナが出てきた。二人が降りると、タクシーは猛スピードで走り去って行った。

アドリアーナは監禁されていたというのにフェルナンドと手をつなぎ、楽しそうにファベーラに入ってきた。豪勢なフェルナンドの家かあるいはどこかのマンションで、ぜいたくな生活をさせてもらっていたのだろう。怯えている様子などまったく感じられない。小野寺も拍子抜けした。

真っ白なポロシャツにアイロンのかかったブルーのズボン、サングラスという姿のフェルナンドにも緊張感はないようだ。ファベーラに住む者でないことは一目瞭然で、好奇な視線が彼に向けられた。それを気にするでもなく、フェルナンドは老人に話しかけた。

「おい、マリオのジイさん、俺のことを覚えているか」

フェルナンドは見覚えがあるのか、マリオに話しかけた。黒人だが、髪は真っ白で、その白さが際立って見える。マリオは突然話しかけられ、誰なのかわからない様子だ。

「俺だよ、ジイさんからパンをもらって食っていたフェルナンドだよ」

マリオは目を細めてフェルナンドをまじまじと見つめた。

「マグリーニョ（痩せっぽち）のフェルナンドか……」

「やっと思い出してくれたのか」

フェルナンドが握手の手を差し出すと、マリオは両手でその手を握り、

「おまえ、見違えるほど立派になったな」

と、つま先から頭のてっぺんまで舐めるように見回した。なかなか手を放そうとしないマリオに「用事があるから、またな」と手を振り払ってファベーラの中に入ってきた。

マルセロがそれ以上中へとは踏み込ませないように立ちはだかった。

「約束のものだ」

マルセロはフロッピーをフェルナンドに渡した。

「子どもは返したぞ」

フェルナンドは一瞬厳しい表情を浮かべたが、すぐに柔和な顔に戻り、しゃがみこんでアドリアーナに話しかけた。

「今日はこれで帰るから、また会おうな」

「チャオ、チオ・フェルナンド（さようなら、フェルナンドおじさん）」

アドリアーナはフェルナンドの頬にキスをした。

最悪な事態になれば、銃撃戦になるとマルセロは想定していたようだが、フェルナンドがまさか一人で乗り込んでくるとは予想もしていなかった。人質と要求されたフロッピーの交換は十分もしないで終了した。

家の陰に隠れていたパウラが飛び出してきてアドリアーナを抱きしめた。フェルナンドが一瞬足を止めて後ろを振り返った。突然水をかけられたような顔をしたが、すぐにファベーラを出て行った。

マリヤーニはいてもたってもいられなかったのか、病院を強引に退院し、エストラーダ・ノーバに戻ってきてしまった。バンデレイの家で生活を始めた。周辺にはバンデレイを慕う連中が住み着き、警備の面ではいちばん安心できるが、それでもマルセロには不安が影のようにさし、一人神経をすり減らしていた。

マリヤーニは瀕死の重傷を負ったとは思えないほど元気だった。戻った翌日から診療所で働き始めた。マリヤーニが戻ったことを知ると、たいした病気やケガでもないのに、老人や子どもが診療所に詰めかけた。ボランティアとケンの診察も板についていたが、やはりマリヤーニが戻ると診療所が明るくなったように感じられる。

パウラもアドリアーナが戻り、穏やかな顔をしている。マルセロはときおりパウラの家を訪ねて、どんな生活をしていたのかアドリアーナにそれとなく聞いてみた。母親がいても、夜はほとんど毎晩一人で過ごしていたせいなのか、母親と別れて暮らしてもことさら寂しい思いをした様子も見られない。

「大きいアパルタメントでエンプレガーダがいつも食事を作ってくれたの」

ファベーラで暮らしていた頃より血色もよく、体格もよくなっている。十分な食事が与えられていたのだろう。

「チオ・フェルナンドのプール付きのカーザ（家）にいたんじゃないの」念のためにマルセロが聞いた。

「ノン。カーザじゃなくてアパルタメント、窓から河が見えた」

ベレン市内のアパートで軟禁状態にされていたのだろう。

「チオ・フェルナンドが時々パッシア（散歩）に連れて行ってくれた」

アドリアーナはフェルナンドに親しみを覚え、完全になついていた。
二、三日もするとエストラーダ・ノーバはバンデレイが不在なだけで、あとはすべてが元通りに戻った。しかし、マルセロはファベーラの入り口とバンデレイの家には、二十四時間体制で見張りを配置していた。特に夜は監視を厳しくするように命令した。
照りつける太陽の陽射しと蒸れるような湿気に、人間も動物もすべての生き物の動作が緩慢になるベレンの昼下がり。こんなときに汗を流せば十分もしないで熱中症にかかってしまう。そんな時間帯に銃声の乾いた音がファベーラの入口から聞えてきた。

もうすぐ午後の診療が始まる。マリヤーニがその準備に追われている頃だ。銃声が接近してくる。小野寺は寝泊まりしている家から診療所に駆け込んだ。アドリアーナも診療所にきていた。自動小銃を発射する音がさらに近くなる。それも複数の銃から発射されているようだ。悲鳴もその音に混じって聞えてくる。

自動小銃や拳銃で武装した集団が空に向けて銃を撃ちながら、診療所に近づいてきた。窓から外を見ると、遠くのほうに人が倒れているのが見えた。警備していたファベーラの若者だ。武装集団を指揮しているのはフェルナンドだった。

「マリヤーニ、無駄な殺し合いはしたくはない。出てきてくれないか。君に会いたいという連中がいるんだ」

フェルナンドは小ばかにしたように薄笑いを浮かべている。

銃声が響いた。家の陰からフェルナンドを狙って誰かが銃を撃ったようだ。フェルナンドは、銃声のした方に視線をやった。

「黙らせろ」

フェルナンドが部下に命令すると、自動小銃を持った三人が銃を乱射しながらその方向に向かった。抵抗もできずに隠れていた男は家から診療所の前に引き出された。まだ少年のようなあどけなさを残す若者だった。

「殺せ」フェルナンドは何のためらいもなく言った。

「止めろ」マルセロの声だ。異常を知って駆けつけてくれたのだろう。武装した連中の銃口が一斉にマルセロに向けられた。

「オー、アミーゴ。いたのか」フェルナンドはおどけた声を上げた。

「約束のものは渡したはずだ」

「確かにフロッピーはもらった。今回は新たなビジネスなんだ。悪く思わんでくれ」

フェルナンドは嘲笑《あざわら》うように言い放った。

「こいつはマリヤーニを誘拐しようとしているんだ」

三人に銃をつきつけられている若者が必死に叫んだ。

「おい、静かにさせろと言ったのがわからんのか」

フェルナンドが部下を詰ると、部下の一人が小銃の引き金を引いた。数発の発射音がした。若者は体を突き飛ばされたようにして仰向けになって倒れた。瞬く間に全身が鮮血に染まっていく。悲鳴が診療所から響いた。

「何の罪もないこんな少年を殺して……。私の命がほしいならあげるから、今ここで殺しなさい」

マリヤーニは小野寺が制止する間もなく診療所から飛び出してしまった。マリヤーニをかばうようにマルセロが前に立ちはだかる。

「命を奪おうとは言わないさ。一緒にきてほしいだけさ」

フェルナンドが答えた。

「彼女は関係ないだろう」マルセロが割って入る。

「アミーゴ、邪魔をしないでくれ」

「アミーゴだったのはちょっと前までだ。仲間を殺したヤツからアミーゴなどとは呼ばれたくない」マルセロが吐き捨てる。

「そうか。俺とお前はもうアミーゴではないのか」一呼吸して、それまでとはまったく違って表情のない顔に変わった。「では、邪魔をすればお前も遠慮なく殺す」

フェルナンドは部下に目で合図を送った。

一人がマリヤーニに銃を向けながら近づいた。全員の視線がマリヤーニに向けられた刹那、マルセロはベルトの背後に差しておいた拳銃を取り出し、フェルナンドに向けた。

「止めろ。マリヤーニに手を出せば、フェルナンドを撃つ」

一瞬の間隙をつかれ、フェルナンドの部下は呆然としている。フェルナンドが舌打ちした。

「いいからやれ」フェルナンドが怒鳴った。同時だった。マルセロの拳銃が火を噴いた。フェルナンドは左肩を押さえながらよろめいた。部下が駆け寄って支える。

「俺よりも早く、そして正確に撃たなければ、お前たちのボスは確実に死ぬ。いいな」

マルセロはフェルナンドの部下に向かって怒鳴った。

マリヤーニを助けなければと思うが、小野寺の体は硬直し、金縛りにあったようで動かない。アドリアーナが部屋の隅で縮《ちぢ》こまっているのが見えた。

「じっとしているんだよ」

コクリと頷いた。「ケン、マリヤーニを助けてあげて」

喉が渇く。水が飲みたい。焼けた火箸《ひばし》を突っ込まれたように喉の奥がやける。

〈どうやって助けろというんだ〉

敵は全員銃で武装している。のこのこ出て行けば蜂の巣にされるのは明らかだ。

武器になりそうなものはないか、診療所の中を見渡すが、メスしか見当たらない。

メスを一本尻のポケットに忍ばせた。

時間が経てば経つほど、彼らは不利になる。すでに周辺にはファベーラの住人が集まり始めてきていた。

〈もっと人が集まれ〉小野寺は心の中で祈った。

しかし、フェルナンドは左肩を押さえながらマリヤーニのところへ歩いていこうとした。

「止まれ。今度はもう少し下を狙って撃つぞ」

フェルナンドが足を止め、マルセロを睨みつけた。

「撃つがいい。脅そうとしても無駄さ。俺が怖いもの知らずだというのは、お前がいちばんよく知っているはずだ」

マリヤーニに一歩一歩近づいていく。マルセロは躊躇うことなく二発目を撃った。右肩を突き飛ばされたようによろめいたが、今度は倒れなかった。

「狙いが外れたようだな」フェルナンドが不気味に笑ってみせた。

部下たちはどうしていいかわからずに銃口をマルセロに向けたままだ。

「お願い、ケンはマリヤーニの恋人でしょ」

アドリアーナと小野寺の視線が絡み合った瞬間、診療所のドアを飛び出して、フェルナンドにタックルをした。小野寺とフェルナンドが絡み合って地面を転がった。「逃げろ」日本語で叫んだ。マリヤーニが弓に弾かれたように診療所に駆け込んだ。

マルセロは銃をフェルナンドに向けたが、激しくもつれる二人に発射することはできない。フェルナンドの部下の一人が逃げたマリヤーニに小銃を発射した。フェルナンドが「撃つな」と大声で叫んだ。

フェルナンドの注意がそれた隙を狙い、小野寺はもつれながらもフェルナンドの背後に回りこみ、柔道の締め技のように右腕を首に回し、まるでスクリ（アナコンダ）のように締め上げた。両肩を撃たれたフェルナンドは抵抗ができない。フェルナンドの顔色が変わっていくのがわかる。ポケットからメスを取り出し、フェルナンドの首に突き立てようとした。

部下の一人が慌てて近づき、銃床で小野寺の後頭部を叩いた。小野寺はその場に倒れ込んだ。マルセロの銃口はずっとフェルナンドに向けられている。立ち上がったフェルナンドの上半身は両肩から出血した血で真っ赤に染まっている。

フェルナンドは小野寺を失神させた部下から銃を取り上げると、マリヤーニに発砲した部下のところに行き、「あれほど生かして捕まえろと言ったのに、このマヌケ」と怒鳴ると、相手の額に向けて引き金を引いた。

水道の蛇口から水が流れるように血を噴き出し、カッと目を見開き、驚いた表情のまま体を硬直させて後ろへと倒れた。

誰かが通報したのか、銃声を聞きつけたのか、パトカーの音が接近してくる。

「マルセロ、この借りは必ず返す」

フェルナンドは部下に囲まれながら、ファベーラから走り去って行った。マルセロは小野寺に走りよって体を起こした。

「大丈夫か」

小野寺が頭を触ると、手のひらは血で染まった。

「マリヤーニは無事か」

診療所のほう見た。

「助けて、誰か来て」マリヤーニの悲鳴が聞えた。

マルセロと小野寺は診療所に駆け込んだ。背中を入り口に向けてマリヤーニが床に座り込んでいた。左肩から背中にかけて血が滲んでいるが、それほどの出血量ではない。診療所は板切れで作った小屋に過ぎない。自動小銃を乱射され、文字通り蜂の巣状態だった。部屋の中は板切れや消毒用アルコールの瓶が割れて散乱している。

「大丈夫か」

近づくと、マリヤーニは子どもを抱きかかえていた。

「しっかりして……」泣きながら子どもに話しかけた。

アドリアーナは乱射した小銃の流れ弾を被弾したようだ。胸部は真っ赤で、さらに出血がひどくなっているのか、血がしたたり落ちそうな状態だ。

小野寺はベッドの上に散らばっている木片や瓶のカケラを手で払い、アドリアーナをベッドに寝かせた。意識はなくぐったりとしている。

「君は外科の手術ができるか」

診療所の外で身を隠していたボランティアの医師に聞いた。

「専門は内科で、とても外科手術なんてできません」

顔面蒼白で体を震わせている。とても手術ができるような状態ではない。マリヤーニが左肩を押さえながら立ち上がった。

「ケン、あなたがやるしかないのよ。救急隊を待っていたらアドリアーナは死んでしまう」

「僕だって外科の経験なんかさほどない。自信がない」

「私の指示通りにやって」マリヤーニはベッドの横にふらつきながら歩いてきた。

「しかし、僕はブラジルで医療行為はできない。わかっているだろう」

マリヤーニは悲痛な顔をして言った。

「法を破ってこの子を助けるか、法を守ってアドリアーナを殺すか。そんなこともわからないで医師をしていたなんて……。見損なっていたわ。どいて」

マリヤーニは止血のために左肩に押し当てていた右手で、小野寺を押しのけようと顔に突き当てた。小野寺の頬にマリヤーニの血の手形がくっきりと残った。小野寺は呆気に取られ、その場に立ちすくんだ。

「俺からも頼む。アドリアーナを助けてやってくれ」マルセロが拳銃を握ったまま、小野寺の胸倉を掴んだ。

小野寺はアドリアーナを見た。ピクリとも動かないが顔だけは苦悶の表情を浮かべている。マリヤーニが片腕で手術の準備を始めている。

「どけ、俺がやる」

小野寺がマリヤーニをどかした。棚にあるピンガを取った。「マルセロ、頼む」

マルセロは蓋を開け、小野寺の両手にかけた。手を洗うと、診察用の机の引き出しから袋を取り出し、マリヤーニが待機していた。手術用のゴム手袋をするとベッドの横に行った。

「あなたたちも手伝って」マリヤーニの声に怯えていたボランティア医師が小野寺の横にやってきた。

「ハサミ、それにメスと鉗子《かんし》を出して」

ボランティアの一人が小野寺のやったようにピンガで手を洗い、手術用の手袋をはめた。煮沸されたハサミ、メス、鉗子を揃えた。ボランティア医師からハサミをもらうと、ハサミでアドリアーナの衣服を切り裂き、上半身を裸にした。

「君は生理食塩水の用意を」ボランティアに指示を出した。

アドリアーナの胸は血で真っ赤に染まっている。生理食塩水で血を流し落とした。

「右乳頭部の数センチ上に被弾の痕、第四肋骨と第三肋骨の間だ」

小野寺が確認するように言った。傷からは肉片が露出し、そこから血が噴き出している。弾は傷口から肉を抉り取るように中に食い込み、傷の深さがわからない。

「メスをくれ。まず創縁《そうえん》切除だ。モルヒネはあるのか」

マリヤーニがボランティア医師に目をやると、「これだけです」と一本のペチジン・アンプルを取り出した。

「仕方ない。それを使う」

　ボランティア医師がペチジンのアンプルの蓋を切り、注射器に吸い込んだ。「用意ができました」

　ペチジンの鎮痛効果はモルヒネの十分の一、速効性はあるが効果消失もモルヒネよりずっと速い。

　小野寺はアドリアーナに注射した。針を刺したとき、微かに筋肉が反応した。

「アドリアーナ、頑張るんだよ」

　小野寺は傷口の周囲に盛り上がった肉片をメスで切り落とした。ペチジンが効いているのか、アドリアーナは意識を失ったまま動かない。

「深いの」マリヤーニが聞いた。

「この出血量だと、外側胸動脈に達しているかもしれない」小野寺が言った。

「そこで止まっていてくれるといいけど……」マリヤーニが心配そうにアドリアーナの表情をうかがっている。

「ケン。傷口の中心部からメスの先端が弾にぶつかるまで入れて」

　小野寺はメスを傷口に垂直に立ててそのまま挿入した。三センチほどの深さでメスが異物にぶつかった感触がした。「弾に達したようだ」

「そのままメスを下に一センチ下げて」

小野寺は大胸筋の胸肋部《きょうろく》にメスを入れた。激痛があったのか、アドリアーナが目を開いた。

「押さえて」マリヤーニがボランティア医師に叫んだ。ボランティア医師とマルセロがのしかかるようにして、足をばたつかせるアドリアーナを押さえた。

「ドイ、ミ・アジューダ（痛いよ、助けて）」アドリアーナは悲しげに叫んだ。

「鉗子を使って、傷口を開いて見せて」

マリヤーニの声に小野寺が傷口を開いた。アドリアーナは押し潰されるような悲鳴を上げた。

金属の光沢が見えた。「肺に達していないようね。この深さなら、あとはピンセットでつまみ出せるはず」

小野寺はピンセットを掴んだ。泣き叫び、暴れようとするアドリアーナの顔にキスでもするかのように近づいた。

「痛いかもしれないけど、少しの間がまんしてくれるね。きっと治してやるからね、いいいね」

一瞬、アドリアーナが静かになった。

「弾には筋肉や肉片がこびり付いているから、しっかり挟んで取り出さないと出てこないから注意して」マリヤーニが摘出するときのコツを教えた。

ボランティア医師に鉗子を使って傷口を広げさせた。ひしゃげた銃弾が現れた。ピンセットではさむと金属と金属が触れ合う音がした。力を入れて引き出すが、ピンセットから弾が外れた。

押さえ込まれているアドリアーナが体をよじろうとした。

「もっと力を入れて」マリヤーニの苛立つ声が響いた。

二度目はピンセットをさらに深く差し入れた。力を込めて弾をはさみ、一気に引き上げた。肉片がこびり付いた弾がピンセットに挟まれている。

「縫合《ほうごう》の用意をして」マリヤーニの声にボランティア医師が針と糸を小野寺に渡した。

縫合が終る頃、救急車の音が近づいてきた。

「よくがまんしたね。いい子だ」

アドリアーナがうっすらと目を開いた。笑おうとしたが、すぐにまた意識を失った。

第十六章　奪還

救急車のサイレンが止んだ。間もなくストレッチャーを押しながら救急隊がやってきた。血塗れのマリヤーニにすぐに気がついた。

「ドットーラ、大丈夫ですか」

救急隊の隊員とマリヤーニは顔なじみなのだろう。

「私は大丈夫よ。それよりもこの子をバーロス・バレット病院に搬送してあげて」

「わかりました」隊員が答えた。

隊員は手術用のベッドからストレッチャーに静かに移しかえた。

「ドットーラも一緒に行ってください」

「私よりもパウラを乗せていってあげて。私は後から行くから」

「それなら私の車で病院に行きましょう」心配そうに成り行きを見つめていたベネジットが言った。銃撃戦があったことを聞きつけて、いち早くベネジットは駆けつけてくれたらしい。いつの間にか診療室に来ていた。

ベネジットは殺されたアントニオの親友で、ベレン市内でホテルやレストランを経営する篤志家《とくしか》だった。

「そうしてもらえると助かるわ。ケンも一緒に来てくれる」

「では行きましょう」

ベネジットに促されて、小野寺はマリヤーニに肩を貸した。

「マルセロ、後のことは頼んだわよ。この傷だったら入院するまでもないからすぐ戻るわ」

相変わらずマリヤーニは強気だ。銃撃戦が展開され、自分が誘拐されそうになっても、まるで恐れている様子はない。

「さっきはありがとう。でも、あんな無茶はしないで、お願いだから」マリヤーニはベネジットの車に乗り込む前に言った。

「無茶をしているのは君の方だろう」小野寺は言い返した。

二人が乗り込むと、ベネジットが車を走らせた。ファベーラの前の道をベレン市内に向かった。最初の交差点に差しかかった。信号は青だ。しかし、ベネジットはスピードを落とし、交差点で止まった。後続車がクラクションを鳴らした。

止まった瞬間、物陰から若い男が駆け寄り、助手席側のドアを開け、勝手に車に乗り込んできた。男は後部座席の二人を見て、「うまくいったようですね」とベネジットに言った。

「誰なの、この人」マリヤーニが苛立つ声で聞いた。

「アミーゴのエジルソンだ」

ベネジットは素っ気ない。車はスピードを上げた。しかし、バーロス・バレット病院とは違う方向に向かって走っている。

「どこへ行く気なの。降ろして」マリヤーニが叫んだ。

助手席に座った男が後部座席の方に振り向き、隠し持っていた拳銃をマリヤーニに向けた。

「少し静かにしてくれないか」ベネジットが運転しながら煩わしそうに言った。

「どこへ連れて行く気なの」

「会わせたい人間がいるのさ」ベネジットは噛み殺したような笑みを浮かべた。

マリヤーニが何かを言おうとしたが、小野寺はそれを制するようにマリヤーニの手を握り締めた。

車は市内を抜け、郊外に出た。幹線道路を十分ほど走り、砂糖黍《さとうきび》が生い茂る畑の中へと入って行った。道は収穫用のコンバインが通るための道で、両側は三メートルにも達する砂糖黍だ。畑はなだらかな起伏が続き、行き着いたところにはコロニア風の大きな家があった。家の横には池があり、数羽のアヒルが気持ちよさそうに泳いでいる。

車から降りると、マリヤーニと小野寺は助手席の男に銃を突きつけられたまま家の中に連行された。入り口の前には自動小銃を肩に掛けた背の高い男が立っていた。太陽はようやく西に傾き始めたが、熱気と湿気が体にまとわりついてくる。しかし、家の中はクーラーがきいているのか、ひんやりするほどだ。床は白のタイル張りで、すべての窓のカーテンは閉められていて、外の光はほとんど入ってこない。

スーツにブルーのワイシャツ、太い首に苦しそうにネクタイを律儀に結んだ男が部屋の中ほどに置かれたソファーに座っていた。

「君たちも座って冷たいものでも一杯飲んでくれ。話はそれからだ」

スーツ姿の男が言った。ベネジットはその男と握手を交わした。

「紹介しよう。メディカル・サイエンス社ブラジル代理店の顧問弁護士、ミゲルだ」

マリヤーニも小野寺も言葉がでない。

「どうして私がメディカル・サイエンス社と繋がっているのかって聞きたいんだろう」

ベネジットが笑いをこらえるようにして言った。

「エイズ治療薬の被験者を務めてもらっていた」ミゲルはベネジットとの関係をあっさりと認めた。

「アメリカのエイズ薬を定期的に提供してもらっていたのさ。もちろんメディカル・

サイエンス社の薬も含めて。その代わりにと言っては語弊があるが、彼らが必要とする情報を提供していたというわけだ」

殺されたアントニオとベネジットの二人も同性愛者だった。経済的には恵まれていてアメリカからエイズ薬を取り寄せ服用していた。マリヤーニは今後のために二人から副作用について問診を続けてきたのだ。

「患者を金儲けの材料としか考えていないこんな連中に、バンデレイたちの情報を提供していたのか」小野寺が突き刺すように言った。

「この裏切り者」マリヤーニは今にも飛びかかりそうな勢いだ。

「何を言っているのだ。我々の資金援助があってこそ、君らは活動できたのではないか」

メディカル・サイエンス社がエイズ薬をエサに籠絡《ろうらく》させたのだろう。ベネジットはバンデレイの古くからの友人と紹介されていた。その友人がバンデレイを裏切るなどとはマリヤーニは想像もしていなかったのだろう。恐ろしい形相でベネジットを見据えている。

「リカルドが新薬の分析を担当しているという情報を、こいつらに流したのもあなただったのね」

リカルドは時々、リオからベレンにやって来ては新薬の分析状況をバンデレイたちに報告していた。

「仲間を売ってまで生きていたいのか、この人でなし」

マリヤーニの声は怒りと涙が入り混じっていた。リカルドを死なせてしまったという悔恨と自責の念にかられているのだろう。ベネジットは冷ややかな嘲笑を浮かべたまま何も返答はしない。

「君には是非とも協力してもらいたいことがあるから来てもらったんだ」ミゲルは法廷での証言を依頼する弁護士の口調だ。

「協力ですって、私はベネジットみたいなことはしないわ」

尖った怒鳴り声に、ミゲルはうんざりといった顔で「早ければ今晩にでもバンデレイに来てもらう。それまでは部屋で休んでいてもらえ」とエジルソンに命じた。

「バンデレイは毒を盛られて死んだのも知らないの」マリヤーニが小ばかにしたように言った。

「私も死んだと最初は思ったよ。しかし、バーロス・バレット病院の連中に聞いても、死んだと言うヤツはいなかったよ」ベネジットは謎々を解く子どものような顔に変わった。「バンデレイに会おうと強引に病室を訪ねようとすると、私たちが固い絆で結ばれていることを知る看護師が、バンデレイは死んだことにはなっているが、隠れ家で生存していると教えてくれたよ」

バンデレイの生存情報は外部に漏れていた。

応接室の隅に階段があり、二人は二階の一室で監禁された。

「逃げようなどとは考えないことだ」エジルソンはこう言い放って、外から鍵をかけた。

部屋は二つベッドが並び、奥にもう一つのドアがあった。開けるとバスルームだった。

「肩の傷は大丈夫か」

すでに血が乾き、出血は止まっているようだが、応急処置もまだしていない状態だ。バスルームにはタオルが用意されているが、それ以外には何もない。小野寺は部屋のドアを思い切り蹴飛ばした。すぐにドアが開いた。

「静かにしろ」

エジルソンがそのままドアの前で見張りをしていた。

「彼女の手当をするから、水とアルコールを持ってきてくれ」

男は小野寺を部屋に押し戻すと再び鍵をかける音がした。しばらくするとドアが開き、水とピンガが一本差し入れられた。「これでがまんしろ」

小野寺はバスルームからフェイスタオルをもってくると、彼女の右肩の傷口に注ぎ、血のりを少しずつ流し、拭き取った。幸いにも弾丸はかすっただけですんだ。

「ありがとう。私の方は大丈夫だけど、あなたをこんな危険な事件に巻き込んでしまい本当に申し訳ないと思っているわ」

「そんなこと、今、言っている場合か。なんとかしてここを脱出しないと……」

窓際によって、外の様子を見た。窓のすぐ下に二人の男がタバコを吸いながら、二階を見たり、周囲に気を配ったりしていた。

「外に二人の見張り、中に一人、それとミゲルとベネジット、全部で五人か」小野寺はベッドに腰を下ろしながら言った。「バンデレイに来てもらうと言っていたが、あいつらの目的はいったい何なんだ」

ベネジットはバンデレイがどこにいるかは知らないはずだ。

「私を囮《おとり》にすれば、バンデレイのことだからここに来るわ」

「俺もそう思う。でも、何のために彼を連れて来る必要があるのかまったくわからない」

メディカル・サイエンス社は、リカルドが分析した新薬の解析結果を記録したフロッピーをすべて入手した。バンデレイたちに新薬を横流しした被験者もメディカル・サイエンス社は明らかにし、自白させている。ファルマブラ医薬品研究所を訴える証拠はほぼ揃ったはずだ。

「バンデレイの抹殺なら、何もこんなところに連れて来なくてもできるでしょ」

マリヤーニも闇の中で横腹にナイフを突きつけられたような不気味さを感じている

のだろう。安易に脱出を試みれば、間違いなく殺される。しかし、このままじっとしていても事態は悪化するだけだ。

見張り役はまだ他にもいるかもしれない。しかし、夜になれば手薄になる可能性もある。脱出するチャンスがあるとすれば夜中だけしかない。あと数時間もすれば周囲は闇に包まれる。行動を起こすのはそれからだ。壁に設けられたスイッチを入れると、天井からぶら下がった裸電球が灯された。

部屋の中を歩き回り、脱出に役立つものはないかを探してみた。壁際に箪笥が置かれているが、中は空で何もない。部屋の角にある机には電話が置かれていた。念のために受話器を取ってみたが、回線はつながっていない。電話線はドア付近の回線端子から机まで三、四メートルほどコードで結ばれていた。

〈このコードは使えるかもしれない〉

粘着性の強い油が、一滴ずつ垂れ落ちるような長い時間が過ぎていく。池に棲むカエルが激しく鳴きたて、砂糖黍畑からは湧き立つように虫の音が聞えてくる。カーテンの隙間から下を見ると、相変わらず二人の見張りが立っている。

しばらくすると、虫の音が止んだ。同時に車が近づいてくる音が聞える。見張り役の男たちの会話が聞えてきた。部屋の電気を消して、下を見た。見張り役の一人が玄関に回ろうとしていた。

「今しかない」小野寺はマリヤーニに声をかけた。

「ベッドを動かすから手伝ってくれ」

「何をする気なの」

「説明している時間はない」

ベッドを窓際に移動させた。

端子と電話から引き千切るようにして電話線を抜いた。音を立てないように窓を開けなければならない。窓はローカル線の電車の窓のように窓枠の下に備えられた取っ手を引き上げる仕組みになっていた。小野寺はベッドの脚に電話線の片方を結んだ。

余っているピンガを窓枠に注ぎ込んだ。外を覗くと、見張りは二階を気にする風でもなく、周囲の砂糖黍畑に注意を払い、自動小銃を畑に向けている。

窓を開けると、音もなく開いた。

「バカなことは止めて」マリヤーニは小野寺のシャツを掴み引き止めた。

「今しかないんだ」

電話線を握り締め、窓の外に出た。見張りは周囲にばかり気をとられ、二階を見る気配はない。壁に足を張り、少しずつ降りていく。一メートルほど降下したとき、電話線が小野寺の体重を支えきれなかったのか、結び目が解けたのか、小野寺はバランスを崩した。その物音に気づいて見張りが上を見上げた刹那、電話線ごと小野寺は落下した。

小野寺の膝が小銃を振り上げた見張り役の左肩に、運良く食い込むようにして落下した。全体重が見張りの左の鎖骨にかかり、鈍い音とともに骨が砕けるような感触が膝にあった。見張り役は呻き声を上げながら、地面の上を転げまわっている。小野寺は自動小銃を奪い、肩口を力の限り蹴り上げた。男は痛みのあまり失神したようだ。

電話線を丸め、マリヤーニに放り返そうとした。

マリヤーニは窓から半分体を乗り出していた。

「これを使って下りて来い」

マリヤーニが一瞬、部屋のドアの方を振り返った。

「ケン、逃げて」マリヤーニが叫んだ。

エジルソンが窓に走り寄ってきて、拳銃を発射した。小野寺は砂糖黍畑に走りこんだ。エジルソンは闇雲に発射しているのか、的外れの方向だ。表に回った見張り役もすぐに戻ってきて小銃を乱射した。砂糖黍の幹に命中し、幹が砕け飛び散る。小野寺は頭を抱え地面に這いつくばった。

「もういい。放っておけ」ミゲルの声がした。「それよりも先にこっちだ」

銃声が止んだ。

「腰抜けのジャポネース、命が惜しかったら、このまま日本に逃げ帰ることだ」ベネジットの嘲笑うかのような声も二階の窓から響いた。

再び虫が鳴き始めた。小銃を持った男がそのまま裏手を警戒している。小野寺は砂糖黍を揺らさないように家から離れた。池を回りこむようにして、幹線道路が見えるところまでやってきた。家は一階にも二階にも煌々と明りが灯されている。家の前にはベネジットの車の後に、もう一台見覚えのある車が止まっていた。マルセロがいつも乗っている車のようだ。

〈バンデレイとマルセロは着いてしまったようだ〉

少なくとも見張り役はあと二人いる。その二人を倒さない限り、マリヤーニらの救出はできない。幹線道路に出て、通りがかりの車に警察を呼んできてもらうにしても、その間にバンデレイたちの身にどんな危険が及ぶかもしれない。

〈一人でやるしかない〉

いざとなったら小銃がある。これで反撃すればいい。彼らも銃を持っていることがわかれば、強引なこともできないはずだ。

〈何をすればいい。落ち着いて考えるんだ〉

自分に言い聞かせるが、心とは裏腹に死の恐怖に体の震えが止まらない。喉が絞めつけられるように息苦しい。手放さずに持っていた小銃を暗がりの中で触ってみる。射撃の態勢を取ってみる。右手の人差し指を引き金にかけようとするが、右手には電話線がまだ絡まったままだ。慌てて逃げたために持っていたようだ。

家の灯りを見つめながら、震える手でゆっくりと電話線をほどいていく。闇夜の大地に雷が落ちたような閃きが小野寺の心に走った。電話線を真っ直ぐに伸ばした。三メートルほどある。それを丸めて野球のボールほどの大きさにすると、小銃を背中に担いで、小野寺は幹線道路に出た。

幹線道路から家に通じる道に沿って、電線が家に向かって伸びていた。最初の電柱を見つけると、それによじ登った。電線のところまで上がると、電話線を伸ばし二つ折りにした。電話線を家に向かって伸びる電線の上に渡した。

電話線はビニールでコーティングされている。コーティングが破れて線がむき出しにならない限り感電することはないだろう。小野寺は電話線の端と端を握り締め、左右の手に巻きつけた。

〈頼むから切れてくれ〉

電話線を使って、勢いをつけて電線にぶら下がるように飛びついた。電線が小野寺の体重にしなり、たわんだかと思った瞬間、青い火花が飛び散り、小野寺はそのまま地面に叩きつけられた。

〈切れたぞ〉

小野寺は砂糖黍畑に姿を隠し、家の方を見た。真っ暗で何も見えない。

〈これであいつらも迂闊《うかつ》には動けないはずだ〉

小野寺は畑の中を家に向かって走った。接近すると、中から怒鳴り声が響いてきた。彼らも電気を切られ混乱しているのだろう。しばらくすると一階にぼんやりとした灯りが点った。蝋燭か石油ランプにでも火をつけたのだろう。

怒号がさらに激しくなった。

「ビデオがなくなっている」ミゲルの声だ。

「マルセロ、どこにいる。二人がどうなってもいいのか」ベネジットの声も引きつっている。

マルセロが闇に紛れて逃げ出したのだろう。しかし、ビデオとは何のことだろうか。家の周囲は自動小銃を持った男が裏に回ったり、表に戻ったりしながら一人で警戒しているようだ。

〈あいつを倒せば、形勢は逆転する〉

小野寺はマルセロの車にそっと近づいた。ドアを引いてみると鍵はかかっていなかった。少しだけ開けてエンジン・キーを探す。差したままになっている。幹線道路から家までの道は起伏があるが真っ直ぐだ。

小野寺は砂糖黍畑に戻り、適当な幹を三本ほど折った。砂糖黍の幹を使ってハンドルを固定し、アクセルを半分ほど踏み込んだ状態にした。マルセロの車はポンコツだがオートマチック車だ。エンジンをかけ、バックギアに入れて車から飛び降りた。車はそのままバックした。小野寺はベネジットの車の下に身を隠した。

見張りが「逃げたぞ」と絶叫しながらマルセロの車を追ってくる。アクセルの固定が弱かったのかスピードが上がらない。見張りの男が車に駆け寄り、「止まれ」とわめいている。小野寺は車体の下から見張りの足を撃とうと引き金を引いた。しかし、銃弾は発射されない。安全装置が外れていないのだろう。どうすれば安全装置が外れるのか、銃を撃ったこともない小野寺にはわからなかった。

車は道から外れ、畑に突っ込んで行った。しばらくは砂糖黍をなぎ倒して進んだが、最後はアクセルを支える幹が外れたのか、畑の中で止まってしまった。見張り役の男は銃を構えながら車に近づき、フロントガラス目掛けて引き金を引いた。フロントガラスは夜目にも鮮やかに真っ白になってひび割れ、粉々に砕け散った。

小野寺はその隙に車体の下から飛び出すと、見張り役の背後に回った。物音に気づき、男が振り返った瞬間、小野寺は銃床で相手の顔を力いっぱい殴りつけた。顎が砕けた音がした。男は、一瞬奇声をあげて気を失った。小野寺は即座に小銃を取り上げた。

「しとめたか」ベネジットが玄関から怒鳴った。

倒れた男は小野寺と同じ白のTシャツ姿だ。小野寺は背を向けたまま小銃を振ってみせた。ベネジットは安心したのか、部屋に入ったようだ。

小野寺は失神している男の両腕を後手に電話線で縛った。そのまま運転席に座らせた。

助手席に身を隠し、畑から車を出して家に向かって走らせた。男はぐったりして意識を回復しそうにもない。男の右足を床まで踏み込ませ、砂糖黍で固定した。ギアをトップに入れ、助手席から外に飛び降りた。

車は加速し、家の壁に向かって突っ込んで行った。フロントの半分がひしゃげ、家の壁をぶち破って車は止まった。ラジエーターが破れ水蒸気を噴き上げている。家の中からエジルソンが飛び出してきた。

〈次はあいつだ〉

小野寺は相手の足元を狙って、二人目の男から奪った小銃の引き金を引いた。最初に奪った小銃は肩にかけた。銃で人を殺すことなどできない。足を狙って撃ったが、銃弾はまるで夏の花火のように四方八方に飛び散り、ドアの板を撃ち破り、壁のレンガをぶち抜いた。

〈当たれ、当たってくれ。頼むから〉

銃を撃った経験がないことを見破ったのか、相手はまっすぐに小野寺の方に向かって走ってくる。

小銃の弾が尽きた。小野寺が最初に奪った銃を構えたときには、エジルソンは目の前に来ていた。

「ジャポネース、その銃を返してもらう」

エジルソンの拳銃は小野寺のこめかみに突きつけられていた。小野寺もここまでかと観念し、小銃を渡すしかないと腹を括った。畑から人影が現れ、男の背後に迫った。マルセロだった。小野寺は小銃を相手に渡そうとした。その瞬間、マルセロは持っていたバットのような木片で頭を叩き割るように振り下ろした。

木片は二つに折れ、エジルソンは瞬く間に頭を血で染め、その場に倒れ込んだ。

「中にもう一人、ボディーガードがいる」マルセロが小野寺を砂糖黍畑に引きずり込むようにして逃げ込んだ。

「ケン、その小銃を俺にくれ。君はこれを使ってくれ。あと六発は撃てる」

小銃を渡すと、マルセロは慣れた手つきで安全装置を外した。

「いいか、ケン。殺さなければ、確実にお前は殺されるんだぞ。そのことを忘れるな」

「これからどうする」

「二人を救出する。残った一人は今までの見張り役とは違う。あいつは本物の殺し屋だ」

「どうしてそんなことがわかるんだ」

「ファベーラで育った人間にしかわからない勘のようなものだ。あいつの目には恐れというものがない」

家の中にはミゲル、ベネジット、ミゲルが雇ったジェラルドと呼ばれる殺し屋の三人がいる。ミゲル、ベネジットも拳銃を持っているが、護身用の短銃でよほどの至近距離でない限り命中することはないという。

「怖がることはない。急所に当たらない限り死ぬことはない」

「撃たれた経験はあるのか」

「四度ほどある」

小野寺は返す言葉がなかった。恐怖で全身が痙攣を起こしそうだ。

「ケン、しっかりしてくれ。マリヤーニだって撃たれたのはこの間で二度目だ」

「君たちは、何故そんなに強くなれるんだ」小野寺は場違いなことを聞いた。

「俺だって恐ろしいさ」マルセロは即答した。「マリヤーニを愛しているならケンも勇気を出してくれ。君は正面でジェラルドの注意をひきつけてくれ。但し部屋の中には絶対に入るな。迂闊に入れば必ず殺される、いいな。俺は二階から入って、ジェラルドの背後に回る。早くしないとバンデレイの調子が思わしくないんだ」

部屋の中では、玄関に背を向けた格好で、バンデレイがソファーに身を横たえて、マリヤーニが膝枕をしながら介抱している。その前にミゲルとベネジットが座り、その横でいつでもバンデレイやマリヤーニを撃てる状態でジェラルドが立っているらしい。マルセロはケンの背中を軽く叩くと、畑の中に消えていった。小野寺は畑の中を一人進み、ドアが見える距離のところまで接近した。

小野寺は気持ちを落ち着かせようと空を見上げた。満天の星が輝いている。こんな美しい夜空を今までに見たことがなかった。その夜空の下で今自分は命を賭けて銃撃戦を挑もうとしている。それが信じられなかった。夜空をどれほど見つめていただろうか。マルセロは家の背後に回っただろう。

小野寺は拳銃を両手で握り締めた。両腕を水平に真っ直ぐ伸ばし、照準をドアに向けた。ドアに当たらなくてもいい。銃声でジェラルドの注意をひきつけることができる。絞り込むように引き金を引いた。ドアどころか家の壁にさえ当たらない。

ドアが開いた。「コバルデ（臆病者）、出て来い」

揺らめく明りに男の影が映し出された。ジェラルドだろう。「ケン、来てはダメ」

マリヤーニの叫ぶ声が聞えた。

ジェラルドは一度部屋に入り、マリヤーニの腕を掴んで玄関に現れた。

「おい、ジャポネース、出て来い。この女を助けたいんだろう」

小野寺はマルセロの援護を待った。ジェラルドは苛立ったのか、「この女はお前の恋人なんだろう。お前にチャンスをやる」

ジェラルドはリボルバー式の弾倉を開いた。

「一発、二発、三発、四発、五発」ジェラルドは弾倉から弾を抜いた。「これで残っている弾は一発だけだ。十を数える間に出てきて、俺と勝負しろ。出てこなければこの女を殺す」

弾倉を元に戻すとジェラルドは拳銃をマリヤーニの左胸に押し付けた。

「挑発に乗ってはダメ」マリヤーニは日本語で叫んだ。

「一つ」ジェラルドは勘定を始めた。

「二つ」

「私はこんなこともあるかもしれないと覚悟の上でしたことなの。あなたが責任を感じることはないのよ。だから逃げて」

「三つ」

「ケン、逃げて、お願い」

「四つ」

小野寺は立ち上がった。

「五つ」

小野寺はジェラルドに向かって真っ直ぐ歩き始めた。ジェラルドは拳銃をマリヤーニの胸から離そうとしない。

「六つ」

小野寺も拳銃をジェラルドに照準を合わせたまま歩調を速めた。

「七つ」

ドアは数メートル先だ。マリヤーニが泣き叫んだ。「何故なの」

小野寺はそのままドアに近づいた。

ジェラルドもカウントダウンを続けた。

「八つ」

小野寺は拳銃をジェラルドの額に当てた。

「九つ」

「ゲームはそこまでだ」マルセロの怒鳴る声がした。「銃を捨てろ」

「いやだね」ジェラルドは揺らめく明りの中で微笑んだ。

小野寺は血が逆流するような恐怖を感じた。目の前の男は死を恐れるどころか、自分の死さえも楽しむような目をしている。生きたまま心臓にナイフを突き立てられたような恐怖に血が凍りつく。

「銃を捨てなければいけないのはお前たちさ。おい、ジャポネース、恋人が死ぬところが見たいか。お前さんが引き金を引くのと同時に俺も引き金を引く」ジェラルドは小野寺の心を見透かすように冷たい笑いを浮かべて言った。

「俺の小銃もお前の心臓に狙いを定めていることを忘れるな」マルセロが低くくぐもった声で告げた。

「いいさ、いつでも撃て」ジェラルドの声は酒にでも酔ったように楽しそうだ。

こう着状態が続く。

「いつ撃ってもいいぞ。ジャポネース」ジェラルドは小野寺に視線を向けたままで逸らそうとはしない。

「ケン、撃て」マルセロが怒鳴る。「愛する者を守るんだ」

しかし、小野寺には引き金を引くことができない。

「そいつの狙いは俺だ。マリヤーニは人質にする気だ。撃つんだ」マルセロが叫んだ。

ジェラルドを睨みつける小野寺の視線が一瞬流れた。

ジェラルドはその隙を逃さなかった。マリヤーニに向けていた銃口を背後から迫るマルセロに向け、片方の手でマリヤーニを引っ張り自分の盾にした。銃声は一発だけだった。マルセロは銃を構えたまま後ろに突き飛ばされた。

小野寺はジェラルドから目を逸らして引き金を引いた。ジェラルドが後ろを振り返った。腰の辺りに血が滲み、その場に倒れ込んだ。マリヤーニはソファーの陰に倒れ込んだマルセロに駆け寄った。追うように小野寺も続いた。マルセロの腹部からあふれるように血が流れ出している。

「すまない。俺のせいだ」小野寺が言った。

「気にするな、五度目だから」力なく笑った。

床にはミゲル弁護士とベネジットが失神したまま転がっていた。二階から侵入したマルセロが小銃の銃床で一撃を加え、失神させていた。銃声で横たわっていた二人が意識を覚醒した。マリヤーニはマルセロの小銃を握ると、意識を回復し、立ち上がろうとしているミゲル、ベネジットに向けた。

「この人でなし。銃をとっと出しなさい。私だって撃ちかたくらいは知っているのよ」

二人も血色はなかった。隠し持っていた小型拳銃を床に放り投げた。

小野寺はマルセロの服をたくし上げて、傷を見た。すぐに手術をして弾を摘出しなければ危険な状態だ。ソファーに横たわるバンデレイはピクリとも動かない。何のためなのかわからないが三脚を立てて、ソファーに向けてビデオカメラが備えられていた。

車が接近する音が聞える。しかも数台だ。警察車両か味方の車であること小野寺は祈った。

「ケン、早く二人を病院に運ばないと……」マリヤーニが泣き叫んだ。

小野寺はマルセロの止血処置を終えた。その時、ドアを蹴破るようにしてフェルナンドが入ってきた。部下も十人以上いるようだ。彼らはヘッドライトを点灯させたまま数台の車で家を包囲した。フェルナンドは両肩を負傷し、銃を持っていないが周囲を武装した部下が固めていた。部下は小野寺やマリヤーニが所持していた武器を取り上げ、部屋の隅に放り投げた。ジェラルドの前にあった拳銃も、部下が蹴ると、部屋の隅に転がっていった。ジェラルドはまったく動かない。

フェルナンドは腹部を真っ赤に染めているマルセロにすぐに気がついた。

「どうしたアミーゴ」おどけた声でマルセロに話しかけた。

マルセロは傷口を押さえて言った。「お前にアミーゴと呼ばれるいわれはない」

「どうしたんだ」何の感情も感じられない無表情に戻り、マリヤーニに聞いた。

「私を助けようとしてそこの殺し屋に撃たれたの」

「傷はどうなんだ」

「早く手当てしないと危険だ」小野寺が答えた。

「そんなヤツは放っておけ。それよりも早く俺たちをなんとかしろ。お前の雇い主は俺だ」

部屋の隅で縮こまっていたミゲルが吠え立てるように怒鳴った。

「契約はしたが、お前を守ってやるなどという約束はしたことはない。それにお前はそこにいるベネジットにもバンデレイの誘拐を頼んだだろう。二股契約は信義違反だ。

だが金は約束通りもらうぞ」

フェルナンドは重く沈んだ声で言った。両肩に被弾し、目の周囲は隈ができて窪んでいるように見える。しかし、眼光は鋭く不気味に光っている。部下の銃口は部屋の中にいる全員に向けられている。ミゲルも例外ではなかった。

フェルナンドは部下に目で合図を送った。「マルセロを病院に運んでやれ」

苦しそうな表情を浮かべるマルセロに言った。「アミーゴ、これであのときの借りは返したぜ」

フェルナンドの部下がマルセロに肩を貸した。

「バンデレイも病院へ搬送して、お願いだから」マリヤーニがフェルナンドに食い下がる。

「バンデレイにはもう少しここにいて、見物してもらいたいものがある」撥ね付けるように答えた。「マルセロを連れて行け」

「それならケンも同行させて。途中でマルセロの容態が急変するかもしれない」

「マルセロには君が同行しろ。バーロス・バレット病院には君が行った方がいい」

「これは私たちの問題なの。日本にはあなたの帰りを待っている患者がいるでしょう。こんなところで死んだら犬死によ」

二人の言い争いをフェルナンドが遮る。

「マルセロは部下が連れて行く。これから面白いものが始まる。女には少し刺激が強すぎるが、楽しんでほしい。早く連れて行け」

部下はマルセロを担ぐようにして車へと運んだ。

マルセロが家を出ると、フェルナンドは部下全員を家の外に出して、周囲を警備するように言った。

「俺の許可なくこの家から出ようとしたものは、かまわないから撃ち殺せ。いいな」

家の中にいるのは、ソファーに横たわるバンデレイ、そのソファーにマリヤーニ、小野寺も座った。ミゲルとベネジットの二人は部屋の隅で何が起こるのか、脅えた顔で成り行きを見つめている。ソファーの近くには、小野寺が撃ったジェラルドが倒れたままだ。腰に被弾した弾が貫通したのか、仰向けに倒れ、腹部から流れ出した血が床にも滲んでいる。出血量はさほどでもないが、足が痙攣を起こし震えている。フェルナンドは一瞬目をやったが、汚いものでも見るように目を背けた。

「そこの二人、ソファーに座れ」

ミゲルとベネジットの二人が腰を下ろしたが、二人とも目が虚《うつ》ろで焦点が定まらない。

「さて、約束の金はここで払ってもらう」返答はいっさい許さないといった威圧的な口調だ。

ミゲルはフェルナンドの形相に言われるがまま小切手に金額を記した。それを受け取ると、フェルナンドはポロシャツを脱いだ。腰のベルトに拳銃が挟みこまれていた。両肩にはガーゼが当ててあるが、血が滲んでいる。

拳銃を右手に握ると、フェルナンドは銃口を左肩にあて、ガーゼを剥がしてしまった。銃弾が肉を抉り取り、肩の筋肉が露出しているようだ。ファベーラから去った後、病院で治療も受けずにこの辺鄙な農場にやって来たのだろう。フェルナンドの腹部や背中には、それ以外にも被弾したり、ナイフで切られたりしたと思われるケロイド状の傷がいくつも見られた。

フェルナンドは傷口に銃口をねじり込ませるようにして差し込んだ。すぐに傷口から血が溢れ出す。フェルナンドは左腕をだらりと垂らした。幾筋にもなって血が腕を流れ落ちる。小野寺には、フェルナンドは気が狂ってしまったように思えた。

フェルナンドは不気味なほど冷静だ。血が手の甲にまで達すると、銃口をベネジットに向けた。手の甲をベネジットの前に突き出した。

「おい、舐めろ」フェルナンドが命令した。

ベネジットは哀願するような顔でフェルナンドを上目遣いに見た。

「舐めろって言っているのがわからないのか」血の付いた銃口をベネジットの額の真ん中に押し付けた。

「止めなさい。そんなことをして何になる……」バンデレイが息も絶え絶えに怒鳴った。「血を舐めさせるなんて、そんな野蛮なことはするものではありません」

フェルナンドは声を出して笑った。「野蛮か、確かに野蛮だな」

「それがわかるのだったら、止めなさい」

「デプタード、わかっていないのはお前さんの方だよ」フェルナンドは嘲笑を浮かべている。「この男をファベーラの貧乏人に金を寄付する、カトリコ（カトリック信者）の善人だと思っているんだろう」

「私はファベーラに寄付もしているし、バンデレイたちの運動に共鳴して資金提供もしてきた。バンデレイ、マリヤーニ、君たちも何か言ってくれ」ベネジットが震える声で言い返した。

「そうかね、デプタード」フェルナンドが弱りきっているバンデレイに聞き返した。

「裏切者だけど、彼の援助で何人もの住人が救われている」代わってマリヤーニが答えた。

「だからあんたたちは能天気なのさ。知識人だとか文化人、弁護士も医者もあんたらには何もわかっちゃいないのさ。この男の醜さが」フェルナンドは唾をベネジットの顔に向かって吐いた。

「さあ、舐めてもらおうか」フェルナンドが命令した。

フェルナンドの瞳は怒りに燃えたぎっている。フェルナンドは手の甲をベネジットの口元に差し出した。ベネジットは思わず顔を背けた。

「額をこの場で撃ち抜かれるのと、血を舐めるのと、どちらがいいんだ」銃口で額を二、三度小突いた。

それでも何もしないベネジットに、フェルナンドは手の甲をベネジットの口に押し当てた。唇の周囲にべっとりと血が付着する。ベネジットは口を真一文字に閉じたままだ。

「嫌がるモノを舐めさせられる気持ちが少しはわかったかね、チオ・ジッチーニョ（ジッチーニョおじさん）」フェルナンドは銃身でベネジットの頬を軽く叩いた。ジッチーニョはベネジットの愛称だ。

ベネジットはまじまじとフェルナンドの顔を見つめた。何かを懸命に思い出しているような表情だ。フェルナンドは血の付着する人差し指と中指を強引に口の中にねじり入れた。

「止めてよ、苦しいよ、チオ・ジッチーニョ」フェルナンドは二本の指で口の中を捏ね繰り回しながら、少年に戻ったような口調で言った。

ベネジットは目をカッと見開き、凍りついたようにフェルナンドを凝視した。

「あのとき俺がこう言って頼んだら、お前はなんて言ったか覚えているか」

ベネジットは体内の血が沸騰したような顔に一瞬にして変わった。

「やっと思い出してくれたようだな」

指を引き抜くと、手の甲を差し出した。ベネジットは高熱にうなされるマラリア患者のように体を震わせ始めた。

「〈さあ、たっぷりと舐め尽くしてもらおう〉あのとき、お前はこう言ったのさ。〈トニーニョの次は俺の番だ。舐めろ〉ってな」

ベネジットはヘビに睨まれたカエルのように無抵抗で、肩から腕を伝わって流れ落ちる血を舐め始めた。目を背けたくなる光景だ。腕の血をすべて拭き取るように舐めさせると、フェルナンドがバンデレイに向かって言った。

「こいつがファベーラに資金援助する本当の目的を知っているのか」

「昔のことだ」脅えながらベネジットが言った。

「昔のことだって、ふざけては困る、チオ・ジッチーニョ。俺は昨日のことのように覚えているぜ」再びバンデレイに視線を向けた。「こいつはファベーラの子どもを自分の思い通りにするために、金を出しているだけさ」

「本当なのか」バンデレイがソファーから半分身を乗り出した。

「俺の言うことが信じられないようだな。お前のような世間知らずがファベーラの住人を救うなどとは笑わせてくれるぜ」

「答えてくれ。ベネジット」

バンデレイはベネジットが少年買春をしていた事実を否定すると期待しているようだ。しかし、ベネジットは何も答えなかった。

「本当なの」マリヤーニが悲鳴をあげた。

「やっとわかったようだな。この人でなし野郎の正体が。こいつとアントニオが出入りしているなんて、思ってもみなかったぜ」

「この間殺されたアントニオのことか」バンデレイは心臓を握りつぶされたような顔をしている。

「そうさ。パウラが盗み出してくれたファベーラのエイズ患者リストの中に、二人の名前を見つけた」

「ブラジルでもジェネリックが生産されることを想定して、その効果や副作用について、私はその情報を直接二人から聞いていたのよ」

「その裏でこの変態野郎は自分たち好みの少年を物色していたんだよ。それだけじゃない。ミゲルからただで薬を提供してもらい、その代償としてあんたらの情報をメディカル・サイエンス社に流していたのさ」

「情報は筒抜けだったのか」思わず小野寺が言葉を挟んだ。

「ベネジットやアントニオの本当の資金提供先は、バンデレイは隠れ蓑で、こいつら好みの少年の親たちだよ。俺の親もそうだった。なあ、そうだろう、チオ・ジッチーニョ」フェルナンドは同意を求めた。「資金提供の礼はこれからたっぷりさせてもらう。アントニオ同様にな」

フェルナンドは銃口をベネジットに向けた。「二度と悪さができないようにしてやる」

ベネジットがドアに向かって走り出した。ドアを開け一歩外に飛び出したが、そこまでだった。家の周囲はフェルナンドの部下が取り囲んでいた。銃を突きつけられ、ベネジットは家に押し戻され、入ると同時に部下がドアを閉めた。

「逃げ出したいか。俺もあんたの家から逃げ出したかったさ。逃げて、何度もアントニオに連れ戻されたよ。さあ、お遊びはここまでだ。そろそろマルセロも病院に着くだろう。警察が来る前に片をつけたい」

「助けてやってほしい」バンデレイが途切れ途切れの声で言った。

ドアの前に立ちすくむベネジットにフェルナンドが近づいた。ベネジットは氷の中に閉じ込められたようにガチガチと歯と歯がぶつかり合う音をさせて震えていた。フェルナンドの左肩からは相変わらず出血している。血を銃身で拭うと、銃口をベネジットの下腹部に当てた。

「止めてくれ。金ならいくらでも出す」ベネジットは泣き出した。

「金なんかいらねえよ。それよりもお前がのた打ち回る姿を見たいだけだ」

フェルナンドが続けざまに引き金を引いた。マリヤーニが悲鳴をあげた。

ベネジットは喉を押し潰されたような声を一瞬漏らし、自分の下腹部を見た。軒先から流れ落ちる夕立の雨のように、下腹部から血の滴が床に流れ落ちる。操り人形のように両膝を折り、目を見開いたままフェルナンドにひれ伏すようにそのまま倒れた。

「アデウス」フェルナンドが言いながら、ベネジットの体を足で蹴り仰向けにした。ピクリとも動かない。

「さて、引き揚げるとするか」

フェルナンドはドアを開け、部下を中に呼び入れた。「ミゲルを俺の車に乗せろ。あんたたちも市内までは送ってやるよ」フェルナンドはからかいながら言った。

小野寺はバンデレイに肩を貸した。マリヤーニは小野寺が撃ったジェラルドのところに歩み寄った。

「彼はまだ生きている。助かるかもしれない」

マリヤーニはジェラルドの腕を取り、脈を計ろうとした。その瞬間、ジェラルドはマリヤーニを盾に取り、足に隠し持っていた拳銃をマリヤーニのこめかみに突き付けた。

「マリヤーニ、お前は俺と一緒に来てもらう」

ジェラルドがかすれる声で言った。

小野寺とバンデレイの足が止まった。

「マリヤーニを解放してやれ。私が君らに同行する。ビデオでも、テレビの前でも事実経過はすべて話してやるさ」

「おいおい、勝手な話をしてもらっては困るぜ。何だ、そのビデオというのは？」フェルナンドは二人の会話を止めた。

「メディカル・サイエンス社は私たちが私利私欲のために、ジェネリックを開発、生産する計画でいると、バンデレイに無理矢理証言させたのよ」

「その撮影にそこのビデオが使われたというわけか」フェルナンドが納得したように言った。

「収録したビデオテープはマルセロによってゴミにされてしまったようだし、ど素人に撃たれるし、今日は散々な夜だぜ」ジェラルドは自嘲気味の薄笑いを浮かべた。

「そうか、いい話を聞いた」フェルナンドはジェラルドを無視し、「ジャポネースとバンデレイを車に乗せろ」と部下に命令した。

乾いた銃声がした。小野寺の肩を借りて歩くバンデレイが前のめりに倒れた。バンデレイが着ているガウンの背中が真っ赤だ。

「老いぼれはどうせ二、三日の命だ。安らぎが少し早まっただけさ」ジェラルドが吐き捨てた。

バンデレイが倒れ込むようにして蹲《うずくま》る。

「大丈夫か……」小野寺が大声で叫んだ。

小野寺は傷口を見た。弾は背中から心臓を貫通しているようだ。バンデレイはそっとガウンの内ポケットに手を入れた。

「マリヤーニを守れ」

バンデレイは隠し持っていた拳銃をそっと小野寺に手渡した。掌に載ってしまうような小型拳銃だ。護身用で至近距離でしか当たらないとマルセロが言ったのは、この拳銃のことだろう。バンデレイは小野寺の肩から床に崩れ落ち、絶命した。

「バンデレイ、死なないで」マリヤーニが絶叫した。「この人でなし」

マリヤーニはジェラルドの手を振り払おうとした。

「みすみす儲け話を横取りされるほど、あいにく俺はお人よしではないんでな。悪く思わないでくれ」ジェラルドはマリヤーニのこめかみに銃口を押し付けたまま、部屋から出ようとした。

小野寺には不思議と恐怖心はなかった。嵐に煽《あお》られた高波のような怒りが全身に拡がっていく。その怒りの前には恐怖心などはどこかに吹き飛んでしまうようだ。目の前に転がるバンデレイの遺体は目を見開いたままだ。血は床に広がり、小野寺の周囲は鮮血だ。

〈マリヤーニを守れ〉と言って絶命したバンデレイの声が今も耳に残っている。カッと見開いたままの目が、小野寺に話しかけているように感じられた。

「マリヤーニ、六本木を思い出せ」小野寺が日本語で言った。

「何を言ったんだ」ジェラルドが怒鳴った。

「今だ」小野寺が合図した。

マリヤーニは肘打ちをジェラルドのみぞおちに入れ、その場に伏せた。

小野寺は両足を肩幅ほど開き、両腕を水平に伸ばした。二つの掌に包まれるように小型拳銃が握られている。両腕の延長線上にジェラルドの左胸がある。勝機は一瞬だ。一発で仕留めなければ、必ず殺される。

ジェラルドが不気味に笑った。

小野寺はそっと引き金を引いた。躊躇いはなかった。銃声がした。自動小銃とは比べようもなく小さい反動だった。両腕が少し上下動しただけだ。

ジェラルドは平然と立っていた。

〈外れたのか〉

小野寺の心には振り子のように、一気に恐怖が込み上げてくる。

ジェラルドが違和感を覚えたのか、左胸を見た。スーツのボタンほどの赤い染みができていた。少しずつだが染みは拡大している。

ジェラルドが銃口を小野寺に向けた。銃身が微かに震えている。〈殺される〉と小野寺は思った。〈愛するもののために強くなれ〉そんな声が聞えたような気がした。いや、確かに聞えた。

小野寺はジェラルドに向けてそっと二度目の引き金を引いた。もう一つ赤い染みができた。それでもジェラルドは立っている。憎悪に満ちた目で小野寺を睨みつけている。震える銃身が、小野寺の心臓に向けられた。ジェラルドの指が引き金を引こうとしている。

小野寺は微動だにすることもなかった。足を広げたまま、三度目の引き金を引いた。拳銃を握るジェラルドの右腕がだらりと垂れ下がった。ジェラルドは血に染まる自分の胸をもう一度見つめ、そのまま後ろへと倒れて二度と動こうとはしなかった。

「サムライもなかなかやるもんだな」フェルナンドは声を出して笑った。「さあ、帰るぞ」

小野寺とマリヤーニはフェルナンドの部下が運転する車で、エストラーダ・ノーバまで乗せられ、意外にもそこで解放された。

「メディカル・サイエンス社の連中はマリヤーニを拉致しようと必死だろう。せいぜい気をつけるんだな」フェルナンドはこう言い残して去っていった。

病院に収容されたマルセロはどうやら一命を取り留めることができた。

第十七章　闇の中の希望

小野寺には数日間のできごとがまるで夢の中のことのように思え、現実感がなかった。自分が人間を撃ち殺したなどと思いたくもなかったが、その実感もなかった。マリヤーニを守るために必死でやっただけのことだ。

あれだけの殺人が行なわれたというのに、新聞もテレビもいっさい報道していない。バンデレイの死もエイズによる死として報じられた。そのことも小野寺には異様に感じられた。ベレン警察だけではなくブラジル政府の思惑が絡んでいるのだろう。ただ人を殺してしまったという実感だけが、日が経つにつれて小野寺の心に錘《おもり》となってのしかかってくる。日本に帰らなければと思うが、ふっきれない思いがいつまでもつきまとってくる。

アメリカは国連でブラジルの政策を非難する決議を取ろうと、ヨーロッパ諸国の支持を取り付けるように活発に動き出していた。しかし、メディカル・サイエンス社はファルマブラ医薬品研究所を特許法違反で訴えようとはしなかった。

「訴えられないというのが真実だと思うわ」マリヤーニが言った。

リカルドは最後の一つの成分の分析に手間取っていたようだ。解析が終った直後に『聖なるダイミ』というメッセージを残して、彼は殺された。

「最後の成分分析とメッセージが関係していたことが、リカルドの志を引き継いだ若い薬剤師によって解明されたの」

マリヤーニの説明によると、その宗教が儀式のときに用いるジャグービとシャックローナというアマゾンに生息する植物がある。ジャグービは蔓に淡いピンクの花を咲かせる。シャックローナは赤いコーヒー豆に似た果実を付ける。

「インディオが用いる独特の方法でその二つをお茶にして飲むと幻覚作用が生じるの」

インディオの間ではジャグービの花とシャックローナの実は結核やガンに効くと伝えられている。新型インディナビルには、二種類の植物から抽出された成分が加えられていた。

「成分分析のデータはすべてメディカル・サイエンス社に流れたわ。私たちの解析も完璧だった。彼らが特許侵害で訴えてくれれば、私たちも不法にジャグービとシャックローナを持ち出した彼らを国際世論に訴えることができる。二つの抽出成分が加えられたことによって、他のプロテアーゼ阻害剤とは比較できないほどの効果が期待できるし、三剤併用療法の副作用も軽減できることもわかっている」

「それで私利私欲で開発したと、エイズ患者の象徴的なバンデレイに無理矢理証言させる必要があったということなのか」

「そう、どんな汚い手段を使ってでも、私たちの計画をつぶしてしまえば、新型インディナビルに関してはメディカル・サイエンス社が世界の市場を独占することになる。メディカル・サイエンス社がこの薬によって得る利益は計りしれないわ。ブラジル政府も国民を救うためとはいえ特許権を無視しているのは承知している。近いうちに二つの抽出成分が他のエイズ薬に利用される場合、無償で提供すると表明することになっているわ」

「メディカル・サイエンス社のバイオハンターをしていたのは、誰なんだ」

「テルマのところにも連邦警察が来て話を聞いていったそうだから、近いうちに犯人は逮捕されるでしょう」

数日後、ファベーラに異変が起きた。またアドリアーナが姿を消したのだ。まだ傷が癒えていないマルセロがフェルナンドと接触を試みたが、彼もまた姿を消してしまった。アドリアーナを人質に取り、マリヤーニを拉致する計画なのかもしれない。メディカル・サイエンス社もなりふりかまわないで企業防衛に躍起になっているのかもしれない。

ベレン港からマラジョー島へ向かった船が、流れている死体を発見、収容した。所持品からサンパウロ在住のミゲル・アルビス弁護士と判明したと新聞では報じていた。

「フェルナンドが殺したのかしら」マリヤーニが小野寺に聞いた。

「金がすべてのような男だから、利用価値がなくなれば殺しもするだろう。あるいはメディカル・サイエンス社が口封じに殺したことも考えられる」

アドリアーナの安否を誰もが心配した。ミゲルの死体発見報道の翌日、ファベーラの前に銃弾を受け、いくつも穴が空いた車が止まった。降りてきたのは、フェルナンドとアドリアーナだった。

フェルナンドは血塗れだが、アドリアーナは無傷のようだ。フェルナンドはフラフラしながらまるで夢遊病者のような足取りだ。マリヤーニは診療所へフェルナンドを運ばせた。数発被弾している。生きているのが不思議に思えるほどの傷だ。

「どうしたんだ」小野寺が聞いた。

微かな声でフェルナンドが言った。「パウラを呼んでくれ」

間もなくパウラが駆けつけてきた。

「すまなかった」フェルナンドが謝罪した。

マリヤーニにも小野寺にも意味が理解できなかった。フェルナンドは貸し金庫の鍵をパウラに渡した。「すべてお前のものだ。アドリアーナのために使ってくれ」

パウラが鍵を受け取った。話す度に口から血を吐くフェルナンドに言った。

「チオ・フェルナンド、しっかりして、死なないで。またピッシーナ（プール）で泳ごう」

パウラが言った。「ノン・エ・チオ、セウ・パイ（おじさんではなくて、お前のパパだよ）」

「パパイ」アドリアーナが呼びかけると、フェルナンドは笑みを浮かべ、そして息を引き取った。

貸し金庫に入っていたのは、フェルナンドの家の権利書とドル紙幣の山だった。パウラとアドリアーナが一生遊んで暮らせるほどの財産だった。もう一つ、録音済みのテープ数本が入っていた。


「かわいそうなヤツだよ、フェルナンドも」退院したばかりのマルセロが言った。

整った顔立ちだったフェルナンドは、ベネジットやアントニオの相手をさせられた。両親は彼らから金をもらい、自分の息子が陵辱されるのを知っていて、二人が指定した場所へ行かせていた。

ある晩、帰宅すると、その金で酔った両親がセックスをしているのを目撃した。抑えきれない怒りにフェルナンドは二人を刺し殺した。

「両親を殺し、呆然としているフェルナンドにわずかばかりの金だったが、それを渡して逃がした」

マルセロを最後までアミーゴと呼び、命を救った理由がようやくケンにも理解できた。その後、フェルナンドはストリートチルドレンになり、一人で生き抜いてきた。

二十歳になる前のことだった。パウラと再会し、二人はすぐに恋に落ちた。

「フェルナンドがエイズに感染していたなんて、私も本人も考えてもみなかった」パウラが言った。

「フェルナンドに感染させたのはアントニオとベネジットなのか」ケンがパウラに尋ねた。

「私も彼も、初めて同士だったの。信じられないかもしれないけど、ファベーラでいろんなものは見すぎていたから、セックスにはお互いに嫌悪感があったの。でも、私たちは愛し合った」

二人は短かったが、楽しい日々を送った。その頃バンデレイたちがファベーラの中でエイズ予防に関するキャンペーンを始めた。エイズ検査を受けたのはパウラだった。結果は陽性だった。すぐにフェルナンドも検査を受けた。彼もまた陽性だった。その検査の後、フェルナンドはパウラの前から姿を消した。パウラの生活も荒《すさ》んでいった。

「間もなく妊娠していることがわかったわ」

「フェルナンドはあなたがアドリアーナを出産した事実は知らなかったの」マリヤー

ニが聞いた。

「伝えるにも、彼がどこにいるのかわからなかった」

「パウラを自由に操るために、アドリアーナを誘拐し、そこでアドリアーナと数日過ごしたときに、事実を知ったのだろう」マルセロが自分の想像を述べた。

「いや、アドリアーナを連れ帰ったとき、パウラがアドリアーナを抱きしめる姿をフェルナンドはチラッと見ていたよ。多分あのときだと思う」ケンが言った。

「それなら何故、アドリアーナをまた誘拐なんかしたの」パウラが訝りながら聞いた。

「誘拐したのはメディカル・サイエンス社の連中だと思う」マルセロが言った。「貸し金庫に入っていたテープを聞いてみた」

「何が録音されていたの」マリヤーニが尋ねた。

「メディカル・サイエンス社のセルソ・タバーリス社長が、ミゲルにバンデレイの暗殺やマリヤーニ誘拐の指示を出している二人の電話の盗聴テープだ。おそらくフェルナンドが仲間を使って仕掛けさせたのだろう。中にはミゲルが保身のために録音したと思われるものまであった。それを何らかの手段でフェルナンドが入手していた」マルセロが説明した。

「それをネタに法外な金を要求したんだろう。これ以上、払えないと判断したのか、もはや邪魔と判断したのか、アドリアーナを人質にしてテープを取り戻し、フェルナンドを抹殺しようとした」ケンが筋書きを立ててみた。

「ちょっと待って」ケンの想像にマリヤーニが疑問を挟んだ。「どうしてフェルナンドの娘だって、連中にわかったのかしら」

「アドリアーナには、私のと二人分の薬をずっと手に入るようにしてやると言っていたらしいから、メディカル・サイエンス社に薬を要求しているうちに事実を知られたのかもしれない」パウラがアドリアーナから聞いた話を明かした。

一週間後、メディカル・サイエンス社はファルマブラ医薬品研究所を訴えるとしていたが、訴訟を断念すると記者発表を行なった。

「アマゾンの植物を不正に持ち出したことやセルソとミゲルの会話のテープを公表されることを恐れたのだろう」ケンが言った。

このままジェネリックは生産されるだろう。メディカル・サイエンス社はファルマブラ医薬品研究所を告発しない代わりに、ブラジルも同社の裏工作に目を瞑《つむ》る。

記者発表が行なわれた日、セルソ・タバーリスの自宅に強盗が押し入った。強盗は金庫を開けるように要求したが、セルソはそれに抵抗したため射殺された。サンパウロ警察は全力で犯人逮捕に向けて捜索しているという記事が流れた。

ミゲル弁護士もセルソもメディカル・サイエンス社が口封じのために殺したに違いない。連邦警察の捜査で、植物持ち出しに二人が関わっていたことが明らかになった。

「ブラジルは何ごともなかったように一連の事件を処理するでしょう」マリヤーニはこともなげに言った。「あなたは二十万人ものエイズ患者を救ったのよ」

しかし、ケンはその言葉を素直に受け取る気分でもなさそうだ。いくらマリヤーニを守るためとはいえ、ケンが撃った銃弾でジェラルドは命を失っている。

「ブラジルの取った手段はこれから国連で問題にされると思うけど、この方式ならアフリカやアジアの貧しい地域の患者も救えるわ」

人の命を救う医師が、正当防衛とはいえ一人の人間の生命を奪った。ケンは生涯解答の出ない難問を背負ってしまったような気持ちだろう。

ブラジルはファルマブラ医薬品研究所でジェネリックの生産を年内にも開始し、患者すべてに無料で配布する態勢を進めていった。

小野寺は一日も早く日本に戻りたい心境だった。ベレンに滞在したのは約五ヵ月だが、何年もブラジルで過ごしていたような錯覚を抱いた。ファベーラの小屋を引き払って市内のヒルトンホテルに部屋を取り、帰国の準備を始めた。

ファベーラの住人が送別会を開くと言ってきたが、事件以降、ファベーラに足を踏み込む気持ちになれなかった。ジェラルドもきっとエストラーダ・ノーバのようなファベーラで育ったに違いない。法律的には正当防衛が認められるだろうが、やはり銃を乱射した感触は払拭できなかった。小野寺は誰にも告げずに、日本に帰国することを決意した。

ホテルからエストラーダ・ノーバに行くようにタクシーの運転手に言うと、「道順を知らない」という返事が返ってきた。「道案内は俺がする」と答えたら、運転手は怪訝な顔をした。

目的地に着くと、運転手はすぐに引き返して行った。小野寺は診療所に向かった。すっかり回復したマリヤーニが診察に当たっていた。

「帰国が決まったら教えてよ。送別会を開くって皆言っているからね」

「ありがとう。わかった」と答えて、「今日はもうアドリアーナは来たかい」と聞いてみた。

「多分、いつもの広場にいると思う」

慣れた足取りで広場に行った。子どもたちはサッカーをしていた。片隅にアドリアーナがいた。目ざとく小野寺を見つけ、走ってやってきた。

「ケンは日本に帰ってしまうの」

「うん。アドリアーナはこれからどうするの」

「引っ越しするんだって」

パウラも真剣に将来のことを考え、ファベーラを出て二人で新たな生活をするらしい。

「私、たくさん勉強してケンやマリヤーニのようにドットーラになるんだ。そう決めたの」

「そうなんだ」

フェルナンドの残してくれた遺産で、アドリアーナが医師に成長するなら、フェルナンドも本望だろう。

「マリヤーニから聞いたけど、オペラソン（手術）をして私を助けてくれたのはケンなんでしょ。ありがとう。私、ずっとケンのこと覚えているよ」

「アドリアーナのことも忘れないよ」小野寺が答えた。

「医師になって、たくさんの人を救うんだ。ケンみたいになれるかしら」

「人を救うか」小野寺は呟いた。アドリアーナが不思議そうな顔をして小野寺を見つめた。

「なれるさ、君なら。しっかり勉強するんだよ。また来るね、チャオ」

こう言って小野寺はファベーラを離れた。

〈いったい俺は誰を救おうとしていたんだ。何を守ろうとしていたんだ。日本に早く帰ろう〉

早急に帰国しなければならないもう一つの理由が、今の小野寺にはあった。

愛する者を失い、愛する者のために必死で闘ってる家族のために。
小野寺のもう一つの闘いが始まろうとしていた。

第十八章　帰国

一ヵ月しかない。精神科の看護師に亜佐美のカルテを見せ、改ざんした事実を証言してもらいたいと思ったが、S医大付属病院に勤務している看護師にそれを望む方が無理というものだ。わずかでも可能性があるのは、小児科の担当だった岡村沙代子だった。しかし、S医大付属病院をすでに退職しているとはいえ、岡村からは会うことさえ拒否されている。

「岡村さんといい小野寺先生といい、二人ともいないというのは、何かおかしいと思いませんか」春奈は一度しか見ていないオーツカMVと、カルテの異様な書き込みに丸島医師の改ざんを確信していた。

「小野寺医師の国際小児学会の出席はまだいいとしても、そのまま休職しどこにいるかもわからないなんていうことは常識ではありえない。俺も二人は何か知っていると思う」瀬川も同じ感想を漏らした。

「岡村さんのところにもう一度、いや何度でも、私訪ねてみる」春奈はカルテの改ざんを立証できれば、丸島医師を追い詰めることができると必死の形相だった。

「でも一回断られているんだから、手紙を書いてみたらどうだ」

春奈は瀬川の助言で、岡村看護師に手紙を書いた。


《拝啓　盛夏の候、ますます御健勝のこととお喜び申し上げます。その節は大変お世話になりました。先日はお疲れのところを突然お訪ねして不快な思いをさせてしまったことを心からお詫びいたします。どうかご容赦ください。

新聞やテレビで報道され、すでにご承知かもしれませんが、私たちはS医大付属病院と丸島医師の責任を問うために、裁判を起こしました。亜佐美が何故死ななければならなかったのか、その真相を明らかにしてあげることが、残された私たちの使命のように思えるのです。

私たちはハロペリドールに悪性症候群などという恐ろしい副作用があるなどとは夢にも思っていませんでした。その説明も丸島医師から聞いてはいません。子どもが病気になったとき、親はまったくの無力です。点滴や注射液、錠剤がどのような効用があり、どんな副作用があるのか、それを一つ一つ医師から聞いて、医師の治療方針を十分に納得してから治療してもらうなどということは実際にはなかなかできません。

ましてや亜佐美のように心を病み、苦しんでいるわが子を見れば、一日も早く、いや一分一秒でも早く闇の中から救い出してあげたい、助けてやってほしいと願うのが親です。S医大付属病院にはすがるような思いで亜佐美を連れて行ったのです。

亜佐美は長女で、難産でした。出産するときは苦労しましたが、その後は本当にいい子で、手もかからず素直に育ってくれました。妹や弟の世話もよくみてくれました。一度だけ、自転車に乗っていて転び、膝を二針ほど縫うケガをしたことがあります。裂けた傷口から血が噴き出し、傷口には土がこびり付いていました。

本人も怖くて傷口をみることができなかったのに、まだなりたての若い看護師さんが消毒し、丁寧に汚れを洗い流してくれました。それから医師か看護師になるのが亜佐美の夢でした。子どものことですから、単なる夢で終ったかもしれません。しかし、亜佐美が生きていれば自分なりに夢に向かって歩いていたはずです。恋をして、結婚をして、子どもを産んで、平凡な主婦になっていたかもしれません。どんな人生であっても、自分の夢に向かって懸命に生きる、そんな人生を歩んでほしいと思って、私たちは子どもを育ててまいりました。

その亜佐美の命が突然奪われたのです。私たちにできることは、二度とこんなことが起きないように、私たちの悲しみ、苦しみはこれで最後にしたいのです。そのためにも真相を明らかにする必要があると考えて、裁判を起こしました。

しかし、私どもには高額な弁護費用を用意して、大病院に挑むだけの経済的な余裕などありません。それで本人訴訟という方法しか選択できませんでした。医学的な知識など私にも主人にもまったくありません。医学辞典を読みながら、訴状を書き、丸島医師に証人尋問をしているような状況です。

それでもいくつかの不審な点が浮かび上がってきました。その一つはPNツイン二号とオーツカMVの関係です。高カロリー輸液を点滴するときには、一日三ミリグラム以上のビタミンB1を投与しなければいけないとPNツイン二号の添付文書には書かれています。私はほとんど毎日のように亜佐美に付き添いましたが、オーツカMVが投与されたのは一回しか見ていないのです。

しかし、同封のカルテには毎日オーツカMVが点滴投与されたようになっています。そのカルテの書き方が、私には後から書き足したようにしか思えないのです。もしオーツカMVが一回しか投与されていなければ、亜佐美は極端なビタミンB1の欠乏症を引き起こしていたと考えられます。そのことが悪性症候群をさらに激烈なものにした可能性もあります。

以前、娘の死の説明会が開かれ、何も知らずにオーツカMVについて尋ねたら、丸島先生は急に怒り始めました。それでなおさら私はカルテに疑問を持つようになりました。

あくまでも私ども素人の考えですが、先日の法廷でこの点についても丸島医師に聞きましたが、彼はカルテの通りオーツカMVを投与したと主張していました。岡村さんは小児科の所属で、精神科ではないことは十分に承知しています。カルテをご覧になって、何か思いつくようなことがあれば、どんなことでも結構ですから、ご意見をうかがえれば幸甚です。

最後になりましたが、岡村さんの今後のご活躍を心よりお祈りしています。

敬具〉

春奈はこの手紙を投函した。一週間経っても返事はこなかった。いたずらに時間が過ぎていくばかりだった。瀬川は妻と共に岡村を訪ねることにした。特急の止まらない私鉄沿線の小さな駅で降りた。駅前の駐輪場には自転車が満杯状態だ。コンビニがあるだけで、商店街と呼べるほどの町並みでもなかった。新興のベッドタウンといった風情で、昼間は閑散としている。

岡村のマンションに着いたのは午後三時をわずかに過ぎた頃だった。夜勤の出勤前か、日勤帰りの夕方なら会える可能性があると思い、ちょうどその時間に着くように家を出たのだ。春奈が呼び鈴を押した。

「はい、どなたですか」インターホンから快活な声が聞えてきた。

春奈は「突然申し訳ありません。瀬川です」と答えた。

「お待ちください」という返事があって、すぐにドアが開いた。瀬川純平が一緒だとわかり、少し緊張した顔つきに変わった。

「お手紙をいただいたのに、返事も出さずに申し訳ありません」岡村は頭を下げた。「これから夜勤で五時には家を出なければなりませんが、どうぞ上がってください」

岡村は三十代半ばくらいで一人暮らしらしく、家の中は小ぎれいに整理整頓されていた。一ＬＤＫといった間取りのマンションで、リビングの真ん中には丸形のテーブルが置かれ、椅子が三脚置かれていた。

「どうぞかけてください」岡村は冷蔵庫から冷たいジュースを出してテーブルに並べた。「以前にもお話ししたとおり、私が話すべきことは何もないんです」

「家内が手紙にも書きましたが、私にはどうしてもあのカルテが信じられないんです。誰がどう見ても後から書き足したとしか思えません」瀬川は自分の感じていることを率直に話した。

「お手紙は拝見しましたが、ご承知のように亜佐美さんを担当したのも、転科してからのことでカルテについても、正直なところまったく記憶がないんです」

一日に何人もの患者と対応している看護師だ。いちいちすべての患者のカルテを記憶していることなどできるはずもない。

「無理矢理に小さなスペースに強引に書き込んだり、広いスペースにぽつんと書かれたり、不自然だとはお感じになりませんか。それともこのようなカルテを何度も見たことがあるのでしょうか」疑惑のカルテを示しながら春奈が思いをぶつけた。

「私は小児科で、丸島先生のカルテを見ることはまったくとは言いませんが、見る機会はほとんどなかったというのが事実です」

「でもこのカルテを見て、変だとは思いませんか」単刀直入に瀬川は聞いた。

岡村は黙り込んでしまった。重い沈黙が続く。それに耐え切れなかったのか、春奈が誰に言うでもなく呟く。

「私には丸島先生が強引に書き込んだとしか思えないんですよね……」

「確かに窮屈なスペースに書いていることは明らかですが、筆跡も似ている……。でも私には何も言えません」

「つかぬことをお聞きしますが、よろしいでしょうか」瀬川は直接カルテのことを尋ねても埒が明かないと判断して、話題を替えることにした。

「なんでしょうか」岡村が訝る。

「何故、あの病院をお辞めになったのでしょうか」

「辞めたのは、今の病院の方が条件面で優遇してもらえるからです」返事は明快だった。「どうしてそんなことをお聞きになるんですか」

「単なる偶然なのかもしれませんが、亜佐美が亡くなった直後にあなたがあの病院を去り、小野寺先生もブラジルで開催された国際会議に出席された後休職されて、本当かどうか知りませんが、今どこにいるのか病院も知らないというのです。私たち夫婦に知られては困る事実をあなた方二人が握っていて、私たちから引き離すためにそうしたのではないかと……」

瀬川は心の中にわだかまっている疑問を率直に岡村にぶつけてみた。

「そうですか。でも私の退職は個人的なことですから」と言って、一瞬間を置き、決したように続けた。「私はあの病院の理事や丸島先生とこれ以上関わりたくないと思ったんです」

瀬川と春奈は顔を見合わせた。

「丸島先生とは科が違い、付き合いはないのでは……」春奈が恐る恐る尋ねた。

岡村は余計なことを言ってしまったと思ったのか、後悔が顔に出ている。「仕事のことというより、個人的なことですから」

「差し支えなければ、詳しく聞かせてもらえませんか」春奈が追いすがるように聞いた。

「ごめんなさい。本当に個人的なことなので……。そろそろ時間なので出勤の準備をしなければなりません」岡村は帰宅を求めてきた。

「そうですか……」春奈は思いが吹っ切れないでいる様子だ。

落胆している春奈に岡村が告げた。

「小野寺先生の休職のことは私も知りませんでした。ただ……」と言って、岡村は再び口を閉じた。

「何でしょうか」春奈が岡村の目を見つめる。

「亜佐美さんが小児科に運ばれてきた日、後から聞いた話ですが、丸島先生とかなり険悪な言い争いがあったそうです」

「言い争い、ですか」瀬川が確かめるように聞いた。

「ええ、精神科の看護師仲間からのまた聞きなので、正確にはわかりませんが、亜佐美さんの治療方針を巡っておとなしい小野寺先生が声を荒げたと仲間が教えてくれました」

「小野寺先生に何としてもお会いしたいんですが、日本にいるのか、ブラジルにいるのかもわからずに、私たちも気を揉んでいるんです」

瀬川は裁判があと一回の法廷で結審する可能性があることを説明した。

「小野寺先生がもしかしたら何かご存知なのかもしれませんね。早く休職から復帰されるといいですね。申し訳ありませんが、今日のところはこれでお引き取り願えますか」

岡村のマンションを出た後、二人とも無口だった。春奈も岡村看護師と丸島医師の間にどんな関係があったのか、そのことで頭がいっぱいだった。「個人的なこと」と岡村は言ったが、常識的な判断をすれば、二人の間に男女の関係があったとしか想像できない。しかし、丸島医師には妻子がいる。

「不倫関係にでもあったのかしら」春奈が同意を求めるように聞いた。

「俺もそんなことだろうと思うよ」瀬川の口調も投げやりだ。「そんな看護師から真実を聞かせてほしいって頼んでも仕方ないな」

重い足取りで二人は帰宅した。


岡村の「個人的な関係」という言葉が喉に刺さった小骨のように、春奈にはいつまでも気になって仕方なかった。岡村の対応は前回とは明らかに違っていた。亜佐美に対する思いや、どんな考えで裁判を闘っているのか、それを手紙に書いたことで態度が和らいだとも思えた。しかし、それだけではないように春奈には感じられた。

瀬川は岡村が何を言おうが、丸島の愛人だったとすれば、むしろこちらの情報が相手に伝わるだけでこれ以上の接触は危険だと判断していた。春奈は以前に好意的に対応してくれた琴原を訪ねることにした。琴原なら新しい情報を提供してくれるかもしれない。

夜勤明けの琴原に会い、春奈は岡村看護師と会ったことを告げた。

「個人的な関係とおっしゃいました。下衆《げす》の勘ぐりと軽蔑されるかも知れませんが、私も女の直感で主人と同じ印象を持ちました」

「彼女がそこまで言ったのですか」と確認を求めてきた。

一部始終を説明すると、「噂の域を出ない話」と前置きしながら言った。

「丸島先生と岡村さんの関係は院内ではかなり前から取りざたされていました」

丸島は妻子がいる上、S医大付属病院を経営する丸島一族の一人でもある。その威光を笠に好き勝手な振る舞いをしてきたが、理事長らの耳に不倫の噂が入ってしまった。理事長らに呼び出され、手を切るように迫られたらしい。当然、岡村に対しても厳重注意がなされたようだ。しかし、事実を明らかにすれば、丸島自身にも傷がつくと判断して病院側はそれ以上のことは何もしなかった。

「丸島先生と看護師との不倫はそれだけではなく、これまでにも何度かあったんです。でも、最後は看護師が病院を去っていくというパターンで、ことが公になることはありませんでした」

「岡村さんの件もその一つですか」

「私はそう思っています。丸島先生にとってはいつもの遊びの関係だったでしょうが、岡村さんは本気で先生を好きになっていたと小児科の看護師からは聞きました」

「それでは丸島先生のカルテの改ざんについて聞いても、正直に答えてくれるはずがありませんね」

　春奈は心のどこかで岡村に期待を寄せていた。瀬川の言うように岡村に事実関係を聞くこと自体無意味なのかもしれないと思った。

「瀬川さんの話を聞いて、オーツカMVに関係するかどうかわからないのですが、岡村さんが辞められる直前に、会計係の友人に診療報酬や薬の計算を調べてもらっていたという話があるんです」

「えっ」春奈はぬれた手で感電したような衝撃を受けた。

「その会計の方は今も病院で働いているのでしょうか」

「働いています。しかし、個人情報をいくら同じ職場の看護師とはいえ漏らしたとなれば、彼女は失職します。これはあくまでも噂話程度に聞いておいてください」琴原は念を押すように言った。

「わかりました。もう一つ岡村さんですが、結局、自分から身を引くような格好で病院を辞められたということですか」

「それがある日突然、総務の方に辞表が提出され、普通は看護師同士で送別会くらいは開くんですが、彼女は周囲に何も言わずに去っていってしまったんです」

　それから三十分ほど春奈は医療裁判の難しさを話して帰宅した。

「どうだった。何かわかったか」瀬川の声も春奈の耳には届かなかった。

返事もせずに帰宅すると同時に、ダンボール三箱になる資料のコピーや新聞の切り抜きの中から一通の葉書を取り出した。差出人は不明だが、窮地に立つ瀬川夫婦に示唆的な情報を提供してくれた葉書だ。消印を確認した。「H北」という郵便局の消印だ。H市は岡村が転居した住所だ。

「どうして気づかなかったのだろう」

「何を独りごと言っているんだ」

いつになく思いつめた顔の春奈に瀬川も戸惑っているらしい。

「この手紙をくれたのは、もしかしたら岡村さんかもしれないわ」

「まさか、丸島の愛人だった女がそんなことをするわけがないだろう」

裁判を傍聴しているのは、新聞記者だけだ。しかも、記事になったのは初法廷の時だけだった。それ以降は記者は居眠りしながら傍聴し、記事になることはなかった。

「私たちの窮地を知っているのは、本人訴訟を記事にしてくれた新聞記者だけでしょ。だから診療報酬、保険請求額の明細を調べろと手紙をくれたのは、どこかの記者だと、あなたは言っていたでしょう。でも、私は岡村さんだと思います」

春奈は岡村が診療報酬、保険請求額の明細を会計係に聞いていた事実を瀬川に告げた。

「好きになっている男を窮地に追いこむような情報をわざわざ送って寄越すか」瀬川

は春奈の考えを妄想だと受け入れようとはしなかった。「あの手紙のおかげで、オーツカMVの保険請求が一回分しか出されていないことがわかったけど、岡村さんが傍聴席にいたなんていうこともないし、私たちが窮地に立っていることだって彼女は知らないはずだ」

「でも、亜佐美が転科したときか、あるいは死んだ直後にカルテの改ざんが行なわれていたことを、彼女が知っていたと仮定したら、どうなりますか」

瀬川は長い間探していたものをようやく見つけたときのような顔に変わった。

「丸島への怨みから、あの情報を提供してくれたというのか」

「それも理由の一つかもしれません。でも、私には彼女がそれだけの理由であの手紙を書いてくれたと思いたくもないし、それ以外の理由が彼女にはあるのかもしれませんね」

「なんだと思う、その理由というのは」

「わかりません。でも、これは女の直感みたいなものです。あなたにわからなくても私にだけはわかるのよ」

「たとえそうであったとしても岡村が裁判に協力してくれるとは思えない。私たちが圧倒的に不利だという現実は何も変わらない」

「そうですね。でも、小野寺先生の行方をつかめるかどうかが裁判の鍵ですね」

亜佐美が死んだ直後は仏壇の前で泣いているばかりだった。しかし、裁判が始まると、強くならなければと自分に言い聞かせてきた。納得のいく判決を得るまでは泣くまいと決意していた。強くなっていると自分でも思った。

九月になっても残暑は厳しく、汗が噴き出してくる。瀬川と春奈は仏壇に手を合わせた。春奈はいつもより長く祈っている。S地裁に向かったが、瀬川も春奈も無口になった。不安と期待が交錯し、空中を歩いているようなおぼつかなさがずっとつきまとっている。

「大丈夫ですよね」春奈が念を押すように聞いてきた。

「ああ、ここまで来たんだ。慌てても仕方ないだろう。信じてみよう」

二人とも真っ黒に日焼けしていた。しかし、八月に畑に出て働いたのは数日間しかなかった。岡村のマンションを何度も訪ねた。それだけではない。小野寺医師の所在を確かめるために、知っていそうな人を訪ね歩いたのだ。

裁判は午前十時開廷だ。二人は三十分前にS地裁に着いてしまった。瀬川は時計を一分おきに見ながら、玄関やロビーを行ったり来たりしている。春奈はロビーの椅子に座り、目を瞑り動かない。

「よくこんなときに、じっとしていられるなあ」瀬川が春奈に言った。

「信じようっておっしゃったのはあなたでしょ」いつもの春奈ならユーモアを含んだ口調で返してくるが、刺々《とげとげ》しい。

開廷十分前、木戸弁護士と丸島医師が玄関に入ってきた。打ち合わせはすでに終っているのだろう。二人からは笑みがこぼれ余裕が感じられる。人の生命を奪っているというのに、その深刻さが丸島には微塵もない。木戸弁護士も原告側の敗訴で裁判は終ると思っているのだろう。怒りが急に込み上げ来る。

〈いつまでもあんなウソが通用すると思うなよ〉瀬川は心の中で吐き捨てた。

二人は瀬川夫婦を一瞥して法廷のある三階へエレベーターで上がっていった。さらに五分が経過した。さすがに春奈も不安で瞑想などしていられなくなったらしい。立ち上がり玄関から出てきて、通りを見つめている。

開廷二分前、小走りにやって来る二人連れが見えた。

「お父さん、来てくれましたよ、お二人が」春奈は涙声になっていた。

「泣くな、本当の闘いはこれからだ」

ロビーに入ると同時に岡村看護師が言った。

「遅くなって申し訳ありません。開廷前に丸島先生と顔を合わせたくなかったので、十時ちょうどに法廷に入ろうと小野寺先生に無理をお願いしてしまいました」

「さあ、行きましょう」小野寺が急かせた。

小野寺は瀬川などとは比較しようもないくらい黒い肌をしている。ブラジルのアマゾン流域の医療事情を視察してきたと言っていたが、日焼けの具合からそれがうかがえる。

「お二人に心から感謝します」瀬川と春奈は深々と頭を下げた。

法廷に入った。すでに木戸弁護士と丸島医師が被告席に着き、机に書類を置き打ち合わせをしていた。傍聴席にいるのは三人の記者だけで、一般の傍聴人はいなかった。

瀬川と春奈がまず法廷に入った。木戸と丸島が二人を見た。すぐ書類へと目を落とす。

「こちらに座っていてください」春奈が小野寺と岡村に、原告席に近い傍聴席に座るように勧めた。丸島の視線が傍聴席に座った二人に流れた。

「起立」書記官の声が法廷に響いた。裁判官が入廷した。

丸島も起立したが、傍聴席を見たままで罠にかかった獣のようなうろたえぶりだ。汗がもう噴き出している。

「さて、今日は最後の証人尋問ということでよろしいですね」裁判長が法廷記録を机に広げた。

「裁判所の方には原告側から新たな証拠も提出されていないようなので、前回申し上げたとおり、双方一時間の証人尋問で結審したいと裁判所としては考えていますが、それでよろしいですね」

「裁判長、私どもの方からお願いがあります」瀬川の自信に満ちた声が法廷に響いた。

「原告側としては、新たな証拠を提出すべく努力してきたのですが、証人が海外出張から帰国されたのが一週間前のことで、裁判所に認めていただけるのでしたら、今回新たな証拠提出と証人尋問をお願いしたいのですが……」

言い終えて、被告席を見た。丸島は亡霊でも見たかのような脅えた顔をしている。異変を感じたのか、木戸が何ごとか話しかけている。

「どのようなものですか」裁判長が聞いた。

瀬川は裁判長の前に歩み寄り、三通の証拠書類提出と二人の証人申請を出したいと申し出た。

「一通はS医大付属病院小児科で、亜佐美を担当してくれた小野寺医師の署名捺印された証言調書、二通目も同じく小児科の岡村看護師のものです。三通目は小児科に転科した当時の亜佐美のカルテのコピーです。私どもとしては、あわせてお二人の話を聞きたいと思っています。なお、三通の書類はS警察にすでに提出した告発状の追加として昨日出しています。書類は被告側のものも用意してあります」

裁判長はまずカルテに目を通し、隣の裁判官に渡した。残りの書類にも素早く目を走らせた。

「このお二人を証人として呼びたいということですね」

「そうです。今日、ここに来ていただいています」

瀬川の言葉に裁判長は傍聴席の二人に視線を投げかけた。

「代理人、ちょっと来ていただけますか」裁判長が木戸弁護士を呼んだ。

「原告側からたった今、このような証拠と新たな証人申請が出されました。裁判所としては裁判の迅速化という見地からも、被告側に異議がなければ採用したいと思うのですが、いかがでしょうか」

裁判長が三通の書類を木戸に示した。丸島は左手の指をまるでピアノでも弾くように机の上で忙《せわ》しく動かし、そして額の汗をひっきりなしに拭いている。木戸は抵抗しても心証を悪くするだけだと判断したのか、証拠提出と証人申請に同意した。

「ただし裁判長、新たな証人二人については、改めて反対尋問のお時間をいただきたいと思いますが、よろしいですね」

「わかりました。では、今日はすべて原告側の証人尋問ということで進めてよろしいですね」

木戸は被告席に戻り、二言、三言丸島に小声で告げた。机を叩く指がピタリと止んだ。

「代理人から説明を聞きましたね」

丸島が頷いた。

「では始めてください」

　裁判長に促されて瀬川が立った。

「前回の質問と重複しますが、確認の意味を含めてもう一度おうかがいします。PNツイン二号の添付文書に記されていることを教えてください」

「ビタミンB1を一日三ミリグラム必ず併用投与するように書かれています」

「亜佐美の場合、そのビタミンB1がオーツカMVだったことに間違いないですね」

「はい、その通りです」

「前回、私は証拠保全をしてこのカルテで質問させていただきました。オーツカMVの投与は小さなスペースに書かれたり、広いスペースに取って付けたように書かれたり、不自然さを感じたので、実際には投与されていないのに、後から書き込まれたものではないかと質問しましたが、そうした事実はないということでいいですか」

「投与したそのときに必ずしも書いていない場合があります」

「もう少し具体的に説明してくれますか」瀬川の声はあくまでも冷静だ。

「急患が出たり、突発的な用事でカルテの記載を中断しなければならなかったり、そうしたときは後から書くこともあります」

「後から書き込む場合もあるということですね」

「はい」

「カルテに書き忘れることなどは、実際医療の現場ではあるのでしょうか」

「まったくないとは言えませんが、そのようなことがあれば医療過誤につながるので細心の注意を払っています」

「カルテの記載を中断し、再開するまではどのくらいの時間、あるいは日にちがかかるものなのですか」

「何日も置いてから書くなどということはありません。数時間後には書くようにしています」

「そうですか。後でまとめて記載するなんていうことはあるのでしょうか」

「そんなことはありえません」

瀬川は木戸弁護士に視線をやった。木戸は天を仰ぐように天井を見つめ、すぐに丸島の証言をメモした。

「ではお聞きしますが、保険請求の申告漏れはどうしておきたのでしょうか」

「その件ですが、前回の法廷の後調べてみましたが、事務局のケアレスミスだということが判明しました。保険請求は改めてしているところです」

「亜佐美のアシドーシスですが、ビタミンＢ１の欠乏による代謝性のものではなく、呼吸性のものだったと、今もそうお考えですか」

「はい、医師としてデータから考えるとそういうことになります」

「そうですか。裁判長、先ほど提出したカルテのコピーについて引き続き質問をしたいと思います」

「どうぞ」と答えてから、木戸弁護士に対して丸島にカルテのコピーを提示するように指示した。

木戸は証拠書類を丸島の前にに広げ、指で差してから席に戻った。

「このカルテに見覚えはありますか」

「はい。私が書いたものです」

「証拠保全をして入手したカルテとは違うところがいくつもあります」

新たに証拠として提出されたカルテのコピーには、亜佐美が転科した前日だけしかオーツカＭＶが投与されていない。その事実を一つ一つ瀬川は指摘した。

「このコピーは亜佐美が転科した日にコピーされたものです。この時点では、オーツカＭＶは一回しか投与されていません。しかも転科の前日です。もう一度、お聞きします。急患、突発的な用事があってカルテ記載を中断し、後でまとめて記載するということはないのですね」

「このカルテのコピーは私が書いたものかどうか、はっきりしないので、今、答えろと言われても、明確な回答ができないというか……」

「私の質問は、カルテ記載を後でまとめて書くようなことは、あるのかないのかをお聞きしているのです」

「後でまとめて書くなどということはありません」

「その答えに間違いはないのですね」

「はい」

「ではもう一つカルテについてお聞きします。さきほど新しく提出したカルテをもう一度見てください。あなたは自分で書いたものとお答えになりましたが、その答えの通りなんですね」

「筆跡も私が書いたように見えますが、新しいカルテにはオーツカMVの記述が一回しか見られません。どうしてこんなカルテがあるのか、私には理解できないのですが……」

丸島は明らかに動揺していた。額から流れ落ちる汗を拭おうともしない。汗が机に落ちているのが瀬川の席からも見えた。

「カルテについて、後ほど原告側から明らかにします。今、聞いているのはあなたが書いたものかどうかということです」

「本当に私が書いたものかと聞かれれば、今、ここでは百パーセント私が書いたとは断定できないというか、確信を持って答えられないというか、はっきりしない」

歯切れの悪い答えが丸島の口から漏れてくる。

「今、あなたは自分が書いたものだとお認めになったではありませんか。それともこれはあなたが書いたものではないと今度は否定されるのですか。筆跡鑑定をしているわけではありませんが、素人目にも同じもののように見えるし、強いライトにかざして二つのカルテを重ねて見ましたが、オーツカMV以外のすべての文字がピッタリと重なります。これはあなたが書いたものではないのですか、どうですか」

丸島は額の汗を手で拭った。瀬川は返事を待ったが、丸島は喉の奥に飲み込めないものが引っかかったかのように何度も唾を飲み込む動作を繰り返すだけで、返事が返ってこない。

「ここで百パーセント明確にわからなくても、自分が書いたものに思えるのか、そうでないのか、それを原告は聞いているのですが」裁判長が促した。

「今のところ、なんとも回答のしようがありません」

「そうですか」

裁判長の言葉を聞くと、瀬川が言った。

「丸島医師への尋問はこれで終了し、岡村看護師、小野寺医師の順で聞いていきたいと思います」

「それでは岡村さんは前に出てきて宣誓をしてください」裁判長が促した。

岡村が証言台に立ち、宣誓をした。

「岡村さんの職業はなんでしょうか」

瀬川が尋問を開始した。

「看護師です」

「亜佐美が亡くなった当時はどうでしたか」

「S医大付属病院の小児科に勤務していました」

「死亡した瀬川亜佐美との関係はどのようなものでした」

「私が担当した患者で、精神科から転科してきた患者さんです」

「あなたが提供してくれたこのカルテですが、これは誰のカルテですか」

「瀬川亜佐美さんのものです」

「どうしてこれがあなたの手元にあるのですか」

「必要だからコピーしたのです」

「具体的に説明してくれますか」

「わかりました。瀬川亜佐美さんが重篤な状態で転科されてこられました。その日は午後に出勤、そのまま継続して夜勤でした。精神科の丸島先生から電話が入り、瀬川亜佐美さんのカルテを貸してほしいと言ってきたのです」

「どういうことですか」

「私は今後の治療方法を医師団が検討するために、会議が開かれるのかなと思いました」

「カルテを見ながら、治療方針を検討するということですが、すでに亜佐美は精神科から小児科に移っていました。それなのに何故、精神科の丸島先生がカルテを要求するのですか。変だとは思いませんでしたか」

「そのときは変だとは思いませんでした。時間的には夜の十時過ぎを回っていましたが、重篤な患者の治療については時間など関係なく会議が開かれていましたから。受話器を切り、持っていこうとしたのですが、同僚からカルテをどこへ持っていくのと聞かれ、事情を説明しました。すると主治医の小野寺先生はすでに帰宅していると聞かされました」

「それでおかしいと思ったのですか」

「丸島先生がどうしてカルテを見たいとおっしゃったのか、それほど深く考えませんでした。ただ、亜佐美さんは予断を許さない状態でしたから、万が一のときにカルテが精神科に行っていて小児科にはないではすまされないので、私はコピーを取り、オリジナルを丸島先生のところにお持ちしました」

「それでカルテはどうなりましたか」

「二時間もしないうちに電話がまた入り、私が行って持ち帰りました」

「そのときにカルテに何か変わっていたことはありましたか」

「深夜の患者のケアに忙しくて、カルテを開いて見るなどという余裕はありません。カルテはそのまま元に戻し、コピーしたカルテは患者の個人情報なので、すぐに処分しようと思ったのですが、人目につかないところで完全に破棄しなければいけないと思い、夜勤明けに自分のロッカーに入れて、その日は帰宅してしまいました」

「そのコピーがこれなんですね」

「はい、そうです」

「破棄すべきコピーが何故今まで残っていたのでしょうか」

「私は間もなくS医大付属病院を辞めて他の病院に移りました。それでロッカーの荷物もそっくり運び出し、自宅に置いてありました」

「どうして処分しなかったのでしょうか」

岡村は少し間を置いてから意を決したように証言を続けた。

「処分しようと何度も思いましたが、できませんでした」

「どういうことなのか、お話ししていただける範囲で結構ですから聞かせてください」

瀬川は岡村から病院を辞めた理由をすでに聞いていた。丸島医師と愛人関係にあったことも事実だった。いずれ丸島は離婚し、岡村と再婚すると約束していたようだ。しかし、不倫関係はずるずると続き、岡村は妊娠した。丸島は当然のことのように中絶を迫った。岡村は出産したかったが、結局、丸島に従った。亜佐美が死亡した直後のことだった。

それが契機になり岡村は丸島との関係を断ち切ることを決意した。S医大付属病院で働き続けることには耐え切れずに病院を替わったのだ。それでも丸島への思いがすぐに吹っ切れたわけではなかった。

亜佐美が亡くなった後、瀬川亜佐美の両親と丸島医師との間でトラブルが生じている事実はすぐに院内に広まった。同時に丸島医師の医療過誤だったという噂も、静かな湖面に石を投げ込んだように伝わっていった。岡村はカルテの改ざんの事実は知らなかったが、長年の経験から、丸島の医療ミスであることは薄々気づいていた。カルテは丸島の過失を証明する証拠だ。

そのコピーが重大な証拠になると気づいたのは、春奈の訪問を受け、改ざんされたカルテを見たときだった。しかし、その場でコピーを渡す決意はできなかった。丸島との不倫関係は三年以上も続いていたのだ。

「春奈さんが訪ねてこられて、オーツカMVに疑問を抱いていると話されました。それでやはりと思いました。もう一つ、亜佐美さんが転科されたとき、いつも温厚な小野寺先生がカルテを見られて〈あのヤブ医者野郎〉と言葉を荒げていました。小野寺先生もオーツカMVに気づかれたのだと思います。春奈さんのお話からカルテに書き込みがされたことを知りました」

記者席にいて、裁判中居眠りをしていることも珍しくなかった記者がメモ帳にペンを走らせ始めた。

「そのときにすぐにコピーを渡してはいただけませんでした。その理由をお話しください」

コピーは丸島の改ざんを証明する決定的な証拠になると瀬川は思った。岡村が入手し、これまで保管していた理由についても裁判所も当然関心を持つはずだ。

「私は丸島先生とお付き合いをさせていただいていました。このコピーを瀬川さんにお渡しすることは、別れたとはいえ丸島先生が不利になると思うと決心がつきませんでした」

瀬川は丸島を睨みつけた。丸島は無理に押し出したような不自然な笑いを浮かべた。

「それが何故、私たち夫婦にコピーを渡してもいいと決意していただけたのでしょうか」

「春奈さんからお手紙をいただき、また真夏の暑い日に何度も足を運ばせてしまいました。春奈さんから娘を思う母親の気持ちがどんなに深いものなのかを教えていただきました。私も母親になるチャンスがありましたが、軽率な判断で自らそれを手放してしまいました。二度と誤った判断で取り返しのつかないことをしてはいけないと思い、コピーをお渡ししました」

「つらい話をさせて申し訳ありません。ありがとうございました。裁判長、岡村さんへの証人尋問はこれで終りにしたいと思います」

岡村は裁判長に礼をしてから証言台から下りた。瀬川と春奈は深々と岡村に頭を下げた。岡村と入れ替わるように、小野寺が立った。

「引き続き、小野寺医師の証人尋問を行ないたいと思います」

「それでは宣誓をしてください」裁判長の言葉に、小野寺が宣誓をした。

瀬川はまず名前、年齢、職業を形式通りに質問をした。

「先ほども岡村さんからお話がありましたが、亜佐美が小児科に移されたとき、あなたは〈ヤブ医者野郎〉と怒鳴ったそうですが、それはどういう理由からですか」

「瀬川さんご夫婦が問題にしているオーツカMVが、転科前日しか投与されていなかったこと、それと悪性症候群の発症を疑っている形跡すら見られなかったことから、それで思わず怒鳴ってしまいました」

「先生が見られたカルテには、オーツカMVは転科前日にしか投与されていなかったのでしょうか」

「はい。私が見たカルテには一回しか投与されていませんでした」

「それで小野寺先生はそれからどうされたのでしょうか」

「すぐに亜佐美さんを診察し、治療に取りかかりました」

「治療というのは、何のための治療ですか」

「亜佐美さんは悪性症候群を引き起こしていると判断して、その治療を開始しました」

「転科したとき、丸島先生からの申し送り事項は何かあったのでしょうか」

「特別なものは何もありません。患者を頼むという簡単なものでした」

「私一人の手にはとても負えないと判断し、熊谷院長に私はすべてを話して医療チームを編成するように要請しました」

三人いた記者が一斉に席を立ちポケットから携帯電話を取り出し、ボタンを押しながら法廷を出て行った。

「小野寺先生はそこでどんな説明をされたのでしょうか」

記者は再び法廷に戻り、席に着いた。本社に急変した裁判の進行状況でも報告していたのだろう。記者たちは証言を聞き漏らすまいと、いつになく真剣にメモをしている。

「さきほど申し上げたように悪性症候群の発症と、ビタミンB1の投与がなされないまま、高カロリー液が点滴投与されていた事実を告げました」

「それで病院側はどうしたのでしょうか」

「すぐにチームを編成してくれました」

「その結果、亜佐美の容態はどうなりましたか」

瀬川は喉が詰まり声が出なくなるのではと思って、一際大きな声で聞いた。

「最善を尽くしたのですが、すべてが手遅れでした」

「この法廷でも死因について、悪性症候群ではないとする意見も出されていますが、小野寺先生のお考えを聞かせてください」

「私は悪性症候群が死因だと考えています」

「死に至るまでの経過をもう少し具体的に説明してください」

「転科してきたときにはすでに重篤な悪性症候群を引き起こしていたと考えられます。栄養状態が健康状態であれば、あれほど急激な症状悪化にはならなかったかもしれませんが、ＰＮツイン二号をオーツカＭＶ、つまりビタミンＢ１を併用しないで投与すれば、栄養補給どころか代謝性のアシドーシスを引き起こし、腎臓に大きな負担をかけていたと想像されます。そこに悪性症候群を併発、次々に肝臓、腎臓、胃腸などの臓器、最後には筋肉破壊が起きていたと考えられます。筋肉が溶け出し細胞が破壊され、特に腎臓に過大な負担がかかり、透析を開始した段階では、ＭＲＳＡの院内感染も確認されていました。医師としては患者が生きているのが不思議だと感じられるほどの状態でした。それほど亜佐美さんは生きようとした、生きたかったのだと、今ではそう思っています」

嗚咽が聞えた。隣に座っている春奈はハンカチで顔をおおっていた。肩が小刻みに震えている。

瀬川は春奈の肩を軽く叩いた。自分でも気づかないうちに涙が流れ、机の上に置いた裁判資料を濡らしていた。ズボンのポケットからハンカチを取り出し、瞳に押し当てるようにして涙を拭うと、こみ上げてくるものを飲み込むかのようにして言った。

「岡村さんが所持していたコピーの存在を小野寺先生はご存知でしたか。ご覧になったことはあるのでしょうか」

「はい。知っていました」

「いつ、どのようにしてご覧になったのでしょうか」

「亜佐美さんが転科された日の夜、私は非番でしたが、気になって夜の十一時過ぎだったと記憶していますが、患者の様子を診るために病棟に戻りました。そのときに夜勤だった岡村さんにカルテを見せてくれるように頼みました。彼女が出してくれたのがコピーのカルテで、そのときに理由も聞きました」

「最後にもう一つ聞かせてもらえますか。小野寺さんはブラジルで開催された国際小児学会に出席されたとのことですが、どうしてこれほど長期にわたってS医大付属病院の仕事から離れていたのでしょうか」

「熊谷院長に聞かなければ真実はわかりませんが、私をしばらくの間日本から遠ざけたかったのではないでしょうか。瀬川亜佐美さんが小児科に移され、カルテを見たとき、医療過誤だとすぐに思いました。院長にそれを伝え、医療チームを組織し、最大限の医療を施すことが誠意だと進言しました。その通りの対応はしてくれましたが、瀬川さんのご両親と揉めることは想像がつきました。そのことを知りながら、私もブラジル出張に同意してしまいました。そういう意味では私も厳しい批判を受けるべき一人だと考えています。

日本に帰国しなければと思ったのですが、渦中に飛び込み、真実を語る勇気が優柔不断な私にはありませんでした。かつてS医大医学部に留学していた日系人が、アマゾンという過酷な環境の中で文字通り命がけで患者の治療に当たっている姿を見て、医師とはどうあるべきかを教えられました。患者は医師を信頼し、命を預けていました。医師たちが人生を賭して治療に当たってくれていることを知っているからです。それを知り、真実を語らなければならないと決意して帰国しました」

「これで証人尋問を終りたいと思います」瀬川は裁判長を見て言った。着席すると隣の春奈の肩を二、三度軽く叩いた。春奈はハンカチを当てたまま頷いた。

「裁判所としては、今回で結審する予定でいましたが、検討すべき証拠が原告から提出されたので、次回は被告側の反対尋問ということで時間をとります。それでいいですね」

「はい」瀬川が答えた。

「わかりました」続いて木戸も了承した。

「では今日はこれで閉廷にします」

裁判官が退廷すると、新聞記者が瀬川に走り寄ってきた。丸島医師と木戸弁護士は逃げるようにして、法廷から去っていった。

「病院ぐるみで、カルテの改ざんをしたとお考えですか」若い記者が聞いた。

「それはまだこれから明らかにされることだと思っています。ただ、亜佐美が転科した日の夜、カルテに丸島先生が手を加えたのは事実だと思います」

廊下に出て新聞記者の質問を受けている間、小野寺も岡村も取材が終るのを待っていた。取材が終り、四人はエレベーターで一階へと下りた。ロビーのソファーに丸島が腰を下ろしていた。丸島は四人のところに歩み寄ってきた。

丸島は睨みつける瀬川とは視線を合わそうとさえしない。まっすぐ小野寺のところに向かってきた。岡村にも刺すような視線を投げつけている。

「小野寺先生、久しぶりですね」

言葉は穏やかだが、眉間には怒りを示すような深い筋が二つ彫られている。

「はい」小野寺は困難な手術を終えた外科医師のような安堵の表情を浮かべて答えた。

「君はどういうつもりか知らんが、自分が何をしているのかわかっているんだろうな」

丸島は恫喝する口調に変わった。

「もちろんです」小野寺は不敵な笑みさえ浮かべている。

「君の医師としての将来はこれで終ったと思え、いいな」吐き捨てるように丸島が言い放ち、踵《きびす》を返して玄関に向かって歩いていった。

「丸島先生、私の医師としての一歩はたった今始まったばかりです」

小野寺の声がロビーに響き渡った。

玄関に二人の目つきの鋭い男が、ずっと中の様子をうかがっていた。玄関を出たところで二人は丸島を挟み込むようにして近づいた。

「丸島紘輝先生ですね」

「君たちは誰かね」

一人が胸のポケットから黒い手帳を取り出し、丸島に示した。一瞬にして丸島が脅えた顔に変わった。

「県警のものですが、署にご同行していただけますか」

「何で私が警察に行かなければならないんだ」

丸島は二人を振り切るようにして前に歩み出た。一人の刑事が真正面に立ちはだかった。

「何をするんだ」

「丸島先生、任意でのご同行をお願いしているのです」

丸島は立ちはだかる刑事をどかそうと肩に手をかけた。その瞬間、それまで柔和だった刑事の顔が変わった。

「先生、任意で無理なら、逮捕状を取りましょうか」

丸島は観念したのか、駐車場に止めてあった車に乗せられて地裁から出ていった。

翌日の新聞には、瀬川の裁判記事が社会面のトップに掲載された。S医大付属病院で組織的なカルテの改ざんが行なわれた可能性があり、丸島医師は業務上過失致死容疑で逮捕された。

エピローグ　夢の共有

アドリアーナが手紙を夢中になって読んでいるマリヤーニに聞いた。

「誰からの手紙なの」

「ケンからよ」

「ケンは元気にしているのかしら」

「元気よ、今、タイとミャンマーの国境にいるんだって」

アドリアーナには日本もタイ、ミャンマーも遠いはるかな国で、位置などわからない。

「ベレンから飛行機で三十時間くらいかかる遠いところよ」

「日本にいるんじゃないの」

「タイの田舎の村で、〈国境なき医師団〉という世界中のドットールのグループに入ってエイズ患者の治療をしているんだって」

「二人は結婚するの？　ケンはマリヤーニのこと、愛しているって言ってたよ」

マリヤーニは何も答えずに手紙を読み進めた。

〈ベレンでのできごとはまるで夢のようだった。ときどき思い出しているよ。医師としてこれからどう生きるべきなのか、自分なりに真剣には考えてきたつもりだったが、それがガラス細工のように見事に粉々に砕け散ってしまった。でも、ベレンに行ったことも、君と再会したことも、そしてすべての体験を後悔はしていない。どんな意味があったのか、結論がはっきり出たわけではないが、数年後にはすべてこの日のためだったと思えるようなときがくるような気がしている。

もう一度、言わせてほしい。私は君を愛している。そして、いつか夢を共有したい。それまでできることならもう少し時間がほしい〉

「ねえ、何て書いてあるの」

マリヤーニは手紙にキスをして言った。

「秘密よ」

アドリアーナに微笑みかけながらマリヤーニは答えた。

本書は二〇〇七年二月、徳間書店から発行された単行本『ジェネリック』を改題し、大幅に加筆・修正したものです。

なお本作品はフィクションであり、実在の個人・団体などとは一切関係がありません。

文芸社文庫

隠蔽病棟

二〇一五年八月十五日　初版第一刷発行

著　者　麻野涼
発行者　瓜谷綱延
発行所　株式会社　文芸社
〒一六〇-〇〇二二
東京都新宿区新宿一-一〇-一
電話　〇三-五三六九-三〇六〇（編集）
〇三-五三六九-二二九九（販売）
印刷所　図書印刷株式会社
装幀者　三村淳

ISBN978-4-286-16832-6